外国语言文化
传播研究丛书

西方文论视野中的英美文学经典

张跃军
著

English and American Literature:

Canons and Theoretical Readings

清华大学出版社
北京

内 容 简 介

　　本著主要聚焦现代美国诗歌，将英美文学经典重置于其所立足的社会与历史背景，辅以现当代批评理论，做同情之理解。文本解读、翻译研究、理论探索，以及中国文化视野中对英美文学的审视，构成了这些文字的主要内容。作者抉微索隐，见微知著，探索英美文学经典的根系与脉络。

图书在版编目（CIP）数据

　　西方文论视野中的英美文学经典 / 张跃军著 . —北京：清华大学出版社，2021.10
（外国语言文化传播研究丛书）
　　ISBN 978-7-302-54061-8

　　Ⅰ.①西… Ⅱ.①张… Ⅲ.①英国文学—文学研究②文学研究—美国
Ⅳ.① I561.06② I712.06

　　中国版本图书馆 CIP 数据核字（2019）第 241374 号

责任编辑：钱屹芝
封面设计：子　一
责任校对：王凤芝
责任印制：丛怀宇

出版发行：清华大学出版社
　　　　　网　　址：http://www.tup.com.cn, http://www.wqbook.com
　　　　　地　　址：北京清华大学学研大厦 A 座　　邮　编：100084
　　　　　社 总 机：010-62770175　　　　　　　　邮　购：010-62786544
　　　　　投稿与读者服务：010-62776969, c-service@tup.tsinghua.edu.cn
　　　　　质量反馈：010-62772015, zhiliang@tup.tsinghua.edu.cn
印 刷 者：三河市铭诚印务有限公司
装 订 者：三河市启晨纸制品加工有限公司
经　　销：全国新华书店
开　　本：155mm×230mm　　　印　张：14　　　字　数：236 千字
版　　次：2021 年 11 月第 1 版　　　　　　印　次：2021 年 11 月第 1 次印刷
定　　价：128.00 元

产品编号：082615-01

本书为广西民族大学外国语言文学一级学科博士点支持计划成果，广西民族大学"西方文学与文化重点研究基地"研究成果。

"外国语言文化传播研究丛书" 编委会

丛书总序

广西地处西南，依山傍海，独特的自然地理环境形成其独特的文化景观。从古至今，广西的文化传统一直延续发展，并在历史的潮流中吸取异质文化的元素，显示出多元和开放的特点，形成了独具特色的建筑、聚落、戏剧、宗教、习俗等物质与非物质文化遗产，诞生了一大批优秀华侨以及国内外著名的文化巨匠，也留下了形态多样、保存完整、内容丰富、数量巨大的文化资源。因此，对它们进行保存、整理、挖掘、提炼，加深对广西文化内涵的研究，从而更好地延续传统、迈向未来，无疑是一项具有理论价值及现实意义的工作。

广西曾是海上"丝绸之路"的起点之一，对外交流与贸易频繁且深广。近代以来，广西又是华侨之乡，大批的桂籍人士远渡重洋、打拼创业。他们传播了广西文化，推动了中外语言文化交往。深入研究地方文献，还原这段历史，一定能够增进广西与海外广大华侨的情感联系和心理共鸣。在中国近现代转型时期，对中国文化产生过重大影响的桂籍名人辈出，其中像马君武、王力、秦似、梁宗岱、王宗炎等都是广西地方文化资源的重要组成部分，但他们的思想资源长期未被区内外的研究者重视。如果我们对这些大师的翻译、创作、言论等所蕴含的文化价值进行全面、深入地挖掘与研究，以指导现实发展，这无疑是一个很好的突破点。

目前，国务院批复了北部湾城市群发展规划，这对于该地区包括文化和教育等在内的各项事业的发展是一大利好。处在全球化和资讯迅猛发展的时代，"越是地方或民族的，就越是世界的"。21 世纪，中国各省、区、直辖市都在向内深挖文化资源，向外传播文化精华和发扬当地族群性格，建立认同，寻求发展。在不进则退的严峻形势面前，我们要以党的十八大提出的"文化强国建设"为指导，努力发掘、保存、整理、研究和阐释地方语言、文化和传播资源，然后推向世界。

语言、文化和传播紧密联系，是一个环环相扣的统一体，其中语言是载体，文化是客体，传播是渠道，因此只有通过传播，才能使东西语言和文化的交流成为可能。有鉴于此，如果我们通过对广西境内及广西籍人士开展的欧美语言、文化、翻译活动的挖掘和深入研究，从中可以发现早期广西先贤如何弘扬民族文化，引进西方文化思想，进而为推进中国的现代化转型做出巨大贡献的心路历程。同时，以外国语言、文化、翻译传播研究为契机，将广西地方文化与中国文化乃至世界文明联系在一起，进而将广西推向世界。

广西民族大学拥有广西高校中唯一的外国语言文学博士点，也是全国民族院校中唯一的外国语言文学博士点。学科队伍结构合理，研究方向齐全，目标定位科学合理，建设规划目标明确，切实可行，在学科建设过程中紧紧围绕学校"民族性、区域性、国际性"三性合一的办学定位，在科学研究、人才培养、服务社会等方面都能很好地结合民族性和东盟地区的特殊性，服务广西社会经济发展和对外交流，同时服务国家战略。不断强化区域与国别研究、语言学、外国文学与文化、翻译与传播几个核心学科方向，并不断拓展新的学科领域，成功培育了比较文学/译介学、外国文学与文论、东南亚民间文学与民俗文化研究等特色学科方向，极大推动了学科的内涵式发展，在外语教学界产生了较大的影响。该学科已由原来的外国语学院发展成为外国语学院和东南亚语言文化学院两个学院，外国语学院侧重欧美国家的语言、文学、文化研究，东南亚语言文化学院则侧重东南亚语言、文学、文化研究。

正是基于这样的考量，我们决定编选"外国语言文化传播研究丛书"，旨在结集本团队成员近年来有关外国语言文化传播研究相关成果，同时也吸纳海内外相关领域研究的优秀成果。入选作品均具有宽阔的学术视野，有较强的原创性和鲜明的特色，研究方法具有可操作性，深层次揭示了外国语言文化与传播的本质。

本丛书为一套开放性丛书，除收入广西民族大学外国语言文学学科成员的成果外，也收入国内外同仁的优秀研究成果，所收著作须经丛书编委会评审通过。我们期待本丛书的编选和出版能够为打造学术精品、推动我国外国语言文化传播研究的发展起到积极和实际的作用。

"外国语言文化传播研究丛书"编委会

序 一

袁小龙

张跃军要我为他的英美文学（集中于英美诗歌）研究著作《西方文论视野中的英美文学经典》写几句话，我是觉得意外的，但也很乐意写上几句我的感想。这或许是因为我多年前也曾想沿着诗歌翻译、批评研究这条路走下去。我甚至还写过一本名为《现代主义的缪斯》的诗歌批评集，却没想到像弗罗斯特在《未选择的路》一诗中写的那样，在面临不同的选择时，我阴错阳差地把更多的精力转移到了英语小说的写作上。不过，我仍然喜欢诗歌，偶尔翻译诗歌，有时也会写上一两篇批评文章。正因如此，对于像张跃军这样能在诗歌研究方向一路坚持下来的学者，我深感钦佩，自然也想先睹其研究成果。

读过文稿之后，我有了更意外的收获。

在《传统与个人才能》一文中，艾略特深入地探讨了文学传统与作家的关系，在他看来，作家要创新，只能是在与文学传统的互动中展开的。"没有诗人，或任何艺术家，能独自拥有他完整的意义……你无法单独地评价他；你必须把他放到逝去的作家们中，来作出对比或比较。这不仅仅是历史批评，也是审美批评的一个原则。"就英美诗歌批评研究而言，批评家同样也是要在与传统的互动中从事写作。不过，这不仅仅是在自己所选择或偏重的单一传统中，而是要在多个不同的文学传统、文艺思潮和批评理论中追本溯源，在历史和审美的意义上作出对比和比较，这样才能让读者，尤其是让中国的读者知其然，也知其所以然。《西方文论视野中的英美文学经典》这本批评集就很雄辩地证明了这一点。

大体上说，张跃军的研究是围绕着不同的传统、思潮和理论同时展开的，其中包括浪漫主义诗歌、现代主义诗歌、当代诗歌。我们可以从他所选择收录的具体批评文本中清楚地看出。与此同时，他突破了一般诗歌批评的共时性藩篱，更充分运用了现当代或后现代文学批评理论和跨文化研究的视野，使得他的批评有了自己独特的深度。

在对华兹华斯关于自然的表现所作的探讨中，他充分借鉴了当代解构主义批评家杰弗里·哈特曼的理论，作出了引人入胜、令人信服的阐述，同时也拓展了传统的浪漫主义诗歌批评模式。在对休斯早期作品中的道家思想的评论中，尤其是通过对《思想之狐》一诗的细读，得出诗人有关"冥想"的创作理念与道家"坐忘""心斋"的悟道方式如出一辙的结论，读来自成一说。在《美国文学中的旅行与美国梦、美国现实》一章中，他把文化批评与文学批评有机结合在一起，从沃特·惠特曼"在路上"的诗作到克鲁亚克的《在路上》发挥开去，又拓展到《洛丽塔》和《拉斯维加斯的恐惧与憎恨》那些触及旅行的另一面的作品，从集体无意识的深度进行发掘，探讨了美国文学中旅行原型的生成与变异。在《从〈比萨诗章〉中汉字的使用看其对中国文化的表现》一章中，他超越了人们关于早期意象主义诗人对中国古典诗歌的借鉴这一层面，深入审视不同文化、文字传统之间冲突、融合的可能性与不可能性，对诗歌翻译、写作过程中不同语言的相互生成现象提出了独到的见解，论证了英语诗歌中的汉字是怎样引进了其所承载的厚重而深刻的中国文化，因此更符合事物的复杂性以及多种品质并存的规律。《赛义德"理论的旅行"及其成因——兼析赛义德作为文化流亡者的心路历程》一章洋洋洒洒，似乎是从某一特定角度对《美国文学中的旅行与美国梦、美国现实》的理论回响。作为附录附上的两篇作者访谈录，《"拓展庙宇"：查尔斯·阿尔提艾瑞教授访谈》和《现代主义·文学·理论：让-米歇尔·拉巴特教授访谈》，可以说是对上述文学、文化诸多方面在理论上作了一番总的梳理和回顾。

《西方文论视野中的英美文学经典》围绕着具体的诗人、作品展开，又有着内在的联系，隐隐形成了一种延续（sequence）或是有延续性的生成结构。美国著名诗人批评家罗森塔尔（M. L. Rosenthal）在他的《现代延续性诗歌》（*The Modern Poetic*

Sequence: The Genius of Modern Poetry）一书中论述到，现代主义
诗歌中许多杰出篇章都可以说是延续性诗歌（poetic sequence）。
在罗森塔尔看来，这是因为现代社会具有复杂性、多面性和不可
确定性，作品须放到一个更大的、有内在联系的空间结构（spatial
form）中才能充分呈现其真正的意义。那么，对于一本主要是诗
歌批评的著作来说，这样一种延续性批评（critical sequence）同
样有特别的意义。

　　这样的结构显然是有意为之的。诗歌批评无法离开诗歌文本
的共时性来解读，但把这些不同年代、传统、思潮中的文本放在
一起，相互间便形成了一种对话机制，同时也让读者对英美诗歌
的发展变化有了历时性的观照，能更进一步去理解这些作品与文
学传统和文艺思潮之间错综复杂的关系。如现代主义是对浪漫主
义的反拨、反动，但同时又是从浪漫主义的传统发展而来的，甚
至或多或少是"影响的焦虑"的产物。读到本书关于现代主义诗
歌的批评，读者可以翻到前面，回到先前的传统中加以比较或对
照；同样，也可以在后面有关当代诗歌批评中，获得一个新的理
解角度。在一定程度上，《西方文论视野中的英美文学经典》包
含的不仅仅是对个别作家、作品的评论，更像是一本英语诗歌史
的不同篇章。

　　很多年以前，我在编撰自己的一本英美诗歌批评集《现代主
义的缪斯》时，曾隐隐发现一个问题。因为自己的喜好，文集中的
文章显然是过分偏重在现代主义这一段，尽管我或多或少也意识
到，现代主义诗歌其实不可能"前不见古人，后不见来者"。也许
在当时，我只是觉得自己会沿着诗歌翻译、批评研究的路继续走
下去，将来还有机会来再写一本较全面地探讨英美诗歌的批评集。
然而，生命中充满了难以承受的阴错阳差，自己现在恐怕已没有机
会再去写这样一本诗歌批评集了。因此我感谢张跃军给我这个意
外的机会和意外的收获，这当然也是我想写这篇序言的原因之一。

序 二

程朝翔

　　张跃军教授的大作出版，可喜可贺。本书主要围绕英语诗歌这一话题，主题连贯。术有专攻，作者聚焦英语诗歌，同时又兼顾小说和理论；研究视野宽阔，从不同角度、以多种方法对英语诗歌进行了深入探讨。

　　作者学术功力扎实，对传统的批评方法运用娴熟，对重要作品进行了主题和意象研究，深入分析了自然、宗教、旅行、美国梦等诸多主题。在大的主题之下，作者又具体分析了各种意象。例如，在"自然"这个大主题之下，作者分析了风、树木、动物等意象，通过对诗歌技巧、写作手法、写作风格等方面的分析，发掘出了诗歌深层的意义，使读者对诗歌的理解更趋全面和整体，达到了形式和意义的统一。

　　作者的诗歌意象分析还指向了数个不同方向，包括诗歌风格研究（从古典复兴风格到后现代风格）、诗人研究（从经典作家到当代作家）、跨文化研究和理论研究等，其中后两项尤其值得关注。

　　就跨文化研究而言，作者详细探讨了庞德诗歌对中国文化元素的运用，特别是对汉字的直接使用。作者认为，这不仅使庞德在诗歌形式上取得了突破，而且也使他在诗歌内容上接受了中国传统文化中的一系列重要观念。作者还探讨了道家思想对泰德·休斯等作家的影响。这种跨文化研究的对象虽然可能是全球化时代之前的诗人，但因为与我们有一定的时间和空间距离，反而可以帮助我们更好地理解全球化时代的文化关系和文化交流，使我们更好地体味文化之间的融合和互动。

　　翻译研究是跨文化研究的重要组成部分。作者的翻译研究不仅涉及翻译的理论、实践、技巧，也涉及英语诗歌在中国的接受和影响，让我们看到英语诗歌如何进入中国的语境。作者同时也展示了自己的翻译实践，译文虽然不长，但颇有分量，实乃力作。一位合格的外国文学研究者，最重要的能力就是理解原作的能力，而翻译无疑是展示这一能力的最佳途径。作者的翻译实践展示了充分的理解力、阐释力、表达力，也表现出作者对英语诗歌和诗歌翻译再创作的热爱。

在作者的研究中，理论研究也十分重要。理论研究的重要意义在于创新，在于生成新的阐释范式。而新的阐释范式往往产生在对经典作家和作品的解读中。作者详细介绍并评价了哈特曼对华兹华斯的阐释，特别是哈特曼在解读中对华兹华斯批评的突破、创新，以及对后人的影响。作者对赛义德理论的介绍和分析也颇有深度，反映了作者对理论问题的浓厚兴趣和对前沿领域的持续关注。

本书的两篇访谈虽然放在附录中，但同样十分重要。访谈是对"话语"的直接记录，具有"说话"的现场感，这在区别"话语"和"书写"的理论背景下是一种具有特殊意义的"文体"。采访对象均为重要学者。作者精心设计了问题，有助于了解被访者尚未完整阐述或者正在形成的思想和观点，同时强化学术的"现场感"。访谈附中英两个版本，更加增强了中外学术交流的气氛。

张跃军教授任职于广西民族大学，之前曾在中南大学和厦门理工学院工作，也曾在美国的加州大学伯克利分校和宾夕法尼亚大学访问、游学，学术经历丰富，学术视野宽广。张教授是英语诗歌专家，但对其他相关领域也持续关注，本书是他研究成果和心得的展示，值得一读。

目　录

第一章

哈特曼解读华兹华斯对于自然的表现

在《华兹华斯的诗歌：1787—1814》(*Wordsworth's Poetry: 1787—1814*) 1971 年版的序言中，当代著名理论家和批评家杰弗里·哈特曼 (Geoffrey Hartman，1929—2016) 开始便讲到，自从 1963 年首次出版 (1967 年曾再版) 以来，外界长期误读此书，将之"减低为有趣的然而思想血腥的观点，即华兹华斯需要杀死或侵犯、摧毁自然，从而获取幻觉诗歌 (visionary poetry) 的瞬间"。对此，哈特曼旗帜鲜明地提出自己的看法："华兹华斯深深地警惕弥尔顿的那种幻觉诗歌，并预见了一种新型的意识，他对自然感到满意，或者至少不会在想象中去侵犯自然"(Hartman，1971：xi)。哈特曼指出，华氏并不以牺牲自然为代价去获取幻觉意识，而是努力去展示作为主体的人与作为客体的自然的友好共处。对于指责他在该书中"过于迷恋自我意识，未能充分考虑到想象的创造性或社会的层面"，他辩护说自己主要是循着研究对象华氏本人的路径，尽量追随华氏的自我解说。他认为，华兹华斯的诗歌表现是从现实出发的，由于其对现实深感失望，才转而借助想象退缩进幻觉或者艺术的迷狂；然而，华氏很少借助幻觉描写对现实的逃离，因为幻觉其实象征了他所希望治愈的病患；他意识到了这一过程的双重性，意识到了其中所包含的自我慰藉与自我欺骗，因为他关注的是此岸的现实，而现实终究是逃离不了的。这便是哈特曼在再版的序言中，对该书的中心论点所作的提要：意在揭示华氏的诗歌创作生涯中的"洞察力的世俗化"(temporalization of insight)(ibid.：xviii)。

第一节 "儿童乃成人之父"

对自然的表现是华兹华斯诗歌中的一个重要主题，而表现自然可以通过多种不同的方式，在《丁登寺》和《致朵拉》两首自我色彩浓郁的诗中，诗人分别通过其与妹妹和女儿的关系，来呈现自己对自然的表现。被誉为"解构主义的宣言书"的《解构与批评》收入了哈特曼的《语词,希望,价值：华兹华斯》一文，对《致朵拉》进行了详尽的解读。文章指出，这首诗的开始引用了弥尔顿《力士参孙》中的诗行："往前一点，你牵引的手／朝着这些漆黑的阶梯，再前点！"（Bloom et al.，1999：215）这话原是晚年目盲的俄狄浦斯对21岁的女儿安提戈涅（Antigone）所说，而在该诗中，此话显然是患有严重的视觉疲劳的华兹华斯讲给12岁的女儿朵拉的。[①]该诗预示了一个老眼昏花的老年华兹华斯，而且诗中颠倒了传统中的父女角色：不是老人为女儿指引方向，而是女儿牵引着父亲前行。虽然诗的第4-10行力图规范时间秩序，但却未能收到成效，因为作品的开头先入为主，定下的基调难以轻易扭转。

华兹华斯在《我的心跳了起来》（My Heart Leaps Up）中称，"儿童乃成人之父"（Abrams et al.，1986：207），认为成人时光是从少年时代走过，而且更重要的是，童年时代的天真未琢是每个城府深厚的成人学习的榜样。于是，21岁的女儿安提戈涅牵引着父亲俄狄浦斯，曾经叱咤风云、不可一世的帝王，和昔日柔弱的小女子颠倒了角色，他变得年老昏聩，成为需要扶持照顾的对象，虽然表面看来依然是他在发号施令。和《丁登寺》一样，《致朵拉》同样表现了浪漫主义的两个重要主题：回归自然，以及对儿童时代的记忆。诗中，华氏和女儿一起饱览美丽山川，在他的笔下，自然成了"人类艺术之源"和"天堂激发"的产物（Original of human art / Heaven-prompted Nature）（Bloom et al.，1999：215）。于是，自然和人、宗教如此巧妙、天然地联系在一起。诗的结尾处，在神圣文本的指引下，诗人信心十足，和朵拉手挽着手，"平和友爱，提升心灵／把生命奉献给真理和爱"（Bloom et al.，1999：216），走向更加崇高的境界。这相当于在《丁登寺》中，华氏与其妹妹携手游览、由自然景致出发而达到对灵魂的提升。

两诗中，自然在时空的转换——实际上是心理的想象方面——发挥了重要的作用。自然界不只是背景和媒介，而且是活跃的参与者。自然界的作用，不是疏离和纯然客观的，而是积极地介入和参与。这反映了浪漫主义诗学的一贯主张，即人与自然的合一。

---

① 1850 年之前的版本中，《致朵拉》的第 11 行为："O my Antigone, beloved child!"（Bloom et al.，1999：214）后来改为："O my own Dora, my beloved child!" 这很明显是在典用安提戈涅。

华氏的小诗《我的心跳了起来》的末尾处，在宣称"儿童乃成人之父"之后，接着便称，"我可以希望我的日子／每一天都由自然虔敬相维系"（Abrams，1986：207）。此处的"自然虔敬"（natural piety）有两层含义：对于大自然怀抱谦恭之心；因为成年来自少时，人应该尊重童年和少年时代。这其实也反映了浪漫主义哲学的有机整体观：成人来自年少时，正如参天大树源于幼苗；人是万物之一员，是自然的一部分，和自然界中的其他物体是有机的统一体。"自然"同时包含了源于自然并保护自然。《致朵拉》虽然公然颠倒时间和伦理秩序，但也包含"自然虔敬"之意，只不过诗人多了层恐惧，担心不管盲目与否，他精神上会一无所见，会对自然关闭心扉（Hartman，1971）。这种担心和敬畏都来自"自然虔敬"。然而，诗人很快便发现这种担心其实是多余的，于是转而高度赞颂起自然来。

正如哈特曼所指，"虔敬"联系着古典主义的一些优秀品质，而自然与儿童时代交织，构成了浪漫主义诗歌的有机关联。儿童时代是纯真的代名词，在探索儿童时代与自然契合关系的过程中，英雄主义与古典主义的主题被搁置一旁；但这只是暂时的搁置，因为它们后来会以更加深刻的儿童时代的形象返回（ibid.）。在这一论证过程中，哈特曼解构了将儿童时代与英雄主义和古典主义置于对立面的传统做法，他把二者视为彼此交融的整体。《致朵拉》中，少年时代的朵拉成为老年父亲的引路人，正如《丁登寺》中多萝西虽然被视为五年前的诗人，但她同时却悖论般地成为诗人五年后心智成熟时刻的见证者，分享着后者灵魂成长的果实。看似悖论，实际上却在更高的层面上暗示着不同时期的人性的融合，这符合有机整体论的思想。

第二节　意象：自然与超自然之结合

哈特曼对华兹华斯使用新的自然意象的解释，和浪漫主义诗学观是相吻合的。华兹华斯最早联系工业革命来讨论感官冲击，他认为，工业革命给诗人带来了冲击（这一点我们在许多浪漫主义诗人那里都能看到）："从农村走向城市的人流使自然节奏摇摆不定、遭受侵蚀，而超自然幻想与政治恐怖以及日常事件的结合则破坏心智的健康。在这种状态下，诗人必须创造出新的意象，或者更新改造旧的意象。"（Hartman，1980：29）哈特曼对华氏的这番解读，立足点便是华氏上述关于意象来自自然与心智结合的观点：由于自然并不是意象产生的全部源泉，诗人要呈现新颖和富有表现力的意象，就必须求助大脑，即借助想象，同时加以艺术的创造，或者对既有的意象加以改造，使之适应新的需要。

《我独自云游》中，诗人的感官与心智受到水仙花的冲击，那是华氏称为"明智①的被动"（wise passiveness）的状态，这种状态发生于"刹那间温和的惊奇"（a flash of mild surprise）。水仙花之作用于诗人的大脑，是作为审美主体的诗人对于审美客体的水仙花的他性的接受，同时，由于强烈的感官冲击与内心感受，诗人的头脑呈现出近乎空白或被动的状态。这类似于约翰逊博士所谓的"惊奇是作用于无知的新颖"（Hartman，1971：30）。卓然大家的诗人与饱学之士所谓的"明智的被动"与"无知的新颖"，让我们联想到另一位诗哲济慈的"天然感受力"（negative capability，或译为"消极能力"），那是一种超越烦琐、直抵真相的返璞归真、抱元守拙，是大智若愚的原初与本真。而这一切，当然来源于客体对主体的映射，与主体对客体的认知，即来源物体的他性与自我的主体性的结合、自然与心智的结合，即使心智似乎是处于被动的状态。

《我独自云游》作为一首典型的浪漫主义诗歌，吸引人的通常是诗中轻盈的想象、浪漫的氛围，以及诗的末尾那多愁善感的调子。然而，哈特曼以华兹华斯自己对《我独自云游》的解读为例，把我们对该诗，甚至对华氏诗歌创作的理解更多地转移到对现世事件的关注上来。哈特曼指出，华氏拒绝把《我独自云游》看成一首关于想象的诗，因为他认为该诗中事件的因素过于强大，或者说诗人内心的动力过于微弱；是自然把自己强加于诗人之上（Hartman，1971）。华氏对于该诗的自我解说颠覆了传统的观察，认为是想象驾驭了诗人，诗歌创作是想象的产物。这样一来，该诗便成了一首典型的因事而起的即事诗（occasional poem），对它的解读也因此而有了崭新的视角：它是现实的产物，更确切地说，是自然催生的现实的产物，想象在此是次要的，是服务于现实的他者。

正如想象与现实一样，哈特曼认为，自然与神话也并非一般所理解的那样，是绝对异质的对立体，他在文学对于神话等幻想元素的现代坚持中同样看到了这一点。哈特曼指出，幻想的维度在德国浪漫主义那里是活跃的元素，德国的诠释学对此也给予高度的重视；虽然幻想的力量同样是英国浪漫主义不可或缺的，但由于英美诠释学被世俗化占据了大半江山，英

---

① 译为"明智"有两点考虑：其一，意思是"聪颖"；其二，仿佛是人为地选择该状态，因而是"明智"的。虽然就字面意义来看，诗人是出于被动，但这种被动状态是有意为之，如同大智若愚。

国浪漫主义之中超自然的元素于是逐渐暗淡起来，转向了自然的元素。哈特曼以叶芝的《丽达与天鹅》为例，论证了自然意象的超自然化，他认为，《丽达与天鹅》通过明晰的意象，魔术般地将神话自然化，把奇异的神话置于普通的心理经验，瞬间便俘获了读者幼稚而执着的兴趣。天鹅—神的超自然品质激起我们自己心中隐藏的关于大自然的超自然品性。

哈特曼指出，《丽达与天鹅》中有的只是超自然的自然。诗中，神性与人性、神的力量和控制与人的被动和狭隘形成了鲜明的反差。丽达只是丽达本身，她的人性被问题化，她看不到拯救的希望。丽达是作为扁平人物而出现的，她被当作一个角色拿来反衬神的威力无穷以及无所不能。我们见不到她的面部，不知道她的真实心理。对于发生于她身上的这一切，她是满心欢喜地接受，或是别无选择，欲抗拒而不能？诗中的丽达不过是一个被动的角色，一个没有个性和尊严的小人物，一个用来传达神祇的"伟大"和万能的工具，她被动地承受着发生在自己身上的一切。哈特曼指出：丽达的人格解体（depersonalization）与诗中的非人格化（impersonality）诗学是密切相关的（Hartman，1980）。我们则希望强调，《丽达与天鹅》中的超自然元素，如以天鹅的形象出现的神祇，是寓神化元素于自然意象，是神异性在自然中的外化，即神化元素的自然化。丽达既体现了自然的超自然化，同时也是超自然的自然化的体现，二者是互为表里的。在这里，我们看到了哈特曼一贯注重的意象的自然属性与超自然属性的合一。同时，哈特曼其实也在论证这样一个观点：在叶芝和华兹华斯一样，并没有一味地牺牲自然而寻求幻觉意识；在华氏和叶芝这样伟大的浪漫主义诗人（至少《丽达与天鹅》的作者是浪漫主义诗人）那里，自然的和幻觉的因素不是绝然对立的，而是并行不悖，甚至水乳交融，形成有机的统一体。这也许正是"洞察力的世俗化"的反映。

《抒情歌谣集》开启了英国浪漫主义文学先河，并为之设定了一些基本的主题和表现方法。对自然的表现当然是最重要的主题，而华兹华斯和柯勒律治二人在这方面的作用是不同的。哈特曼指出，二人借助《抒情歌谣集》，共同展示了浪漫主义是启蒙运动时期压制或者禁止的一种罗曼司 ① 样式，现代人需要赓续该传统；而柯勒律治在其中的作用，是将超

---

① 罗曼司是一种源自西班牙的文学样式，形式简单而固定，在欧洲中世纪多以吟唱诗歌的形式出现，讲述英勇事迹传说或重大历史事件，如"圣杯"罗曼司。罗曼司经过世代口耳相传，其来源及历史多不可考。后来，大量的罗曼司流传到了美洲和世界上其他地区。

自然的东西自然化，把罗曼司传统引入抒情诗之中。不可否认，二人合作的《抒情歌谣集》中存在着现实主义，而现实主义中同时含有超现实主义的成分。柯勒律治关于华氏的评价其实对于他们二人都是成立的：柯氏称，华氏的民谣关乎自然，然而所激起的情感却是超自然的（Hartman,1971）。这解释了浪漫主义的两个看似矛盾却和谐统一的根本主题：一是自然；二是神话和传说。华氏的诗歌的确关乎自然中的超自然成分，但这种成分又是那么的自然本真，是内在于自然本身的。这便是浪漫主义的自然观：自然是客观本然的，是客观存在的山水草木，同时，由于历史和传统中的无数神话、传说等因素的浸入，自然又被赋予了种种超自然的面目。因此，对于自然的表现，除了客观据实的描摹之外，当然需要诗人运用想象的力量，将自然的多面性呈现出来。

哈特曼以《我们是七个》为例，为我们展示了华氏关于自然和想象的观点。该诗的首节是柯勒律治添加的，他认为对死亡的了解必须现身说法，首先从自己身上开始。如果我们认为诗中的小女孩依然沉浸在想象之中，而想象对于死亡所知甚少，则未免过于简单化了华氏关于自然和想象的看法。事实上，女孩的想象同样带来对于不朽的暗示，因为那是关于天堂的想象，虽然对于不朽的暗示和对于天堂的想象是通过对自然世界的剥夺来实现的。精神的顽强不仅体现为与自然的融合，而且更多地体现为与自然的分离；女孩关于天堂的想象，赋予了自然不朽的幻觉（ibid.）。这种幻觉是通过自然来实现的，虽然未必是通过具象的山水草木，但的确是通过似乎无甚诗意的现实生活。"自然"在这个意义上更具有了该词在中文语境中的原初含义：自然而然，本然如此。这也正是中华先哲的深邃思想。诗中的小女孩未必不知道死亡，但她不把死亡视为分离，因为她把自然看为一个大的体系，死亡不过是其中的一个部分和一个环节，因此生与死、生者与死者依然在一起，而不是存在于两个世界中。如此，小女孩是在以成人所少见的方式理解死亡，真的是"视死如归"。

哈特曼对《孤独的刘麦女》的理解，反映出他对于华氏的一贯关注，即关注作为华氏精神生活基础的情感与自然的关系问题（ibid.）。他特别指出该诗的"精神的"层面，称该诗在人们习而不察的情绪之中，寻求上帝从清教徒中挑选信徒的证据。从《孤独的刘麦女》中，哈特曼看到华氏在《抒情歌谣集》的"序言"中所称的"比任何人都高兴看到他自己身上所显现的生命的本质"（Abrams, 1986：164）。他看出了诗人对本真的自我生命的感悟，于是，尽管无名的高地女孩与他素昧平生，依然拨动了他那颗异常灵敏的诗心，如同露茜组诗中的那位无名的女孩触发了他诗歌创作的冲动。这才是真切的"强烈情感的自发流露"。

哈特曼指出，华氏名作《序曲》第六卷中有着华氏所称的想象的"附着的意识"（supervening consciousness，或称"后续的意识"），这在《孤独的刈麦女》中同样存在，是它让高地姑娘留步，而这种意识可以提升到具有启示性高度的自我意识。根据哈特曼在《华兹华斯的诗歌》"绪论"中的介绍，此处的"启示性"并不含有宗教的意义，而是指与超自然的现象有关系；它可以指寄望开启新的时代，也可以指弃绝自然，与事物之原则达成直接的联系。这包含着对自然的扬弃，从而复归物体的物性。所谓"附着的意识"，是指由物体出发，上升为自我意识，然后又回归物体的过程。当然，最后回归的物体不同于开始时出发地的物体，这一认识过程实现了现象学意义上物体主体性的获得。华兹华斯关于现实与想象、自然与神话以及意识与幻觉的表现，无不渗透着这种循环往复、却又递次提升的"附着的意识"，它揭示了万物运动的规律，是一种重要又不无浅易的哲学观念。此外，哈特曼强调《孤独的刈麦女》的"自然"属性，认为该诗虽然是从自我意识出发的，却掩盖了浓烈的，甚至启示性的自我意识，是对自我起源的遮蔽（Hartman，1971）。作为当代重要批评家的哈特曼，正是要从该诗的源头去蔽，从而彰显该诗对于自然描写之下浓烈的自我意识。这是典型的现象学的研究方法，尽管哈特曼在该诗开始即否认对于现象学方法的使用。

第三节　华氏之自然观："洞察力的世俗化"

浪漫主义诗歌一贯彰显对主体性的诉求，以及对自我意识的呼唤，这在华兹华斯那里，很少是以暴力和超自然的形式表现的。华氏对自我意识的呼唤从来都是平和宁静的，而不是以暴力的（如雪莱的《西风颂》），或者超自然的（如柯勒律治的《忽必烈汗》）形式。虽然他深谙自然界"静水流深"的真谛，他诗歌中所呈现的自然却总是显得沉静而有序，他似乎是在不经意中把自我的诗性意识舒缓地渗透进来。以《丁登寺》为例，该诗一开始，舒缓的节奏以及旅人的冥想便透露出踟蹰和怀旧的心绪，这也为全诗定下了冥想和智性的调门。该诗以不无突兀的"五年过去了"开启，传达出些许的无奈和感伤，以及对往昔岁月的怀念。对于"五年"一词罕见的重复（多达七次），在哈特曼看来，这表明了对于"突兀进展的抵制"。哈特曼认为，由于运用了 winters（冬天）、waters（水流）和 murmur（低语）

等阴韵词进行句中停顿，加上流水回响的声音，仿佛延宕了时光和事件的行进，丰富了人的内在心性及持续感。诗的第一节有种波浪般的节奏感，有其内在的加速度，然而又避免了高潮的感觉。这种由语汇、句法和音韵等技术手段营造出的舒缓、轻柔、平和的效果，意在暗示自然乃是诗人苦苦寻求的心灵的慰藉场和加油站（Hartman，1971）。我们以为，这种感觉不只是对旅人当下所在的环境，也是对人的生命意识的呈现，它揭示了自然对人的心灵的抚慰。在成功定下舒缓怡人的节奏和冥想的基调以后，《丁登寺》便从容悠然地追索旅人在灵动的山水之间的心灵活动，记录人的心灵之旅。[①]

哈特曼不仅展示华兹华斯对自然的表现，而且还探索华氏对自然的理解的变化。例如，对于同样的一次阿尔卑斯山之行，华氏有过两次描写，第一次是在《素写》（*Descriptive Sketches*）中，第二次则出现于《序曲》的第六卷，这次他是作为一位旅行者出现的，阿尔卑斯山使他面对的是想象而不是自然。《素写》交替呈现出自然的两种形态的美，即柔和之美与令人惊恐之美，这或许分别对应于《序曲》中自然的柔和与严苛。哈特曼认为，《素写》与《序曲》表现出诗人不同时期的巨大差别，即青年时期与成熟时期的不同，在风格和思想两个方面都显示出巨大的差异。他进一步指出，《素写》是关于危机的诗篇，是在危机发生的过程中记录危机，而不是像《序曲》那样，在反省中显示出深刻的见识。因此，尽管危机发生于一个人成长过程中的各个不同阶段，但不同时期危机的表现方式会有巨大的不同（ibid.）。

哈特曼旨在说明，通过《素写》和《序曲》中对于同一次旅行的不同呈现，华氏对自然的认识，归根结底还是要上升到心智和想象的层面。但这必须要在超越自然的基础上才能实现，而超越自然的基础必然是记录和思索自然，于是，我们看到了诗人与自然的对话，以及对自然的沉思。然而，这一过程中的很多时候，诗人对自身的力量是盲目的，这使他无法走出羁绊，无法进行形而上的思考。而最终帮助他走出这一困境的，还是自然。诗人通过观察自然对抗其自身的分离的幻想（separate phantasy），即心智终于使他成为诗人的自主的力量，而这在深层次上无可避免地涉及对

---

① 华兹华斯最负盛名的《序曲》被认为是《丁登寺》的续篇，该诗的副标题为："一位诗人心灵的成长。"见 Abrams et al.（1986：227）。

自然的理念的认识。①

通过对自然的表现，揭示出诗人的心路历程，这是包括华兹华斯在内的浪漫主义诗人的一贯目标，《丁登寺》如此，作为其姊妹篇的浪漫主义诗歌名作《序曲》更是把这一主题的表现发挥到了极致。《素写》和《序曲》通过对同一次旅行的表现，对认识自然、理解自然进行了生动的诠释。华氏在表现自然的诗篇中，深刻地融入了其对于自然的理解。哈特曼进一步指出，由于华氏发现自己理解的自然和时人所期待的自然大不相同，他的精神成长便转向了对于该区别的解释（Hartman，1971）。我们在《丁登寺》《素写》和《序曲》等诗篇中看到了华氏的解释。

当现代人对宗教显灵失去了信仰，他们便转向个人经验以及感觉经验。于是，在传统的信仰支撑点不复存在之时，有意无意中，传达信仰的诗人和艺术家便顺理成章地充当起中介的角色。个人的经验成为权威和信仰的唯一源泉，诗人需要抛弃寻求灵异和灵感的传统方式，转而现身说法，以亲身体察神异的力量。新的信仰的形成需要文学表现形式与之相符；在浪漫主义的自然泛神论中，人与自然紧密地融为一体，共同体现出宗教性。只不过，中世纪的宗教至上主义被削弱，神性无远弗届的巨大氛围广泛分布于人与自然的各个方面，于是，人的积极能动性和主观创造性得以体现。因此，人充当中介，虽然开始时不免有些勉强，但他顺水推舟，并逐渐占据了中心位置，发挥越来越巨大的作用。或许，这就是哈特曼在《华兹华斯的诗歌：1787—1814》1971 年再版序言中，所谓华氏"洞察力的世俗化"的所指，它是对自然的宗教内涵在某种程度上的反拨，而非我们通俗意义上所理解的世俗。

浪漫主义诗学观认为，自然与人是可以沟通的。华兹华斯认为，通过自然的直接中介可以形成想象。他和许多同时代的人一样，不再相信基督及其圣言能够充当神与人之间的中介。对于他们而言，精神与肉体的完善、肉体的完善与死亡，都是难以区分的。于是，不无矛盾的是，在日益世俗化的世界里，躯体成了神的中介的象征；但在充当中介的物质世界，青睐生与死的证据经常难分彼此。和不少现代诗歌一样，华氏的作品中也出现了兼具人与非人特性的形象，如《序曲》第 7 卷中出现的那位目盲的乞丐（Hartman，1966）。

---

① 值得注意的是，哈特曼分析诗人如何忠实地记录眼睛囿于自然，以及最终如何走出并超越自然，不仅从诗歌的主题和内容方面，而且从《素写》的形式方面，如风格、诗体形式和句法等，得出了令人信服的结论。

对于神异力量和存在的描写时常需要借助想象，需要幻觉的题材，而华氏在诗歌创作中却坚持回归自然，这在一些批评家看来，对于他来说是一种不小的遗憾。他们认为，如果华氏坚持幻觉的题材，他会和弥尔顿一样伟大（Hartman，1971）。哈特曼则指出，对于华氏来说，自然不是一件"物体"，而是一种存在和一种力量，一种运动和一种精神；自然不是要去顶礼膜拜和消耗的对象，而是一种向导，超越自身，走向更多、更为深远的东西。华氏心目中的自然不是单一的，而是与想象结合起来的混合体。

关于华氏的自然诗歌，以及华氏对待自然的态度，一直存在争议。哈特曼归纳了各种看法，他指出：包括布莱克在内的一些人认为，华氏的诗歌尊崇甚至崇拜自然；而主流观点则认为，华氏从自然崇拜，甚至从泛神论到自然宗教观，其中有心智和自然之间崇高化的互动，而心智行为或者想象的理想化力量则在其中占据优势；少数学者指出华氏对待自然的态度不无悖谬，认为他所称的"想象"可能是"内在地"对立于自然的（ibid.：33）。哈特曼同意斯伯利（Willard Sperry）的观点："除非能够完全意识到华兹华斯由外部世界的某种物体迅速激发起来的主体性，否则，谁也无法触及其诗歌的核心。"（ibid.：13）他以为要理解华氏，还是需要由客观到主观，由外部世界向诗人的内心世界过渡。

第四节　中外华兹华斯研究现状

主体与客体、自然与神话、现实与想象等是浪漫主义文学最习见的主题，如阿布拉姆斯《镜与灯》的研究。在黑格尔、谢林等德国哲学家那里，浪漫主义非常关切自我与社会、灵与肉的分离。华氏与柯勒律治对待自然的态度，及其语言观；华氏表现自然的诗歌对当时英国社会、历史及政治的反映，以及其中所折射出的诗人的种种态度和立场；其作品中隐含的与妹妹多萝西的生平以及文学和思想意义的关系，诸如此类，产生了大量索引型、传记型、注释型的解读。《序曲》以其广博深刻的内容，在这些方面均有所体现；《丁登寺》以适中的长度和深刻的表现力，也揭示了华氏常见的主题；而读者喜闻乐见的一些抒情短诗，则更是成为批评家笔下不间断的话题。20世纪中叶以来，随着文学理论的迅速发展，文学研究日趋理论化，然而在英国，"浪漫主义与文学理论之间通常关联薄弱"（Simpson，2005：14），这也是英国文学批评的传统所致。在美国，理论蜂起，尤其是起源于法国的解构主义蔚为大观，然而，"耶鲁学派""虽有着内部的多元性，却创造了这样的一种浪漫主义，它再不能被视为仅仅鼓吹和象征明智的被动、与自然的交融，以及为备受折磨的现代个体带来宁静"（Simpson，2005：17-18）。华氏的自然诗无疑是一个典型的体现，它们以丰富和多元的主题呈现在我们面前。例如，和哈特曼同为"耶鲁学派"成员的德曼通过文本的修辞阅读，分析华氏诗歌创作中主体和客体之间的游移状态；而布鲁姆的《误读图示》则认为《丁登寺》是对于对它产生了最大"影响的忧虑"的《失乐园》卷三和卷七的防御性解释。哈特曼的《华兹华斯的诗歌》颠覆了华氏作为医治者（healer）、诗人作为有机主体的传统；传统批评多强调华氏作品中自然与诗人的幻觉瞬间的不可协调，而在哈特曼那里，二者并行不悖、相得益彰；哈特曼对于华氏诗歌的细腻、深刻而精微的心理分析，为前所少见，如对《丁登寺》和《致朵拉》中隐含的诗人妹妹和女儿的形象的刻画。这些分析促进了华氏自然诗歌研究的多元化和丰富性，同时也是对华氏研究甚至是对英国浪漫主义研究的有力推进。

　　近些年来，随着文学和文化批评理论的繁荣，华氏自然诗的研究在主题和研究方法方面更加多元。[①] 传统的历史、社会、政治批评的模式依然活跃：研究者注意扭转以往将乡间生活理想化、商品化，却忽略它在浪漫主义作家笔下的现实性和美学效果的做法；认为《丁登寺》把反思和回忆用作社会的和政治的目的，《序曲》对于政治的表现是一种"策略性的转换"（tactical transferral）；考察华氏作品中保守的"自然的政治化"及风景的性别政治，以及政治转化为记忆的秩序。作为自然意象的华氏笔下的橡树被赋予一种美感，象征着生命、智慧以及不动摇的信仰，同时又述说着政治和文化传统的延续。华氏为田园诗注入了新鲜活力，而这种努力也与他的政治和社会关怀分不开；他对田园诗的关注，被认为是对 1800—1802 年间民族命运关切的一部分。法国大革命在华氏的诗中作用颇多，因为它重新激活了孩童时期的语言创伤的能量。哲学研究的范式依然强大：华氏被置于所处时代的哲学背景之下加以审视，如神秘主义和反实证主义；宗教哲学探讨其作品中后宗教般的超自然的关切，这有别于华氏研究中的唯物主义倾向。学者们从戈德温和柯勒律治哲学出发研究华氏，把他视为一位系统的思想家；批评家审视他的作品（如《破败的村舍》）中的恶从形而上学到伦理范畴的转变。随着环境问题日趋严重，生态保护成为世人关注的

---

① 该部分多参考近年（2001—2009）的《英语研究年鉴》（*The Year's Work in English Studies*），凡涉及这些文献，不再单独标示出处。

热点，这也在华氏自然诗的研究中表现出来。华氏作为自然诗人的面貌一度被忽视，哈罗德·布鲁姆甚至宣称他为非自然或反自然诗人（anti-nature poet）。现在，华氏重回公众视野，被认为是环境保护的积极参与者，并促进建立国家公园（National Parks）。华氏对于树木和园艺的兴趣也被发掘出来：他在多篇作品中反复提及树（如《丁登寺》中开篇不久的"黝黑的槭树"），不仅因为树木自身的特色，更是因为树对于自然界的和谐、对于人与自然的和谐的巨大作用。其不少作品被生态主义者解读，例如，《鹿跳泉》被视为一首生态诗，鹿的苦难被加以伦理的观照；也有观点认为该诗表现了聪明的自然如何应对"非自然的"人的举动，自然将会舍弃不能恰当地珍爱它的人。

近年来出现了一些以心理分析和女权主义视角解读华氏自然诗的努力。学者们以弗洛伊德心理学的观点诠释《序曲》，解释其中对于自然神秘主义的不安；《序曲》片断被认为预示了福柯的观点，"人"的范畴出现于具体的历史条件。《采坚果》的作者不是家长制式的立法者，而是温柔的美学的代表；相反的观点仍然认为该诗体现了男性暴力。《丁登寺》与多萝西的有关诗歌以对话关系进入研究者的视野；同时，华氏被认为企图在该诗中掩盖历史真实的情况，是在与超验的"内在他者"对话。华氏在其中对多萝西的呼唤，代表了浪漫主义关于女人是男人与自然之间媒介的信仰，而这一角色同时也剥夺了女人男性气质提升的机会。华氏自然诗的后—新—历史主义研究方兴未艾。《我独自云游》被理解为一首后殖民主义的诗歌，华氏生前被妖魔化和漫画化，他在这首诗中仿佛是和西印度诗人共享默契的旅伴；因为在某些作品中的表现，华氏被简单视为服务于"国家主义和帝国主义的日程表"的行者。《丁登寺》被置于当时社会历史的背景之下，还原其中无须特别点明而今日读者已经不明所以的人物，从而与历史协商而不是隐秘化历史（negotiating rather than euphemizing history）；该诗中历史人物从政坛的隐退颇似中国古代隐士以退为进的入世策略。批评家认为华氏透过《丁登寺》编制了一张繁复的人际网，加之社会、知识界和文学界的广泛关联，以此构成 18 世纪 90 年代的激进主义，而威尔士对这种激进主义和浪漫主义的贡献不可小觑。新历史主义学者附上当时的丁登寺及周围环境的照片，说明华氏改变和扭曲了工业化背景下的丁登寺，以符合自己对田园般场景的需要。同样，学者抉隐索微，提供《序曲》中有关旅行的细节，力争还原其历史的真相。而列文森等新历史主义批评家和斯宾瓦克等女权主义批评家，甚至从根本上否定华兹华斯诗歌的意义。

抒情诗与社会环境的关系可以通过记忆和同情来梳理，这在考察浪漫主义抒情诗的自省倾向时极为重要。《丁登寺》将如画的美景立足于记忆及自然宗教；《丁登寺》中不见明显的自省，而是转向旅伴多萝西，将其作为外化的听众。阿尔提艾瑞考察了《丁登寺》中，作者情感导向内在的存在，而这不能理性地加以正当化，尽管它们被视作可广泛认知的意识。浪漫主义运动和地质学的产生时间相仿，二者有类似的关切。学者们探讨浪漫主义视觉文化的政治，尤其是肖像如何作为隐喻和浪漫主义文学文化的亚文类。黄昏在华氏等浪漫主义诗人那里，兼具历史传统和形式效果。华氏被置于国际文学的大舞台，作为一个巨大的文学影响而出现。其自然观的东方（主要是我们所谓的中东）传统受到关注，《浪漫主义与禅宗佛教》则关乎与远东神秘宗教的关联；学者们考察了华氏如何受到歌德、席勒、卢梭等所代表的欧陆哲学的影响，如有机论。在海伦·文德勒和哈罗德·布鲁姆等看来，20 世纪的美国诗歌很大程度上是英国浪漫主义传统的延续。《华兹华斯和美国文学文化》（*Wordsworth and American Literary Culture*）是一本研究华氏的文集，探讨关于华氏对于"19 世纪北美文化界几乎无与伦比的影响"；该书认为这种影响的广泛和深远是布鲁姆模式所无法涵盖的。

《华兹华斯式的启蒙：浪漫主义诗歌与阅读的生态》（*The Wordsworthian Enlightenment: Romantic Poetry and the Ecology of Reading*）是一本献给哈特曼的纪念文集，其中收录的文章多是关于文学和哲学话题的重新解读——涉及莎士比亚、海德格尔、黑格尔等。《华兹华斯领域》（*The Wordsworth Circle*）发表哈特曼重读华氏一首诗歌《困惑的性味》（Strange Fits of Passion）的文章，得到六位学者的反馈，话题涉及黑格尔哲学传统，哈特曼在心理美学、诗歌和感觉等方面的理念。这也是对哈特曼之于浪漫主义文学，尤其是华氏研究的巨大贡献的认可。

鉴于哈特曼对华兹华斯研究的巨大贡献，后来者经常难以摆脱他的"影响的焦虑"。他在传统哲学和心理分析等方面的努力，在当代批评家那里得到体现。他对主体性和意识的执着关注，对自然与超自然等诗歌主题的深入思考，对《丁登寺》《致朵拉》和《丽达与天鹅》中人物心理复杂而精微的描述，对记忆和情感、声音和视觉元素在作品中作用的探究，无不在后来的批评者那里得到反响。这也是文学批评传统的薪火相传。当然，由于文学研究关注点的变化与理论日新月异的发展，甚至批评家个人兴趣的原因，哈特曼之后的华氏研究（其自然诗作为其中重要的一环）也呈现出一些新的特点。例如，哈特曼较少涉及的政治和意识形态方面的批评、生态批评，以及与其他文学传统的比较等，这些都是对华氏研究的深化和发展。

在 19—20 世纪之交华兹华斯进入中国的早期，其对于自然的态度影响了"创造社"和"新月派"的作家们，他们不少人身兼翻译家和学者两重身份，认同华氏作品与中国"天人合一"思想相类的对待自然的态度。中华人民共和国成立后，华氏被指责为反对法国大革命、退缩进田园山水，代表了消极或反动的浪漫主义。改革开放后，华氏研究逐步拨乱反正，对华氏自然诗歌及诗论的研究众多，如关注其自然诗歌的社会性。中国学者喜欢把华氏和中国诗人、把他作品中的主人公和中国文学中的人物加以比较，如华氏与陶渊明、王维，露茜和中国传统诗歌中的佳人；其自然诗也被拿来与中国山水田园诗加以比较。

中国学者传统的看法是，华氏自然诗的常见主题为主体与客体，自然、宗教与人的相互关系；重要的论点，如，自然比理性更能给人启示，激发人的想象力；大自然可以疗治人的创伤；自然与受到威胁甚至摧毁的都市的对抗，等等。"在阿布拉姆斯等传统的浪漫主义评论家看来，华兹华斯等浪漫主义诗人在对待自然客体的侵袭和渗透的时候，更多的是发挥了想象的作用，通过想象，作为主体性的重要表征的意识也急剧地扩张开来，融入客体的内部，从而形成了主客体的一个共存体。"（张智义，2005：98）苏文菁的《重读经典：本世纪 60—90 年代英美华兹华斯研究》实际上只考察了六个批评文本，她高度评价哈特曼的华氏研究，但照其理解，哈特曼认为华氏需要杀死自然，以获取"灵视诗歌的黄金瞬间"，这恐怕是对哈特曼的误读（ibid.：109）。华氏自然观的哲学解读是中国学者笔下常见的话题，例如，卢梭的"回归自然"思想对华氏的影响；华氏的神性论自然观、泛神论思想及其艺术表现策略。生态解读逐渐成为近期的热点之一。近年来，有学者（如丁宏为，张旭春）开始对华氏研究中的新历史主义批评范式进行反思，并试图对华氏自然诗中的代表作采取历史还原法进行分析。张旭春（2003）认为，《丁登寺》中的细节很多时候是隐喻意义而非物理意义上的存在；《丁登寺》中并无丁登寺的出现，国外对此的新历史主义分析囿于技术上的枝节，却无力还原历史的本来面目，而只有将其置于现代性的大的历史背景之下，才能解决诸如浪漫主义的本质等根本性问题。丁宏为（2003）干脆跳出常规思维，认为重要的不是华氏在自然诗中所表现的具体的自然意象，而是表现过程中诗意的思维所起的作用。

大体说来，中国学者对华氏自然诗的批评多表现为传统的主题，如关于主客体关系、自然与神性、自然意象、华氏的思想背景等，但诸如时间、视觉效果、情感作用等因素迄今很少谈到，这是和哈特曼的批评相比较大的差别。此外，关于心理分析的研究几乎付诸阙如，这是令人遗憾的，而这恰恰是哈特曼研究的一个突出特色。以上提及的有些方面，我国学者虽有所触及，但广度与深度尚有缺失，如华氏哲学思想、华氏作品中的自然意象（如树木、光影）等。然而，中国学者在新历史主义研究方面取得令人瞩目的实绩，值得称道。此外，和中国诗人以及中国文学中的主题与人物的比较，也是我国华氏自然诗歌研究中的一个特点，只是有时沦为文学比较，尚需上升到规律性的认识。

第二章

英国浪漫主义诗歌中"风"的意象

　　如同日、月、水、土等自然意象一样，风一直是文艺作品中的常客，这在英国浪漫主义诗人那里也不例外。在他们的诗歌作品中，风不仅是自然山水的一个重要组成部分：或微风轻拂、花木摇曳，或狂风大作、飞沙走石，揭示大自然或柔和或狂暴的一面。更加引人注目的是，风还常常是诗人情感与思想形成或转变的物质载体。"大地微微暖气吹"，严冬徐徐吹向阳春的和风在诗人的生花妙笔下常象征着旧世界向新世界的嬗变，紊乱无序之后的秩序重建，萎靡困顿之后精神的复苏，或想象力匮乏之际创造力的勃发。在希伯来语、拉丁语、希腊语等多种语言中，表示风、呼吸、心灵、灵感、迷狂等意义的词有着千丝万缕的联系（Abrams，1986）。据西方关于创世记的传说，开天辟地之前，一片混沌，上帝御风而行，开始了伟大的创世记。创造人时，上帝用地上的土捏成人的形状，然后向其鼻孔吹气，人有了气息，便成活起来，开始了生命的旅程。于是，人剧烈运动会气息不匀，垂危之际会呼吸艰难，而"断气"则意味着人生命的终结。《圣经·创世记》是这样开始的："起初，上帝创造天地。地是空虚混沌，渊面黑暗；上帝的灵运行在水面上。"（《圣经》）按照张谷若先生的解释，该处的"灵"（spirit）有二意：本意为风、气，比喻精神或灵。"希伯来人的观念，黑暗之中所以有光、无生之物所以有生，都是上帝之气所赋予的。但是这种气的功能、运用，是无形的，是不可抗拒的，故为精神、为灵。以古代人缺乏抽象观念而论，故以 spirit 为气、风，更合。"（王佐良，1991：202）由此可见宗教意义上风、气与精神、灵的一致性。上帝无所不在，可以同时出现于多处场所，这之所以成为可能，按照上述解释，是因为上帝之灵御风而行，而它本身就常以踪影皆无的风的形式出现。在许多民族的民间传说和神秘的宗教仪式中，巫师在作法时，常常于念念有词的同时吹一口气，象征着把无边法力以一种不可知的神秘方式作用于施法对象，由此便可产生种种奇迹。

英国浪漫主义诗人长于描摹山水，借景抒情，借田园山色传达心中的感怀和对人生和人所寄寓于其中的宇宙的种种体悟。本章拟从蔚为大观的英国浪漫主义诗歌中略加采撷，并试图发掘其中所蕴含的风之意象的多重维度。

第一节 《西风颂》之风：既破又立

《西风颂》是雪莱的代表作之一，也是世界浪漫主义文学宝库中一颗璀璨的明珠。全诗伊始，即直呼西风为"秋之气息"①，展开了对西风多重角色及其具有广泛象征性的启示形象的塑造。西风既是毁灭者，又是保存者。它扯碎乌云，搅动海洋，使平和静谧的天与水波不兴的海刹那间乌云翻滚，波涛汹涌，一幅"山雨（水）②欲来风满楼"的景象。作品中，诗句跨行越节，在形式上对应并强化了所要表现的主题。作者极写西风狂野不羁的形象，意在揭示革命风暴的巨大破坏性。不破不立，作者在着力渲染西风狂野恣肆的破坏性一面的同时，也看到了其保存的本性，"把有翅的种子（籽）凌空运送到它（他）们黑暗的越冬床圃"，更依稀听到其"阳春妹妹"轻柔的步履。唯其破坏得坚决彻底，才有望建立一个完全崭新的理想社会。在最早把雪莱介绍给国人的人中，鲁迅先生便特别看重全诗中贯穿始终的这种反抗与破坏精神。他在介绍雪莱时，极力渲染其"奋迅如狮子"的姿态，以适合自己针砭国民劣性、强健民族心智的一贯主张。他所强调的是雪莱笔端洋溢着的刚强劲健的力量，以及雪莱借助于西风所传达出的建构者的形象。我们知道，西风的这种狂野不羁其实也是雪莱自身形象的写照。雪莱虽然出生于显赫的官宦之家，却很早就显露出反叛精神，王权专制、宗教教义乃至婚姻体制都成了他攻击的对象。还在牛津大学读书时，他就因为离经叛道的《论无神论之必要》而被逐出校园。他的反叛与批判精神在《1819年的英格兰》《奥西曼底亚斯》和《暴政的假面游行》等作品中也得到了充分展现。

《西风颂》中，诗人所祈求的不仅仅是西风无与伦比的毁灭性力量，而且他跳脱这一传统习见的模式，大胆发挥激越的想象和浪漫的情怀，自

---

① 本章所引《西风颂》，均出自江枫（1991）《雪莱诗选》。引文不再另行给出出处。

② 本书所引译文中个别文字不符合现有语言规范，笔者对此进行了修正，同时以括号加注的形式将原译中的文字进行标注。后文同，不再赘述。

豪地向西风发出吁求:"豪迈的你,我的灵魂!化为我吧,不羁的你!"至此,诗人已完全超越了瞬间之前化作浮云、落叶与波浪以亲炙西风威仪的殷切愿望,在这物我一体的充分融合中占据主动,反而驾驭着狂放的西风,使其为我所用,并要它传达"如果冬天已到,春天还会远吗?"这一著名的预言。诗人由追随着西风、对它亦步亦趋,转向对西风的强力掌控,至此,诗人的真实意图跃然纸上:秋之毁灭是为了春之复兴,西风之破坏意在催生新的生命。这一转向所隐含的,无疑是诗人澎湃的激情和无比豪迈的凌云壮志。通过描写四季周而复始的更替,作者追索毁灭与重建的过程,而这也正是他希望西风这一嘹亮的号角所传达出来的启示意义:西风象征着毁灭与复活。作为革命使者的西风加速革命的循环,预示着像法国大革命一样,一个汹涌澎湃的革命高潮必将迅速席卷整个英格兰。在此,诗人发出了革命的预言,这实践了他的诗人即预言家的著名观点。

《西风颂》中风被称为"秋之气息""不羁的精灵",而"精灵"(spirit)一词来自拉丁文 spiritus,意为"风、呼吸、灵魂",并是"灵感"(inspiration)一词的词根(Abrams et al., 1986:696);或源自拉丁文 spirare,意为"吹拂"。《牛津英语词源词典》指出,拉丁文 spiritus 有"呼吸、空气、生命、灵魂、自豪、勇气及(基督教用法中)非实体存在"等意义(Onions, 1982:854)。据此,并基于上文的解释,我们知道"风、呼吸、生命、灵魂"等彼此之间往往有着非常紧密的关联,有时甚至可以互训。这些为我们领会《西风颂》中风的多重意蕴提供了坚实的基础。该诗第二节中所出现的Maenad 一词与此意义场域是连贯一致的:米娜德(Maenad)是希腊酒神和植物保护神巴克斯(Bacchus)的女祭司和伴侣。作为植物保护神,相传巴克斯每年秋季死去,来年春天复活;作为酒神,它象征了迷狂、灵感与旺盛的创造力。显而易见,诗人在此并非信笔写来,而是暗示风的威猛狂放、摧死促生、灵动卓越的品质,而且,借此意象所象征的季节更迭,更暗示出他期盼着一些新气象的出现,如革命对旧体制的荡涤。

《西风颂》中的风不具形状,无迹可寻,因而充溢宇宙,无所不在。事实上,风是雪莱诗歌的一个模式主题。他的诗与其说写在纸上,不如说写于风中,那是很难具形于文字的抒情的声音。风精灵般的神韵不仅贯穿于诗人许多作品,而且成了他一些作品的直接描摹对象或灵感来源。在《致珍妮》("明亮的星星闪烁晶莹")中,风作用于那把可爱的吉他。风儿拂动着琴弦,发出清亮悦耳的声音,正像它吹拂着树木,树叶和谐地吟唱。风给孤寂沉静的深夜中的树带去了阵阵甜美的梦,欢快的树叶忠实地回响着它梦中的欢歌。《西风颂》中雪莱也渴望像树木那样，发出自己的心声，他请求西风"像（象）你以森林弹奏，请也以我为琴"。抒情是利用文字煽风点火，渲染情感的爆发。西风之于雪莱的作用，是使已经铺展开来的情绪之火燃得更旺。有了充分的情感铺垫，结尾那著名的预言式的呼唤就水到渠成，应运而出，而不会像古典主义者可能攻击的那样，给人以突兀生硬或歇斯底里之嫌。

第二节　自然之风：激发灵感的缪斯

华兹华斯的长诗《序曲》中，风自始至终就是一个鲜明的主题。在写法上，开头一段颇似史诗中祈求司掌艺术的女神缪斯赋予灵感的引诗，如弥尔顿《失乐园》的首段。全诗一开始，诗人就为他摆脱由于城市的困扰所导致的创造力的贫乏而庆幸。柔风轻拂面颊，顿时使人神清气爽，为之振奋；诗人贪婪地呼吸绿野清风，彻底解除了物象的沉重负担。呼吸一向是缪斯女神中的风之神赐予的一种超验的神灵般的气息，是灵感或预言的象征。这"天之呼吸"，来自天涯 / 天堂的甜美的气息，进入体内，唤醒诗人久困城市而慵懒倦怠的内在自我，使诗人在历经漫长的灵感匮乏期后重又充沛着勃勃生机和旺盛的创造力。这一首被华兹华斯称为关于他自己的心灵发展和诗歌教育的长诗，作为英国浪漫主义诗歌的扛鼎之作，写的其实是关于人与自然的关系。同样的主题也出现在该诗的姊妹篇《丁登寺》中。而且，后者也采用了同样的主题展开模式：在喧嚣的城市里生活了五年后，诗人又回到曾给他欢娱的葳河，故地重游，沁人心脾的山风顿时让他神清气爽，豪气干云，仿佛手中的笔也轻盈了许多。"一种恬静而幸福的心绪 / 听从着柔情引导我们前进"直到"我们的身体进入安眠状态 / 并且变成一个鲜活的灵魂 / 这时，和谐的力量，欣悦之深沉的力量 / 让我们的眼睛逐渐变得安宁 / 我们能够看清事物内在的生命。"（飞白，1994：293）此处反映了浪漫主义天人合一以及有机整体的哲学观念，人与自然完美地融合于神秘而又超卓的宗教理念之中。而且，这里洋溢着诗人饱满的激情和飞扬的自信。而这一切，全是由丁登寺秀丽的风光山色激发起来。这很容易令人联想起中西传说中屡屡出现的神之使者在吸入"仙风"后，似得圣灵恩浴，如有神助，常做出惊人之举的例子来。时而物质时而精神的风贯穿华兹华斯的两首名篇，使全诗因此具有几分神秘的泛神主义气息。

与雪莱的《西风颂》一样，柯勒律治的《埃俄利亚竖琴》中，风也无所不在，流贯全篇。它抚弄窗边斜倚的竖琴，发出轻柔流动的乐音，像羞涩的女子对心爱的人儿说着情话，又像隐形的巫师在娴熟地演奏着优雅的天籁之音。在柯勒律治和华兹华斯笔下，风是连接外在世界与内在自我的媒介，自然之变动不居与人的精神灵感皆因之而来。作者把世界比拟为一架硕大、灵动的风琴，因随地而起变幻莫测的风的作用，发出或徐或疾、或低沉或高亢的曼妙乐声。风作为缪斯使者，无疑给人带来创作的灵感与激情。与《西风颂》成因相仿，柯勒律治的《沮丧》也是因突遇夹杂着冰雹的风雨有感而作。所不同的是，雪莱从狂风联想起时代革命的狂潮，我们从中看到的似乎是一个满腔激情的、呼唤"让暴风雨来得更猛烈些"的斗士对革命充满了憧憬与渴望，而柯勒律治则由烈风想到民谣《帕特里克·斯宾爵士》中水手因风圈预言暴风雨而不幸言中、从而导致全船倾覆的遭遇，进而想到自己而今为不幸婚姻所束缚，与心爱的人难以结合，担心这暂时的不幸会像微风引发狂飙那样导致更大的不幸与痛苦。待诗人努力挣脱萦绕在脑际的现实的梦魇，聆听那久被忽略的呼啸山风豪放吟唱，像一个癫狂的魔术师般的琴手，拨弄着大千世界这硕大无朋的风琴，发出何其痛楚的声响！等这恐怖的一页翻过，风便奏响了新的乐章，此刻的风像迷失荒野的孤独无助的孩子，惊恐忧伤地呻吟，并不时失声尖叫，希望忧心似焚的妈妈能够听到。在这万籁俱寂的深夜，诗人睡意全无，祈求温柔的梦前去拜访他的情人，使她刚刚经过一阵疾风骤雨的心田即刻雨过天晴。诗中，风由无到有、由徐到疾，再渐趋平息，对应着诗人思想感情激烈复杂的变化轨迹，整个过程中，风始终充当了妥帖的媒介和称职的向导。

在雪莱为纪念好友济慈而作的挽诗《阿多尼》的最后一节，诗人吁请他在《西风颂》中曾热切祈求的"秋的气息"再次降临，而他则驾驭着灵魂之舟驶离海岸，驶向颤抖的人群向来力避的暴风雨。这简直成了他后来葬身海底的谶言。短诗《悲歌》中，狂暴不羁的呼啸的风像在愤怒地呐喊，抗议世道的不公，诅咒这残暴的世界。在对风的酣畅淋漓的描写之后，作者出人意料地结句："号哭吧，来为天下鸣不平！"全诗戛然而止，令人回味。并且，诗人把自然界之风与人世间的不平巧妙地联系在一起，点明了主题。华兹华斯的诗《这世界让我们受不了》，讲人们或早或迟耗尽自己的精力，看不到大自然中有任何能真正为我所有的东西。人本具有热爱、欣赏自然之心，但对物质利益和世俗享受的过分追逐使我们失却了平常心，从而一叶障目，模糊了我们发现并欣赏自然之美的眼睛，破坏了人类与自然应有的和谐。诗人认为自然本是充满灵性的，风也是如此，风平息时只不过是暂时沉入梦乡，就像花儿在夜中收拢起花瓣，积蓄芬芳以备来日散发更加怡人的馨香。

基于文化传承等方面的原因，美国文学与文化受惠于英国文学与文化颇多，尤其在早期，几乎就是英国文学与文化的美国版。美国哲学家与作家爱默生思想的形成与发展与英国传统不可分割，他的《论自然》被公认为是美国浪漫主义与先验主义的代表作之一。在该文的《精神》一章中，作者写道："如同一棵树有赖大地生长，人也同样栖息在上帝的胸脯之上。他从旺盛的山泉中吸取养分，依照自己的需要而获得无穷的力量。谁能够给人类发展的可能性设下局限呢？一旦吸进圣洁的空气，被允许观看正义与真理的绝对本质，我们立即就会认识到，人拥有进入上帝智慧殿堂的渠道，它本身正是一个有限意义上的造物主。"（爱默生，1993：49）"吸进圣洁的空气"，在此既可以按其本义理解为呼吸自然之风，也可以在比喻的意义上理解为得上帝恩宠，感受上帝之灵光。从行文到思想，这段引文散发出浓烈的先验主义和自然宗教的神秘气息。在此，人、自然、"正义与真理的绝对本质"和宗教理念似乎天然地融为一体，仿佛它们本来就是一体多面。而使这一切成为可能的，便是"一旦吸进圣洁的空气"。爱默生的先验主义哲学与东方思想的契合是人所共知的。据《美国文学思想背景》所转引的《宗教百科全书》，爱默生"超灵"观念的一元论思想，非常接近印度婆罗门教中的"个人灵魂"。后者最初的意思为"风，呼吸，事物之本质"，"在婆罗门教后期（公元前 600 年后）的印度教文献中，它开始有了'自我'之意。在《奥义书》中，意思是'普遍自我'；也可表示：无限思想，无限意识，世界灵魂，即灵魂的无限集合的一部分。"（Horton et al.，1974：119）由此可见，爱默生先验主义思想的形成和发展，既秉承了英国浪漫主义传统，又在一定程度上借鉴了东方思想。或者我们可以说，就风连接感性的客观世界和知性的主观世界，甚至对许多人来说不可知的神秘世界这一点而言，东西方有很多相通之处。卫礼贤（Richard Wilhelm）对《易经》中卦象"巽"的释义"风之又风，无微不入"是这样注释的：坚固的黑暗本原为渗透性的光明本原所融解，此乃以柔克刚。在自然界，驱散云团，使天空一派晴朗宁静的是风。此注解深刻反映了中国道家思想的真谛：风看似不起眼，如习习的微风，却能以其绵延不绝的韧性，使满天乌云消散，使天空清澈明朗。也许，在经由德国思想家和其他渠道对中国古代哲学有所了解后，英国浪漫主义诗人们对风的绵长持久和滴水穿石的精神深感认同，从而在自己的诗歌创作中曲折地加以反映，并因此事实上与中国古代哲学遥相呼应，也不无可能。

简·奥斯丁的小说善用自然环境的因素，天气在人物性格的刻画和故事情节的推进中起着积极的作用。《理智与情感》中，风向与天气的变化常导致并象征着人物性格的阴晴不定、变幻莫测，读者可据此解释作品中人物微妙的心理活动，如玛丽安娜观察风向，注视着天空的变化，想象着空气的流动。《劝告》中的沃特爵士老是有惊恐的幻觉，似乎那里充满了雪莱笔下魑魅魍魉般的落叶。但雪莱式的冬天是阳春的先兆,四季的更替是必然规律，这也是《劝告》中安娜被拯救的模式。随着春风的吹拂，她又重新激情洋溢，充满了活力（Conrad，1987）。

风之于自然科学家，是研究探索的对象，他们可以条分缕析，深入探寻其形成演变及对宇宙万物的种种作用。但这种作用多数限于外在，而在诗人的生花妙笔下，风这一平淡无奇的自然意象却具有异常丰富、深远的内涵，它对应和象征着人物思想情感的诸多微妙变化。在长于借助大自然这面镜子揭示人物的英国浪漫主义诗人那里，这一特点得到了很好的展现。

第三章

艾米莉·狄金森在中国的译介

艾米莉·狄金森（1830—1886）是美国文学史上的一位传奇人物。她生前只事耕耘，不问收获，只有寥寥几首诗问世；她去世之后，亲友们陆续将她的诗歌整理发表。1955年，隶属剑桥大学的贝尔纳普出版社出版了由托马斯·约翰逊编辑的《艾米莉·狄金森诗集》，共有诗歌1 755首。从此人们可以更深入地了解这位在诗歌内容与形式上都不拘一格、别开生面的诗人。狄金森研究也由此逐步进入国际学术界的视野，研究成果不断涌现，狄金森声誉日隆，逐渐跨入美国历史上最著名的诗人之列。

第一节 "诗坛全才"狄金森在华译本众多

狄金森诗集的面世正逢"新批评"大行其道之时，"新批评"派大师们纷纷一试身手，约翰·兰塞姆、阿伦·泰特、尤沃·温特斯、奥斯汀·沃伦等以精湛的技艺对狄金森的作品进行细读，为人们展现了一方美不胜收的诗的天地。C.艾肯在深入研读狄金森之后，称她为"英诗中最优秀的诗人之一"，称在她身上发现了"新英格兰先验主义最完美的结晶"（Rees & Harbert，1971：154）。另一位学者H.W.威尔斯甚至把狄金森誉为"自莎士比亚以来最出色的英诗大师之一，她措词的高度凝练堪与但丁媲美"（ibid.：157）。此赞誉虽不乏溢美之词，但说明了艾米莉·狄金森在美国诗歌史上的崇高地位。事实上，狄金森如同一片沃土，滋养了众多的美国诗人，她"和惠特曼协力推开了一扇门，现代诗人纷纷通过这道门去寻求表现的新形式"（飞白，1994：90），现代诗人如桑德堡、威廉姆斯、斯蒂文森等都从她那里受益良多。她被推崇为"意象派的保姆"和"乡土诗人的保护神"。如果说惠特曼是美国"现代诗歌之父"，那么狄金森则是当之无愧的美国"现代诗歌之母"。1984年，美国文学界仿效英国，于"美国文学之父"华盛顿·欧文诞辰两百周年之际，在纽约圣约翰教堂开辟"诗人角"，狄金森和惠特曼是除欧文外仅有的两位诗人。

艾米莉·狄金森在非英语国家的评介与研究相对滞后。据有关材料显示，狄金森的诗歌最早于1898年被译为德语，发表于芝加哥的一份德语杂志上。德国境内最早的德语译文出现于1907年。然而，狄金森在美国之外真正地为人所知还是在20世纪30年代，她的作品先后被译为捷克语、法语、意大利语、德语等多个语种。狄金森在亚洲的译介更加晚出，其中较早者当为日本1952年对她的发现，并从此陆续出现一些译诗及评论。中国对狄金森的评价与研究历史更短，成果也不尽如人意。本章立足于迄今为止出版的三种狄金森诗歌的译本：湖南人民出版社1984年出版的江枫译《狄金森诗选》（后由湖南文艺出版社于1992年以《狄金森抒情诗选》为名重出）、四川文艺出版社1986年出版的张芸译《狄金森诗钞》和花城出版社1992年出版的关天译《青春诗篇》，分别收译诗216首、104首和78首。不是狄金森专集，但相对集中地收进一定数量狄金森诗歌的译本主要有：香港今日世界出版社的《美国诗选》（笔者仅见1978年第12版，后由生活·读书·新知三联书店出简体字版，收余光中译13首）、北京师范大学出版社的《英美诗歌选译》（关山编译，收10首）、青海人民出版社的《美国现代诗钞》（江枫译，收30首）、花城出版社的《世界诗库》（余光中、飞白和江枫译，收22首）、北京师范学院出版社的《美国诗歌选读》（杨传纬选译，收12首）和外语教学与研究出版社1994年《世界名诗精选》系列（收江枫译诗多首）。至于散见于各处的零星译文，则难以一一统计。

第二节　"灵魂选择自己的伴侣"：四种译文

狄金森诗歌被译成汉语的当在300多首，这个数字看起来似乎并不算小，但和她1 775首的诗歌总量相比，委实显得可怜。上述集子所收译诗多有重叠，或是一首诗来自某译者的同一译文被反复使用于不同集子，或是不同集子不约而同地收进不同译者的同一首诗。这些重叠诗无不是狄金森诗中的上品，即"名著"。名著重译近年来蔚然成风，名著常吸引着各路高手争相竞技。不同的译文各有优长，重译也出现这样那样的问题。为便于分析，在此我们以狄金森一首诗的四篇译文为例：

The Soul selects her own Society—
Then—shuts the Door—
To her divine Majority—
Present no more—

Unmoved—she notes the Chariots—pausing—
At her low Gate—
Unmoved—an Emperor be kneeling
Upon her Mat—

I've known her—from an ample nation—
Choose One—
Then—close the Valves of her attention
Like Stone—

（Johnson，1960：143）

灵魂选择自己的伴侣

灵魂选择自己的伴侣，
然后，把门紧闭—
她神圣的决定—
再不容干预—

发现车辇，停在，她低矮的门前—
不为所动—
一位皇帝跪在她的席垫—
不为所动—

我知道她，从人口众多的整个民族—
选中了一个—
从此，封闭关心的阀门—
像一块石头—

（江枫译，《狄金森抒情诗选》，第 77 页）

灵魂的选择

灵魂选择她自己的朋友，
然后将房门关死：
请莫再闯进她那神圣的，
济济多士的圈子。

她漠然静听着高轩驷马
停在她矮小的门前：
她漠然让一个帝王跪倒
在她的草垫上面。

我曾见她自泱泱的大国，
单单选中了一人；
然后闭上她留意的花瓣，
像石头一般顽硬。

（余光中译，见林以亮编选《美国诗选》，第 101–102 页）

灵魂选定她的同伴

灵魂选定她的同伴——
随着——把门关严——
对她神圣的成熟之年——
勿再推荐——

无动于衷——当她的矮门房
停下车队——
无动于衷——当她的席垫上
君王下跪——

我知道她——从广阔的国度
选一次——
从此——把她注意的阀门关住——
如岩石——

（飞白译，《世界诗库》，第 93 页）

灵魂选择自己的伴侣,

然后将房门紧闭;
她神圣的决定
再不容干预。

她漠然静听车辇
停在她低矮的门前;
她漠然让一个皇帝
跪上她的草垫。

我知道她从人口众多的国度
选中了一个;
从此闭阖上心瓣
像一块石头。

（张芸译,《狄金森诗钞》,第 9 页）

第三节　佳译实难觅,研究待加强

四篇译文各有特点。关于标题的处理,狄金森原诗无标题,译诗或不列标题,若列标题则多选用诗的首句代替。前述四译诗有三首属于这种情况,其中张译未将标题另列,而是将首句以黑体出之,效果相同。唯余译稍作变通,标题画龙点睛,点出诗的主题,不失为一种方式。形式上,整体说来,飞译与原诗最为贴近,忠实地传达了原诗的形式,江译则在第二节的处理上作了微调,以期更符合汉语表达习惯;余译与张译第二节在形式上作了较大改动。这大概是所谓语言学派翻译与文学翻译的区别之一。依笔者之见,总体来说,两种方式并行不悖,这是见仁见智的问题,我们应该有倾听不同声音的雅量。但具体就该诗的翻译而言,应考虑尽量保留原诗的形式,包括原诗行文的特点与破折号的频繁使用等。因为我们知道,狄金森之所以独树一帜,除了她诗歌内容常发人所未发之外,表达形式也每每不落俗套,标新立异。她那突兀有力、"连根拔起"式的表达正是由她独特的思想所决定的。在自己的诗歌被改头换面才得以发表后,狄金森便拒绝发表作品,她认为"发表—是拍卖 / 人的心灵"(狄金森,1984:

178）。不为发表而写作，不必迎合世俗陈规，她的行文因此多有随意性，她几乎是常常迫不及待地随手在就近的纸片、烟盒和树叶上捕捉下思想的吉光片羽，这也在一定程度上造就了她言简意赅的风格。对此，尽管不少人难以接受，甚至或有责言，但一旦人们深刻理解了这位"艾默斯特修女"不同寻常的诗行里所散发出的熠熠光彩，便会对她不吝赞誉。艾米莉·狄金森的"文学导师"托马斯·希金森的看法颇有代表性，他认为她具有自己的"强健的文学标准"和"固执而挑剔"的遣词方式，并进一步指出，"当我们沉浸于一种思想之中时，侈谈语法会不合时宜。"（Rees & Harbert，1971：152）我们认为，狄金森不拘一格的表达形式与她桀骜不驯甚至惊世骇俗的思想相得益彰，二者不可偏废。我们在翻译狄金森的诗歌时应尽可能地保留原诗的形式，否则，如狄金森地下有知，她会像当初拒绝自己的诗歌被施行"外科手术"一样，拒绝被翻译的。破折号[①]几乎是狄金森诗中唯一的标点符号，破折号在她的诗中常充当逗号、句号等功能，她手稿中的破折号更有长短、上升或下降之分，表明停顿的长短、音调的升降与特别强调等。1955 年版的《艾米莉·狄金森诗集》便较好地保留了原稿中的破折号，虽然为技术和实际操作等因素所限，未能保留破折号的长短和方向。鉴于此，我们在翻译狄金森的诗歌时应该忠实地保留破折号，正如应尽量体现原诗的行文特点一样，因为这是狄金森区别于其他诗人的一大标志。江译中采用短横停顿优于飞译中使用标准破折号，因为后者延缓了诗的节奏。综上所述，笔者认为在对原诗形式的传达方面，余译与张译在对原诗忠实度的把握上稍显逊色，改变了原诗的形式，因此在一定程度上改变了原诗的节奏与文气，原诗的舒缓随意因此变得紧凑而正式。

音韵方面，我们知道，狄金森的诗歌在形式上深受赞美诗的影响。传统的赞美诗诗节一般为抑扬格 8，6，8，6（每行音节数）式，狄金森的一些诗作即忠实地体现了这种形式，如第 272 首。但狄金森又不拘泥于赞美诗的既定模式，每每根据需要大胆变通，如第 638 首的两节分别为 7，6，7，6 与 8，6，8，6 式，第 113 首的两节则为 6，5，6，5 与 7，4，7，4 式等。狄金森在诗的节奏上打破传统格律诗的桎梏，按照人体呼吸的节奏，充分利用英语词汇固有的节奏变化，这一点在后来的现代诗人如桑德堡、奥尔森等人手里发扬光大。本章所讨论的第 303 首，三个诗节分别为抑扬格 9，

---

① 严格说来，狄金森诗中的破折号只是相当于一种停顿符号，并不等同于我们所熟知的一般意义上的破折号。

4，8，4；9，4，9，4 与 9，2，9，2 式，其中第 3 行当视为破格。要汉译忠实地体现原诗的音韵与节奏确实困难。弗罗斯特在讲"诗歌乃翻译中所失去的"时，形式上的难以忠实再现应是他的一种主要考虑。所引四种译文都较好地体现了原诗的尾韵，至于英诗中头韵（如引诗第 1 行中）和元音韵（如引诗第 9 行中）在汉译中的再现本来就几乎不可能，所以我们无法苛求。余译和张译由于省略破折号，且在第 2 节将原诗散而有序、别有意味的行文以连贯流畅的诗句代替，一定程度上离原诗的节奏感更远，这也算是对弗罗斯特那一著名论断的又一注解。当然，余译与张译亦自有节奏，只是与原诗存在相当距离。

在原诗内容的传达上，四篇译文大同小异，区别之处主要有三。一是飞译将第 3 行的 Majority 理解为"成熟"，虽然与其他处理不同，但当为一解。二是对第 9 行中 ample nation 的处理。查《韦氏英语词典》①，ample 一词的解释中有"large; wide; spacious; extended; great in bulk, size or capacity"。以此衡量，几种译文皆能达义，余译"泱泱的大国"当理解为 great in capacity，因为《现代汉语词典》释"泱泱"为"气魄宏大"。飞译在意义上当然成立，但原诗中的 ample 与下一行 One 显然形成对比强调之意，因此笔者倾向于江译与张译对该词的处理。美中不足的是，江译与张译对该句的处理显得不够精练。三是原诗第 11 行中 Valves of attention，江译、余译、飞译分别作"关心的阀门""留意的花瓣""注意的阀门"；张译作"心瓣"，不准确。另外，余译因系诗人译诗，文采斐然，诗味浓郁。看余选译狄金森诗歌，皆是优美的抒情之作，译笔也精致美妙，耐人咀嚼，属于"意译"或"文学翻译"一类。难得的是，以诗笔译诗而能"有克己工夫，抑止不适当的写作冲动"（钱钟书，1996：87），不加兴会之笔。只是余译以"济济多士""高轩驷马"等正规的书面语来表现原诗一以贯之的口语，似可商榷。相比之下，张译借鉴的痕迹过重，有时甚至给人以因袭之嫌。如张译第 1 节和江译相比，仅有第 2 行稍作改动，且改动处逊于江译。而且张译未能像江译那样在第 3、4 行后加注②，至少是考虑不周的

---

① *Webster's Dictionary of the English Language*, Unabridged Encyclopedic Edition, William Collins Publishers, Inc, New York, 1979.

② 江译原注如下：
此上两行，亦可译为：
神圣的多数对于她——
再没有意义

表现，因为这两行的译文与原诗对应处在字面上有较大变动，应加以说明。张译第 2 节对余译的借鉴也较明显。

关于标题的处理，前文已经提及，余译另立标题，要言不凡，画龙点睛，一般情况下是成功的，但如何"点"、掌握何种度至关重要，弄不好会有画蛇添足之感。如第 986 首，原诗写蛇却终篇未见蛇字，全诗充满悬念和神秘的氛围。但余译将"蛇"字作为标题径直点出，全诗悬念顿消。[①]此外，狄金森诗中常大写某些词的首字母以示强调，如该诗中的 Soul、Society 等。几种译文皆未能将此特点反映出来，不无遗憾。依笔者之见，这并非不能做到，只是如何做的问题，如可以考虑将这些原文词的对应汉译饰以黑体或加着重号等。最后，有一个小小的技术问题，笔者将其提出。张译本作为狄金森诗选，既没有给译诗加上英文选集中的编号，也未标明大致写作时间，给研究者带来不便。这是今后的译诗选应加以避免的。

笔者认为，严复著名的翻译标准之所以历久不衰，多年来面对纷纭众说依然保持旺盛的生命力，在于它涵盖了翻译活动中形式与内容两方面的传达，这是无论何种翻译流派都无法回避的。而在严复的三字标准中最重要的又在于"信"，它是三字标准的基础，失去了"信"，"达"便无从谈起，"雅"也无以凭附。对于诗歌这种表现形式举足轻重的文学门类的翻译而言，对原诗形式的忠实显得尤为重要。持诗歌难译甚至不可译论者多从诗歌形式的难以再现方面为自己寻找证据，而诗人尤其是技巧大师们从来也不会让他们失望。狄金森向来因其诗歌内容与形式的独辟蹊径而引人注目，其诗歌的翻译自然颇具挑战性。综上所述，翻译短小精练的狄金森诗歌，需要对细节仔细琢磨，狠下功夫。无论句法、措词，还是标点、大小写，甚至标题的安排，均须尽量忠实于原诗。只有这样，才可能传达出原诗的神韵，因为诗歌形式经常在一定程度上影响甚至决定诗歌的内容。

虽然本章"偏爱"紧扣原文、形式上近乎亦步亦趋的译文，但不难想象，一般读者会倾向于余译，因为译者以诗人的敏感译诗，在很好地保留原诗内容的同时，突出了译文的可读性，自然会得到读者的青睐。其实这一现象并不矛盾。好的作品应该允许不同风格的译本出现，这取决于"一仆二

---

① 余光中先生出席了 2014 年 10 月底在厦门大学召开的"海外华文女作家 2014 双年会暨华文文学论坛"，并在 26 日上午的"与大师有约"环节做了演讲。在交流互动环节，笔者向余先生请教关于狄金森该诗标题翻译的问题。他认为这是一个新的可能性，但依然坚持己见。

主"的译者取悦于哪个"主人",是对作者和读者负责。以本章讨论的译诗为例,余译无疑具有广泛的号召性,会赢得广大普通读者和一部分专业人士的支持,江译、飞译的风格则因其严谨性而在多数专业人士(包括外语工作者和诗歌创作人员)中有一定市场。不同风格的译文都有其存在的必要。这或多或少体现了语言学翻译与文学翻译之别,其实两种风格的翻译并非彼此绝缘,而是同体共生,只是各有侧重罢了。

迄今为止,国内对艾米莉·狄金森的研究尚待进一步拓展和深化。闭塞如我,至少尚未见到国内有研究狄金森的专著出版,只是花城出版社1996年出过一个狄金森传记的译本。狄金森研究论文也寥若晨星,这些文章涉及狄金森作品的主题研究——关于自然、爱情、死亡、永恒等,论及作为现代主义先驱者的狄金森,也有个别文章把狄金森纳入比较文学的视野,如把狄金森与李清照、席慕蓉进行对比。某些诗歌鉴赏词典之类的工具书或其他读物对狄金森的一些作品进行过不同程度的赏析。但总体说来,正如对狄金森的翻译一样,对她的研究也处于刚刚起步阶段,已做的工作与狄金森在美国文学史上的地位和影响极不相称。当然,即使在狄金森的故乡美国,也并不是每个批评家都对她推崇有加,如弗罗斯特和当代诗人批评家哈罗德·布鲁姆对她就颇有微词,后者甚至认为她"不大具有浪漫主义诗人气质或根本不具备浪漫主义诗人气质"(罗选民、杨小滨,1998:112)。事实上,某些人对狄金森抱有偏见是由于对她不羁的个性和极具实验性的文风难以接受,她的诗无视传统的语言、诗歌风格,对神学和妇女的态度也与传统多有抵牾之处,因此令一些人不能理解与接受。但应该看到,正是这些品质让她毫无疑问地汇入美国文学的主流之中,并享有卓然大家的崇高地位。至于狄金森何以在中国颇受冷落,笔者认为原因之一是狄金森在美国被发现而加以大力研究之时,正值我们长达十年的轰轰烈烈的"文化大革命"时期。文化界对外开放之后,人们面对一夜之间涌进国门的西方数十年间形成的琳琅满目的文化财产,顿有目不暇接之感,西方作家被引进国门的多是超重量级的大师级人物,也有些早年即被引介进来的大家们被深入挖掘。狄金森在西方被深入研究的历史相对较短,而且她的诗歌被认为是小巧有余而大气不足。当然,一个客观原因是,以狄金森随遇而安的写作态度和极具个人化的写作方式,她数量巨大的近两千首诗不会篇篇均为佳作,其作品质量不够均衡。但不论如何,我们应该让这位天才诗人在我国受到应有的礼遇。狄金森在给她的"文学导师"希金森的信中曾不无自信地说:"如果声誉属于我,我逃也无法逃避。"(狄金森,

1984：259）命运之神给了这位生前籍籍无名的诗人公正的待遇，我们这个诗的国度没有理由无视这位天才诗人的存在。狄金森在我国的译介与研究应得到大力加强，我们应有出自自己学者笔下的艾米莉·狄金森传记。缺少了狄金森，美国文学乃至世界文学的地图是不完整的。相信狄金森翻译与研究会使我国的外国文学研究更加完整与深化，也必将进一步促进我国文学创作事业向前发展。

第四章

诗歌翻译新模式

——读《栖居于可能性：艾米莉·狄金森诗歌读本》

第一节 《栖居于可能性：艾米莉·狄金森诗歌读本》编撰缘起

艾米莉·狄金森是美国文学史上耳熟能详的名字。她传奇般的人生经历、特立独行的处世方式、瑰丽奇绝的想象以及出人意表的表现方式，无不像磁石一般强烈吸引着读者。作为文学史上的一位巨匠，狄金森也是学者与译家淬炼技艺的试金石，众多译者是以挑战的姿态出现的。译者下意识中和作者竞争，希望以译笔"战胜"原作者，并由此脱颖而出。基于布鲁姆"影响的焦虑"中的逻辑，译者可以看作是和作者争夺读者的竞争者。同一作品的多种译本并存，又使该竞争关系呈现出竞争者相互对抗的局面。复旦大学文学翻译研究中心携手美国狄金森国际学会（Emily Dickinson International Society），邀请近 50 名中外学者、诗人和译者，开展"狄金森合作翻译项目"，从诗人近 2 000 首诗歌中选取 104 首，精雕细琢，打造精品，其成果便是《栖居于可能性：艾米莉·狄金森诗歌读本》（下文中简称为《读本》）。在狄金森中译的激烈竞逐中，《读本》脱颖而出，令人眼前一亮。

第二节 多元互补、高品质的作者队伍

《读本》作者阵容强大，且中美合作，优势互补。该项目聚集了国内外一批狄金森研究的学者和译者，除第 16 组原定外方合作者因故退出，其余每组均由中外人员合作完成。中方人员如罗良功、王柏华、刘守兰、李玲、周琰、董恒秀等均为业内资深人士，王家新、杨炼、冷霜、周瓒等系活跃

于当代文坛的诗人。外方合作者中包括狄金森研究领域的一些标志性学者，如《狄金森学刊》前任和现任主编 Gary Stonum 和 Eliza Richards、狄金森国际学会副主席 Barbara Mossberg 和 Jed Deppman、《狄金森百科全书》主编 Jane Eberwein、狄金森权威传记作者 Alfred Habegger、狄金森信封诗和晚期手稿研究专家 Marta Werner 等。合作者中囊括了研究者、译者与诗人，更有兼具多种身份的其他学者，如此高质量的团队是《读本》成功的基础和关键。

对于英汉尤其是汉英翻译，中国学者和英美学者的合作翻译模式广受欢迎。例如，杨宪益及其夫人戴乃迭（Gladys Yang）合译的《红楼梦》，与著名汉学家大卫·霍克斯（David Hawks）的译本相比并不逊色。汉诗英译者不乏美国诗人，如美国现代诗歌的扛鼎式人物庞德，他的《河商妇》（The River Merchant's Wife: A Letter）其实是在李白《长干行》基础上的再创作，该作品堂而皇之地作为庞德的原创诗歌收入《诺顿美国文学选读》；"创造性叛逆"之类的"赞誉"已不足以描述其对于中国古典诗歌的"翻译"了。同为美国现代诗歌代表性人物的威廉斯，受庞德的引介与华裔美籍学者王大卫（David Raphael Wang）合作，翻译中国古典与现当代诗歌。仿佛受到庞德的鼓舞，威廉斯在王大卫直译基础上大幅度改写，只存原诗皮相而已（张跃军，2001：35）。庞德和威廉斯在英美现代诗歌的草创时期，急于利用各方资源，探索诗歌表现模式，其大胆改写在现代主义文学万物勃发、竞相创新的早期尚可接受，却偏离了原文，违反了当今对翻译忠实的要求。《读本》的诗歌翻译是忠实的，紧贴原诗。

外方专家的加入提升了《读本》的品质。第 21 组的 Marta Werner 为著名狄金森研究学者、19 世纪美国文学手稿研究专家，她的加入为《读本》提供了一个新鲜的观察视角。第 15 组的 Karen Emmerich 系翻译和翻译理论专家，关注"诗歌和翻译的物质层面以及编辑和译者工作的重叠部分，尤其考虑到文学文本的变动性"（王柏华等，2017：307）[①]，这一特点仿佛是为《读本》专门打造。有的外方合作者有一定的中文能力，如第 11 组的 Jed Deppman（其夫人、来自中国台湾的蔡秀妆（粧）女士也参与了该项目）和第 9 组的 George Lytle，后者具备"扎实的中土哲学涵养"（285）。中外合作模式对于简隽悠远、"言有意而意无穷"的中文诗歌的欣赏，是可遇而不可求的。此外，中方人员方面，王家新、杨炼等知名诗人的加盟，使

---

① 下文引用该书处甚多，引用时只在括号内标注页码。

《读本》直达诗人的"文心"，诗味盎然。

第三节 熔铸狄金森诗学观的译文

狄金森如此定义诗歌："倘若感到天灵盖被猛然揭开而无法合拢，这便是诗。"（79）她在第 348 首诗中称，雷电是使自己震颤的艺术；其另一首诗中同样以打雷的过程隐喻诗歌抑或爱情的生成（226）。她将诗歌视为作用于人体的强刺激，直指心灵深处，将诗人的生存姿态直观外化。这种生命诗学观在她的诗歌创作中得到了体现，而这些诗学观念也对译者的翻译策略提出了很高的要求。

《读本》共计收录 21 组 104 首诗，由合作者从狄金森全部诗歌中自由选择，且以中国译者的意见为主。每组选诗的主题、体裁、文本等各具特色。例如，第 18 组的 3 首诗皆关乎美国内战；其中最后一首似由内战而起，实归结于内心的战争。第 19 组的合作者在"作者附言"中，明确了选诗与翻译的原则：尽量选取背景信息少的短诗，以尽可能保留纯诗性；"尽量不以翻译之名行阐释之实"（322），避免文本之外的过度阐释；"句法上，译文尽量依照原文语法顺序的前提下按中文表达习惯译出"（323）。看得出，该小组的翻译策略与选诗原则是一致的，力求对应诗人的诗学观念。此外，《读本》设法营造现场感或在场感（sense of presence），使人设身处地、身临其境。译者在翻译过程中，借助于诗人使用的 1844 年版《韦伯斯特词典》（如对 Dower 一词的释义），以及她在学堂使用的《新英格兰初级课本》，加上当今时代才有的狄金森研究语料库，复归历史，从源头寻觅诗人真正的用意，这正是文化唯物主义（cultural materialism）诗学观的鲜活体现。

译者都自有选诗与翻译原则，并以此指导选诗与翻译。例如，第 8 组在"解读"中介绍了狄金森的诗学理念及其作用之下的诗歌创作，包括形式和主题等方面，并努力在诗人诗学观念的指导下进行翻译。他们认为第 F674[①] 首诗最后诗段中"抽象意境与具体暗喻的完美结合很难用中文恰如其分地表现出来"。例如，outgrown 的翻译，以"我长了"表达"原文中既抽象又具体的多重意义"（93）。这样的解说，让译者更好地接近诗人的意旨，更准确地把握其诗学理念。

[①] "F" 指 R. W. Franklin 编著的 *The Poems of Emily Dickinson: Reading Edition*. Cambridge: Belknap Press of Harvard UP, 1999. 此外，狄金森的诗歌不设标题，后世以诗歌的数字符号命名，或者以首行直接作为标题。

狄金森的诗学观，还体现在对宗教的态度上。她对上帝并非一味地温良恭敬，上帝在她的笔下形象多变，有时被诗人取代（如第 F533 首诗），有时成为强盗（burglar）和银行家（banker）①。对于这种宗教世俗化的做法，著名美国文学专家文德勒认为，"狄金森所有诉诸基督教意象与语言的诗歌在某种程度上都是对基督教宗教的重新书写——理性地、渎神地、调侃地"（263）。诗人对待宗教的轻松甚至不以为然的态度，少年时期已经形成，当时她是家中唯一不信教的（167），"她经常把唱给上帝的赞歌世俗化，甚至采用不恭不敬的语调"（46）。第 F236B 首诗中，在比较了与基督徒宗教生活的不同后，诗人认为自己独特的宗教生活更胜一筹，不拘形式而重在实质。《读本》的翻译试图呈现诗人对待宗教轻松而不轻忽、谑而不虐的口吻，再现其瓦解神圣和"去宗教化"的努力，而这对译者是很大的挑战。译者在词的翻译上尽力传递原诗的意涵，如第 F279 首诗《自所有创生的灵魂—》中，将 stand create 译为"创生"而非"创造"，将 Elected 译为"选中"而非"挑选"，都是考虑到了基督教意义的结果（265）。

狄金森诗笔简隽空灵，具有中国古典诗歌的品质，如严羽《沧浪诗话》所言："羚羊挂角，无迹可求，故其妙处，透彻玲珑，不可凑泊。"阅读狄金森是不容易的体验，需要发挥想象以填充空白。其"选择不选择"是策略和姿态，无为而无不为；不作定论，而是敞开可能性，邀约读者参与创作。这种诗学观念指导之下的创作，对译者要求甚高。狄金森的诗作看似平易，实则晦涩艰深。其主题表现常是开放式的，如对于 F743 首诗的讨论所显示的那样（320–321）。理解不可定于一端，而剥夺了其他的可能性；但翻译是排他的，落实到纸面上的只能是一种理解。除了加注，《读本》还提供作品解读以及合作者的讨论，不仅弥补了上述不足，还将文本的多种意涵充分展开，展示意义生成的多种可能。例如，第 A449 首诗《最浩大的人间之日》堪称狄金森的典型之作：尺幅之间，内涵宏阔，大有乾坤；而替换词和多种表达组合使得意义的可能性更加繁富，仿佛意义不是以加法而是以乘法在增加。

狄金森把生活过成了诗，又把诗歌创作转换成生活，实现了生活的艺术化和美学化。她早年间相当活跃，后来却内敛隐忍，对外界自我隔绝。对于南北战争等社会和历史事件对生活的影响，她以艺术化的方式迂回地表现（tell it slant）。她没有"发表或者毁灭"（publish or perish）的担忧，创

---

① 出现在诗歌"I never lost as much but twice"中，该诗按常规编号是第 49 首。

作不为稻粱谋，而是倾听内心的召唤。她将诗思随手涂抹在树叶、烟盒等身边物件上，然后丢入抽屉，因此其诗歌具有未完成性和不确定性。诗中不时出现替换词（alternative words），甚至同一首诗有着不同版本，使定稿徒增困难。对她来说，"选择不选择"（choosing not choosing）是策略性问题，也是诗学观念的表达。表现技法上，狄金森持之以恒的"标新立异"是短横和大写；短横非破折号，而是接近英语行文中的半字线或连字符，有方向（水平、向上、向下等）和力度的区别，表现力丰富，甚至具有表意的功能。首写字母大写一般出现于品质名词，令人联想到 17 世纪英国诗人格雷《墓园挽歌》中的用法。

狄金森诗歌的表达常别出心裁，不走寻常路。翻译时保留原诗的形式，当为恰当的选择。《读本》尽量复制原诗的形式，包括诗行排列和诗行的长度，如第 F403A 首诗的翻译（86）。项目合作者、诗人和评论家 Laura Lauth 指出，狄金森采用"英国赞美诗之父"瓦茨有争议的赞美诗格律进行创作，"似乎以此来对抗《旧约全书》中很狭隘的上帝的诗歌形式"（284）。如此，则狄金森在第 F403A 诗中的体式选择，远超形式的考虑，具有重要的诗学、文学史意义，并揭示了政治是以文学的姿态表达对宗教观念的某种对抗。《读本》中的多数译文从形式到内容皆忠实地体现了原作的风格。例如，对于狄金森标志式（Dickinsonian）的首字母大写，罗良功、杨炼等的中译以黑体字与之对应，而其他多位译者则未加区分。笔者认为应该在译文中有所体现，用黑体字是可行的办法，能起到强调的作用，而强调恰恰是诗人首字母大写所要表达的目的（之一），虽然未必是为了体现实验性与先锋性。

关于狄金森大量使用标签式的短横，第 21 组的注释中对此有所解释。而对于诗人在信封诗中的该用法，学者指出，手稿残片显示，她并非有意切分词，而是时常受到书写材料物理空间的限制，不得已转入下一行，转行时一般会在行末加上短横（有时被理解为连字符或短破折号）。如此看来，狄金森的做法不同于美国现代诗人卡明斯作为一种实验式写作策略的分行（239），后者更多是出于声音和视觉的变革，以期突破传统诗歌创作在这些方面的束缚。

诗人王家新对诗歌语言非常敏感，他深刻理解诗歌翻译中语言的重要性。他指出："要翻译一位诗人，了解其习语和她／他对语言的独特使用极其重要。"（136-137）他引用德勒兹的说法，称狄金森这类作家"在语言中创造了一种新的语言，从某种意义上说类似一门外语的语言，令新的语法或句法力量得以诞生。他将语言拽出惯常的路径，令它开始发狂"（149）。一个作家的语言习惯为其作品打下深刻的烙印，这是理解其人其文的重要途径。诗歌对语言的要求近乎苛刻，其翻译的难度可想而知。弗罗斯特称诗歌是翻译中丢失的东西，想必包括诗歌翻译中音乐性的流失。《读本》为保持原诗的音乐性，"戴着镣铐跳舞"，做出了许多努力，如译者对第F403A首诗译文的解读（87）。第F317首诗里，首行中的 delight 和 flight，以及末节中的 butterflies、fright 和 sight，其音韵效果可遇不可求，译文中显然无法复制。译者勉力而为，将 fright 和 sight 分别译为"惊惧"和"视力"，庶几有了英语诗歌中"眼韵"（eye rhyme）的效果（13）。韵律效果的传递非常困难，如头韵，常常需要变通，却也只能差强人意。第F1373首诗中 Broom and Bridget 头韵效果明显，为了保留该效果，译为"上上下下男男女女"，虽嫌啰嗦了点但效果尚可（55）。实事求是地说，诗歌翻译中音韵效果的传递是个长期存在的问题，译者们孜孜矻矻以应对，效果却常常难如人意。

学界一般以形合和意合来描述英语和汉语的形式特征。的确，在正常行文中，英语为了形式的完整而大量使用虚词连接词，句法上也要求主谓语这些核心成分的完整。在不影响意义传递的前提下，汉语在语法和句法上要灵活和松散些。然而，就诗歌创作而言，汉语尤其是古典诗歌，进一步发挥了意合的特色，以达到简隽通透、意蕴悠远的效果；英语诗歌则对形式要求较高。狄金森注重炼字和形式表达效果，在诗歌表达形式上不懈探索，以强化语言表现力。"佛教影响可以为狄金森道家美学的形成提供一种比较合理的学理解释"（康燕彬，2015：187），我们以为狄金森诗歌的形式层面也受到"羚羊挂角、无迹可求"的美学思想的影响。正因如此，《读本》在翻译时无须调整语言和体式，于不经意间在中美诗学和美学思想之间架起了一座桥梁。

第四节 交互阐发与彰显的多重文本格局

在体例编排方面，《读本》很体贴（reader friendly），充分照顾读者所需，设置了封面、扉页、版权页，目录、前言、致谢、编辑体例说明、正文（计21组）、附录一（通讯摘录和作者附言）、附录二（引用文献）、附录三（译者简介）、后记和诗歌索引、封底等项。正文部分为21组104首诗歌作品，每组内容包含所选诗歌的英文文本、中译文、原文手稿图片、注释、解读等。全书收入狄金森手稿高清图片128幅，这是首次出现于国内（至少是大陆学界）狄金森研究与译文中。

第 21 组（信封诗）所选 11 首诗皆出自 2013 年出版的《绚烂的空无》（*The Gorgeous Nothings*）以及其他相关材料，并且都附上原诗手稿的图片。这些作品"充分体现了近 20 年来学界日益关注的狄金森诗歌的文本问题，比如对异文、定稿与草稿、创作过程与编辑过程中选择、净化、抛弃、保留的诸多问题的探讨"（246）。其中，第 A821 首《仅仅以音乐阻塞》未见于此前出版的狄金森诗集，对其记录、释文和研究主要来自狄金森信封诗和晚期手稿研究专家 Marta Werner 以及视觉艺术家和作家 Jen Bervin 的著述。由于信封诗尚不为学界熟知，该组所选作品最多，以飨读者。这些作品，尤其是后面几首，其情感的炽烈与表现力度等，不愧为狄金森的上乘之作，对于了解其诗歌的艺术成就以及形式的多元性有很大帮助。

此外，"前言"和"后记"中也做了些必要说明，包括项目的前因后果，如作为《读本》生成的直接动因，甚至可视为该项目一部分的"狄金森在中国——翻译的可能性与跨文化视野"研讨会（Emily Dickinson Dwells in China: Possibilities of Translation and Transcultural Perspectives），以及各项目组会后远程合作、在线研讨的情形等。鉴于狄金森作品数量庞大而生前发表甚少的情况，"编辑体例说明"对于读者了解编辑原则，进而深入理解狄金森诗歌亦颇有助益。

对于狄金森作品中不时出现的异文，《读本》在诗歌文本之后的注解多有说明。如此便呈现所涉及字段表意的多种可能性，这是燕卜逊所谓"复义"（ambiguity）的具体例证。"后记"中对此也略有提及（343）。第 F1263 首诗《说出全部真话，但要曲折地说—》中，Truth 一词出现了三次，分别译作"真话""真相""真理"。该词在狄金森词典里有 8 种含义，中美学者对此有过讨论（284–285），但中译显然不能复制，只可酌情处理。狄金森原稿中有时出现"+"号，后面则是相对应的单词（4），表示意义的不确定性。类似的异文在狄金森作品中并不少见，诗人呈现出词的多种选择亦即意义的多重可能性，让读者自行决定，这种"选择未选择"似乎便是文德勒所谓的"自我悬置"（self-suspension）（235）。将异文置于诗歌正文之下，且和诗歌文本一样中英文并置，并在注解、解读甚至附录一"通讯摘录和作者附言"中相互印证，彼此彰显。文本交互作用之下，意义变得多元而立体，读者和作者、译者一道进入诗歌意义的生成过程。意义之产生，不仅有赖于原始文本，而且来自敞开的文本邀约。

《读本》不仅是翻译，而且融合了注释、解读、翻译等方面，构成了立体交叉的多维文本,实现了多重功能,是学习和研究的理想对象。《读本》研讨和注释等多个环节学术性强,滋养了文本的翻译。合作者冷霜认为,狄金森诗歌的诗思展开方式比较古典,有着明确的抒情和想象的起点,由此构建清晰的结构框架。这使得其诗具有一定的"耐磨损性","即使在理解不到位的翻译中,仍有可能大致传达出她的诗思的内核"(44)。与此同时,也有学者认为狄金森的诗歌具有明显的后现代性,从拼贴、句子片段化、挑战逻辑运思等方面可看出。相信这些对译者翻译策略的运用有所帮助。

《读本》集翻译、注释、研究于一体,是首次推出的狄金森诗歌注释和批评性文本,这在设定新高度的同时也为自己设置了困难。原文与译文平行排列,读者在享受便利的同时会加以比较,甚至提供自己的译文挑战译者。当然,培养读者、帮助其提升能力也是学者的义务之所在。其实,翻译即研究,研究立足于并包含翻译,二者相辅相成,彼此彰显。《读本》独树一帜,注释和解读为翻译的一部分,或自然延伸,与中译本构成有机的整体,拓展了翻译的意义与价值。各组在注释时各有侧重,各显其能。注释一般是围绕核心意象深入挖掘,考辨同样或类似表达在诗人不同作品的运用,如第9页的第3、4条注释。"诗无达诂",主编建议注释中充分表现歧义,但译文则尽量清晰流畅(309)。

《读本》展示了诗歌原稿的图片或影印件,包括诗人最初的书写和行文,这对于行文独特、不落窠臼的狄金森诗歌尤为重要。阅读其文字仿佛穿越时空,与19世纪的新英格兰诗人展开对话。此举保留了德里达意义上的在场感,即离场(absence)的在场(presence),读者以再现历史的方式想象诗人写作的姿态,感觉诗人的情感力度;也许这便是本雅明所谓的"光晕"。图片搭配文字,构成立体交叉、相互辉映、彼此彰显的多重文本,敞开多元而丰富的意义。文字与图片并置,如同中国古代诗画合一的传统,又仿佛英国浪漫主义前期诗人布莱克为自己的诗歌文字搭配雕版图画的做法。

作为附录一的"通讯摘录与作者附言"长达七十余页,提供了中外合作者大量的交流研讨记录,展示了其工作状态,极大地辅助读者阅读诗歌,尤其是厘清其中的重点难点。例如,第11组的讨论精细而详尽,美方合作者 Jed Deppman(中文名"戴研")富有耐心,她尤其关注诗中一些关键词的张力和表达的可能性。第10组围绕第 F796E 首诗《风开始摇动草叶》中的 quatering 一词,就其内涵、句子的语法结构和句法特征以及句子的多重含义等深入交换意见(115)。第4组对第 F279 首诗《自所有创伤的灵魂—》的研讨翔实而充分，记录下来的即达九次之多，涉及关键词、句法、诗歌的主题呈现等多个方面，令人印象深刻。

第五节　结　语

在国内英美文学界，诗歌爱好者和研究者心目中理想的诗歌学习材料，无疑包括奠定"新批评"地位的《理解诗歌》（*Understanding Poetry*），以及由众多国内优秀学者参与、口碑甚佳的《英国文学名篇选注》。作为研究个体诗人的《读本》，是以上述两种优秀著作为标准的可贵的努力成果。钱钟书先生称，翻译乃是文本的旅行："以原作的那一国语文为出发点而以译成的这一国语文为到达点。从最初出发以至终竟到达，这是很艰辛的历程。一路上颠顿风尘，遭遇风险，不免有所遗失或受些损伤。因此，译文总有失真和走样的地方，在意义和口吻上违背或不很贴合原文。"（钱钟书，1996：78）沿途颠沛流离之后，信息难免失真或缺损，而《读本》达到了很高程度的信息保真，实属难得。

杨绛先生称译者是一仆二主，同时服务于原作者和读者。《读本》在国内已有的二十多种狄金森诗歌中译本（包括蒲隆全译本）中脱颖而出，在服务于"二主"方面是立得住的，还出现了一些妙手偶得的佳译。例如，第 F696 首诗中"Like Chariots — in the Vest"一句译为"如战车—在背心里"，看似出乎意料，细想之下又是合理的，可谓平中见奇（132）。第 F781A 首诗中"Her Parties all astir —"译为"五内纷纷骚动—"，也堪称妙译（192）。之所以能够做到这些，《读本》强大的作者阵容是关键。

诗人多"怪人"，有的以难为傲，拒人千里。当代实验诗歌的中坚、"剑桥诗派"代表人物之一的蒲龄恩（J. H. Prynne）便是这方面的代表，他的诗歌一向难读，他曾著文论及"艰难"（difficult）诗歌及其翻译（蒲龄恩、沈洁，2008）。狄金森在世时仅发表数篇诗作，且是别人在对"不合规矩"的行文施行"手术"之后，她从此只事耕耘不问收获，并宣称发表是拍卖灵魂（见第 788 首诗）。由于不以发表为目的，她可以全身心地投入创作，创造出异乎常人、领先时代的作品。本雅明称"诗歌是第三种语言"，异于源语和目的语，并由二者合力创造。"世界上最大的语言是翻译"（315），因为翻译能够博采源语和目的语之长，青出于蓝而胜于蓝，催生出更优秀的作品。当代著名诗人王家新坦言翻译狄金森诗作很具挑战性，参与该项目令其兴奋（149），看来他们都是遇强则强，以完成挑战为己任的。诗人杨炼提出翻译的四项原则：再造视觉效果、声韵效果，再造时间感、空间感，可谓高标准，我们认为《读本》里的不少译文实现了这些原则，因此按照杨炼的说法，这些译文为今天所需的翻译模式提供了一个标杆（316）。"若译者整合源语与目的语文化的特色，他将会创造出一种'合成文本'。"（Ginter，2002：28）《读本》结构多元的高品质作者队伍精心工作，在译文中熔铸了狄金森诗学观，完美地展示了狄金森如何"栖居于可能性"，并在汉语学术界进一步挖掘了狄金森诗歌的多种可能性。《读本》以最新研究成果为基础，其交互阐发与彰显的多重文本格局融翻译、解读和研究为一体，是成功的"合成文本"，并提供了诗歌翻译的一种新模式。

第五章

艾米莉·狄金森的诗歌主题探究

有一种说法，如果说惠特曼称得上"美国现代诗歌之父"，那么狄金森堪称"美国现代诗歌之母"，他们"协力推开了一扇门，现代诗人纷纷通过这道门去寻求表现的新形式"（飞白，1994：90）。狄金森被推崇为英语诗歌中最伟大的诗人之一，由此可见她在美国诗歌史甚至世界现代诗歌史上的崇高地位。

艾米莉·狄金森是美国乃至世界诗坛的一位传奇人物。在她生活的年代，清教主义甚嚣尘上。作为一名女性，她深入简出，摹写内心体验，和同时期诗人惠特曼激情饱满地讴歌时代的做法截然不同。她虽然一生独身，但对生活的爱依然是丰盈和旺盛的，她的众多诗篇主题多样，自然、爱情、宗教、社会等无所不包，为后世留下了丰富的精神财富，使我们透过她的文字，感受19世纪的新英格兰。她20岁开始写诗，到去世前夕共写了近两千首诗，但她在世时所发表的不过六七首。她的诗不落俗套、观念丰富，不时闪现出思想的火花，尽管所揭示的只是渗透于日常生活中的根本哲学观念，一种在那个折衷主义时代极为罕见的人生信仰，却需要读者去理解领会，与同时代诗人的作品大相径庭。它要求读者通过诗歌引人入胜的外在形式领会其深刻内涵，多数人却把它视为诗人偶然要表现的更习见的思想而接受下来。在此，我们集中狄金森对于自然和死亡主题的表现，并以一举三，审视其对于世界敏锐且细腻的认知。

第一节　狄金森对自然的表现

19世纪的美国作家威廉·钱宁曾为梭罗写过一部传记，名为《诗人自然主义者》。这一称谓对于梭罗同时代的狄金森也甚为合适。虽然她活动范围有限，后期甚至足不出户，被称为"艾默斯特修女"，但自然界却反而给了她无尽的创作灵感。在19世纪上半叶的新英格兰和美国，工业化带来的冲击和负面影响尚不明显，自然界依然是一幅静谧温馨、其乐融融的田园景象。狄金森曾对她的"文学导师"希金森说过："自然是一间闹鬼的房子——而艺术是一间试图闹鬼的房子。"（Johnson，1955：183）她显然是说艺术摹仿自然，事实上她也以自己的作品诠释了这句话。

狄金森对自然的热爱有几分出自本能，朴素且难以言说。她生性敏锐，天赋极高，对自然与人生时有感悟。然而，她对自然的哲思同样来自对文艺作品的广泛阅读和鉴赏。狄金森阅读过大量莎士比亚、勃朗宁夫妇、罗斯金等作家的作品，对英国浪漫派诗歌也十分喜爱。因而，她对他们所体现的表现自然的传统颇为熟悉。通过哥哥奥斯丁所搜集的大量美国及外国绘画，她对艺术作品中所表现的自然界有了进一步的认识。她从书本上获得对自然的认识，其中一个重要渠道是通过希金森的作品。希金森是当时美国文坛的一位著名作家，他不仅写作技艺高超，且乐于提携后进。在《我的户外书房》一文中（Armand，1987），希金森对当时文艺界过分倚重书本知识表示了不满。他呼吁文艺界人士走出象牙塔，投入生动鲜活的大自然之中，从中汲取灵感和养分。其实，这未尝不是欧洲浪漫主义先驱者和当时美国先验主义者的一贯主张。从卢梭倡导"回归自然"，到英国湖畔派诗人们描摹自然山水，皆旨在遏止埋首故纸堆，从古人作品中寻找素材，并与之唱和、亦步亦趋的危险倾向。华兹华斯号召诗人"走进事物的灵光里来吧，/让大自然做你的老师"，他宣称"大自然带来的学问何等甜美！/我们的理智只会妨碍，/歪曲了事物的美丽形态，/解剖倒成了谋害"（王佐良，1991：56）。他远离城市的喧嚣，徜徉山水美景，寻求朴实率真，以农民的日常口语写农家事，留下了许多脍炙人口的名篇。以爱默生、梭罗为首的美国先验主义者们因为美国历史短暂，而没有沉重的传统负荷，乐得一身轻松，坦然从欧陆先贤那里选取所需。他们投身自然的怀抱，寻求自然的真谛。爱默生以"超灵"来说明天人合一，认为人也有灵性和神性，这也能从自然之中得到印证。梭罗更是身体力行，他曾远离文明，孑然一身赴瓦尔登湖两年有余，亲身体验与自然的契合，并从中寻求神启。狄金森从青年时代后期就自我封闭，疏于交游，纵使是赫赫有名的爱默生在离她家不远的草坪上讲演，她也懒得捧场。但她却见过希金森数次，并与他有过深入的交谈。如果说狄金森通过丰富的家庭藏书与莎翁等英国作家神交，那么她受"文学导师"希金森的影响则既有神交，又有耳提面命的成分了。

在一篇名为《对天真的谋杀》的文章中，希金森呼吁废除沉重而压抑、对青少年身心造成极大伤害的教育模式。当时，美国中小学课业极为繁重，学生每天有扎扎实实的十一个小时待在学校，其中仅有两小时用于娱乐（Armand，1987）。这简直可以和《简·爱》中那所臭名昭著的学校相提并论了。狄金森因为无法忍受学校学业上的沉重压力和繁缛的宗教程式，不得不在一个学期的中间由哥哥领回家去。从此，她再也没有踏回学校半步。她全身心地投入大自然的怀抱，贪婪地欣赏着美不胜收的自然美景，如其第 668 首诗所写。自然界的一切对她来说，都是那么新鲜而美好，她几乎不加选择地一律拿来入诗。人们习而不察的似乎平淡无奇的事物，在她的笔下被赋予那么真诚的美感。大自然美不胜收，相比之下语言显得苍白无力。我们所能做的只能是去听、去看、去感受，以我们的感官，以我们的直觉。像她所有的诗歌一样，她的自然诗看似随意为之，并不刻意追求什么"语不惊人死不休"的效果，但貌似平淡之下却蕴涵着只可意会、不可言传的真谛，正可谓"此中有真意，欲辨已忘言"。事实上，狄金森对自然界现实的、朴素的看法并没有因为其语言的平淡而有丝毫减弱。相反，这种似乎混沌未开的朦胧的直觉却有助于她超越逻辑与理性的羁绊，直悟大自然之精神及其哲学内涵。对这一现象，歌德曾有过精辟的论述。他说："真正的诗人生来就对世界有认识，无须有很多经验和感性接触就可以进行描绘。"（歌德，1985：33）究其原因，我们认为诗歌所探究的，并非日常事物的表象，而是隐藏在表象背后的更深层次的真实。我们正应该从这一点出发来理解亚里士多德在《诗学》中所提出的著名论断，诗歌超越历史而成为更"真实"的真实，因为诗歌并不纠缠于细枝末节，而是先验地直达事物的本质。亚里士多德指出："为了获得诗的效果，一桩不可能发生而可能成为可信的事，比一桩可能发生而不能成为可信的事更为可取。"（伍蠡甫，1995：90）维柯在《新思维》中的有关说法几乎如出一辙，"诗所特有的材料是可信的不可能（credible impossibility）。"（维柯，1989：187）他对诗性智慧进行了极为精辟的阐发，认为远古民族虽然推理能力薄弱，却拥有异常敏锐的感受力及宽广的想象力，这乃是人类智慧的本源。亚氏与维柯的论断道出了诗性智慧的精髓：理智知其不可信，情感却宁可相信。这相互对立的二者之间的张力激励着人们最大限度地发掘感受与想象，在似乎毫无感情色彩的物理世界中寻找蕴涵于其中的内在美感。艾略特继承了维柯的观点，并进一步认为，随着科学的进步，人的理性得到发展，诗性智慧却退化甚至消失了。在他看来,感情与理智在莎士比亚和"玄学派"诗人约翰·邓恩等人笔下达到了完美的结合,但从 17 世纪后便每况愈下,导致了"情感分离"。

第二节 "迂回":自然表现之道

其实,感情与理智是人类共同的财富,只不过一般人未能充分认识并加以珍惜而已,诗人则物尽其用,最大限度发挥其功效,或者说,诗人把隐藏在一般人身上、他们浑然不知的禀赋挖掘出来并加以强化。狄金森是一个典型代表,在她的诗中,抽象与具体、感情与理智达到了很好的平衡。以第 1052 首诗为例,诗的开头写道:"我从未见过荒原—/ 我从未见过海洋—/ 却知道石楠的形态 / 知道波浪的模样。"(江枫,2012)① 理性认识在这样的说法面前显然无能为力。联系诗的后半部分,我们便能清晰地知道诗人的真实用意:"我从未和上帝交谈 / 从未访问过天堂—/ 却知道天堂的位置 / 仿佛有图在手上—。"诗中"荒原""海洋""石楠""波浪"等自然意象是虚写,它们的真实身份并不重要。诗人只不过把它们用作敲门砖,其作用仿佛中国古诗比兴的意象,意在引起别的什么。而后面抽象的"天堂""上帝"和这些看得见、摸得着的具体物体一样,也是意在言外。全诗或具体或抽象的意象皆紧密地服务于诗的主题,旨在说明诗人主体意识的巨大作用。再如第 451 首诗是典型的狄金森式的写法。具体与抽象相结合,有日常习见的物体,写来明白清晰;也有抽象的说理,令人颇费思量。两方面相互交织,既达到了主客观的统一,又增强了诗的内在平衡。

狄金森写诗并无任何功利色彩,她不需要为发表而写作。她生前有七首诗面世,但她本人事先并不知情。自从见到自己的作品被编辑为迎合时尚的标准而修改得面目全非(以她的话说,是被做了"手术"),她便彻底断了发表的念头。她有时会在写给朋友的信中附上一首诗,或者干脆以诗构成信的主体。她的诗多数是写给自己的,只有当她感到强烈的诗的冲击,不吐不快时,才信笔在手边的纸片、烟盒或树叶上记下稍纵即逝的思想火花。因此,她的诗歌是对强烈感受的忠实记录,不雕饰、不做作、不会为赋新辞强说愁。从她给希金森的一封信中,我们可以找到她对诗的看法:"如果我读一本书,而这本书能够使我浑身发冷,什么火也无法使我暖和,我知道那是诗。如果我切实感到我的天灵盖好像被揭开了,我知道那是诗。

---

① 本章引自该诗选者,只标注引文页码,不另标明出处。

我认识诗的方式仅限于此。难道还有别的方式吗?"(狄金森，1984：264)
她对诗的看法神秘、非理性，是典型的诗性智慧。狄金森就是这样理解诗
歌并创作诗歌的。因此她的诗无不打上强烈的自我感知的烙印。狄金森不
像庞德或艾略特那样学富五车，她的诗绝少对宗教、神话及哲学等旁征博
引。她并不博学，博学不是诗歌的必需品。论博学，莎士比亚比英国文艺
复兴时期的许多诗人都要来得逊色，但他却比他们伟大得多。狄金森也不
像惠特曼或金斯堡那样激情澎湃、慷慨激昂，她性情内向、不事交游，平
素多一袭白衣，幽灵般飘荡在庭院四周。她心如止水，平静、安详，内心
深处却奔涌着波涛，所谓"静水流深"是也。她平静的外表下蕴藏着巨大
的能量，她写诗就是为了自我宣泄，为了释放这些能量。读狄金森是一种
特别的体验，需要全身心投入，澄明心境，无所桎梏，以最明朗、最平和
的心境和诗人一起去体验、去感受。诗如其人，这在狄金森身上又一次得
到极好的诠释。她仿佛是为诗歌而生，她的诗歌正如她的人生，自然、随意，
如呼吸一般。我们认为，异乎寻常的敏锐的感受力是造成这一现象的重要
原因之一。阿伦·塔特正是这样看的：她的人生是这个大陆上所曾生活过
的人中最丰富和最深刻者之一。在狄金森身上，我们对她所喜爱的诗人济
慈的著名论断"消极感受力"有了进一步的理解。济慈曾在一封信中写道：
"几件事情在我脑海里交织，我由此突然想到，是什么造成了一个有成就
的人，尤其在文学领域(莎士比亚即极具这种品质)——我指的是'消极
感受力'，即一个人面对不稳定、神秘莫测、疑虑而能安之若素，并不急
于追究事实与原因……对于大诗人来说，美感超越了或者毋宁说是消除了
所有其他的考虑。"(Bate，1978：249)"消极感受力"是一种似消极被动实
积极主动的审美状态，要求审美主体敞开心扉，消弭自我，完全融入感受
对象之中，与之成为一体。审美个体在想象、感受客体的同时，其自我也
最为完整。狄金森正是以排斥世界的方式体验世界，她敏锐的大脑消解纷
繁万物，使之化为养分为我所用，而结果便是她那一首首美妙的诗篇了。

　　狄金森观照世界，自然而然地出以诗性智慧，仿佛除此之外不存在任
何其他方式一样。她在给朋友的信中(如上引给希金森的信)和自己的诗
中都明确无误地说明了这一点，如第 1129 首诗所述："要说出全部真理，
但不能直说—/ 成功之道，在迂回。"(163)第 1400 首诗直接写对自然的观
照，作者在诗的结尾写道："那些了解她的人，离她越近 / 了解她就越少。"
自然界仍是陌路过客，那些对她引征最多者其实对她所知甚少。这种悖论
似的说法正是她观照世界的独特的诗性智慧的体现。她的诗仿佛含有天然

的智性，数目庞大的以自然为主题的诗歌作品可以轻易地为我们提供佐证。如第 526 首诗写金黄鹂在树上鸣唱，这本是一件再平常不过的事情，但诗人笔锋一转，称鸟儿的歌声是神秘的诗篇，或什么都不是，一切全在于听者的内心感受。诗的最后一节写道："'曲调在树中一' / 怀疑者一告诉我一/ '不，先生！在你心里！'"（100）这首诗其实也正是狄金森观照世界的形象写照。诗人认为，人与自然之间、自然界的事物之间具有亲和性，理想状态应该是它们和谐共处，融为一体。读狄金森写人与自然之间、自然界的事物之间和谐对应关系的诗作，不禁令我们想起法国诗人波德莱尔的那首被誉为"象征派的宪章"的"应和"，同样的神秘、唯心、结构明朗、诗意盎然。相比之下，狄金森诗歌的语言更为平直明白，但这只是表象，也正是狄金森的诗具有欺骗性的地方。我们必须小心谨慎，努力捕捉言外之意，才不至于落入陷阱。读狄金森也会给我们很多启示，如其自然诗就和她的所有诗歌一样，让我们从中感受到了诗人异常敏锐的感受力与宽广的想象力，以及其中所蕴含的诗性智慧。

第三节　狄金森对死亡的表现

　　狄金森的家庭是麻省艾默斯特小镇的一个名门望族，她的祖父创办了艾默斯特学校，父亲爱德华·狄金森是当地知名律师，一度当选国会议员，在宗教、政治、教育等事务中异常活跃，且恪守宗教，思想保守。狄金森便成长于清教思想如此根深蒂固的家庭。她早年就读于艾默斯特学校，不仅学业优异，在偶尔举行的诸如情人节、生日宴和每年一度父亲在家里举办的当地名流显士参加的大型宴会上也表现出言谈大方、举止优雅的大家闺秀风范。进入芒特霍利约克女子学院之后，因受不了那里刻板的宗教仪式，不足一年即告退学。从 25 岁开始杜门谢客，足不出户，家务劳动之余埋头写诗，因而有"艾默斯特修女"之称。狄金森社会阅历极其有限，但她多思善感、沉思默想的诗人气质使她虽身居斗室，想象力却在浩瀚的时空自由自在地翱翔。加上强烈的好奇心和求知欲促使她不顾父亲的明令禁止，冒着思想被"搅乱"的"风险"，偷尝禁果读了不少父亲买的书。这位"艾默斯特修女"对人性世情从而有了较深刻的体验，同时她也品尝过爱情的酸甜苦辣，故而她笔下所展示的是一个异彩纷呈的世界。

　　惯于沉思默想的狄金森一直为一些根本的宗教问题所困扰。在她狭小的天地里，许多亲友因为疾病、战争或贫困先她而去，促使她经常思考关于生死、永恒一类的问题，她近三分之一的诗作便以此为主题。其实狄金森非常热爱生活，渴望积极充实的人生，在诗中她充满激情地宣称："活着，多么好！"（90）但冷酷的死神把诸多亲友过早地从她身边拉开，它"勤奋！言语简洁！/守时！严肃稳重！像（象）盗匪一样放肆！比小河流水安静！"（25）它来得如此频繁、干脆、突然、不可预知。在与死神的较量中，她总是失败者，无法挽留亲人宝贵的生命："我原以为我来时能见到她—/死神，也有同样的想法—/但是，看来，惨败的是我—/全胜的，是他—。"（134）严酷的现实逼她冷静下来，而死神之频繁光顾又使她熟悉了这位不速之客。死在她看来变得"彬彬有礼"，温柔亲切，如同一位熟知的好友，丝毫没有阴森恐怖感。如第25首诗（7-8），写一位刚去世不久的女友：

> 她已长眠在一棵树下
> 只有我还思念着她。
> 把她宁静的床榻触动—
> 她辨出了我的脚步声—
> 看啊，她穿上了衣衫
> 一派红艳！

这哪里是在写死人，分明是在对一位美美甜睡的朋友唱一曲温情的歌！她似乎并没有前往另一个世界，还"辨出了我的脚步声"，她那一袭红艳的衣衫下跳动的本应该是一颗多么火热的渴望生活的心！

狄金森不相信清教徒所信仰的天堂和地狱，认为"灵魂是自己的主宰/应该敬畏自己"（127）。但她还不是彻底的唯物主义者，不知死亡即意味着人的肉体和灵魂的终结。她不信仰上帝，与此同时却生活于清教传统根深蒂固的土壤中，她努力想象上帝是什么模样，天堂会是什么光景。所以，她写死神，写天堂，并非神秘莫测、高不可攀，而是自然平淡、超然物外，同时透着几分好奇，如第79首"到天堂去"和215首"什么是'天堂'"。在第255首诗里，她写道："死去，只需片刻—/据说，并不痛苦—/只是逐渐，逐渐昏迷/然后，视力全无—。"（42）她对死神如此淡漠超然，以至于临终前留下的遗书只是异常短促的一个诗句：归（called back），真正的视死如归！

在狄金森的全部诗作中，第712首（132）是最为成功的作品之一，它同时也被认为是英诗最完美的代表作之一。全诗如下：

> 因为我不能停步等候死神——
> 他殷勤停车接我——
> 车厢里只有我俩——
> 还有"永生"同座。
>
> 我们缓缓而行，他知道无需急促——
> 我也抛开劳作
> 和闲暇（瑕），以回报
> 他的礼貌——
>
> 我们经过学校，恰逢课间休息——
> 孩子们正喧闹，在操场上——
> 我们经过注目凝视的稻谷的田地——
> 我们经过沉落的太阳——
>
> 我们停在一幢屋前，这屋子
> 仿佛是隆起的地面——
> 屋顶，勉强可见——
> 屋檐，低于地面——
>
> 从那时算起，只有几个世纪——
> 却似乎短过那一天的光阴——
> 那一天，我初次猜出
> 马头，朝向永恒——

在这里，死神成了一位殷勤的绅士，赶着马车，迎接一位女士前往他的殿堂。除了他和这位女士，还有"永生"同座。死神被比作殷勤的马夫，不复阴森恐怖，而是和蔼可亲、平易近人。虽然在诗中这段旅行显然到达了目的地坟墓这幢屋子，但最后一节似在暗示旅行并未抵达终点。因为具有讽刺意义的是，"死亡"在为"永生"保驾护航，"死亡"虽已达终点，"永生"则刚刚开始其漫无止境的旅程。诗中值得注意的一个特点是意象的运用，众多清晰鲜明、极富生活气息的意象使全诗欢快明朗，只在隐约中透出几分神秘。每个意象都是那么准确生动、栩栩如生，并且都围绕着一个中心意象"死神"展开。而在诸多意象间也并非各自为政、互不关联，而是前一个意象延伸到并强化了后来的意象。尤其第三个诗节集中显示了狄金森融合多种意象为我所用的高超技巧。从学校玩耍嬉闹的孩子，到稻穗荡漾的田野，到西天沉落的太阳，一切都是那么熟悉亲切，先后的衔接那么自然贴切，前面的意象于无声无息之中为后来者巧妙地作了铺垫，使它一出场就轻易为人接受而无丝毫突兀之感。"凝视"一词的运用，给大自然注入一种冷峻的生机，这是成熟所带给人的希望和信心。

频繁使用意象，通过生动鲜活的艺术形象表达抽象的理念，是狄金森的惯用手法。狄金森研究者 C. R. 安德森对此有过精彩的论述："内在经验并非用言语来表达，而是由诗中错综复杂的意象所组成，原来只是一个取自自然的意象，经由内心返回自然时，已发生了很大的变形。这许许多多的意象，用来表示绝望时内心千变万化的情况，这些意象原来彼此不甚相关，由于被诗人放在一起相互影响，因而能相互融合，在阵阵惊奇中道出了作者想要表达的意象。"（飞白，1989：457）狄金森的诗作正是成功地运用意象，赋予抽象理念以可感的形象，以坚实清晰、丰满新颖的意象入木三分地刻画了这位虽阅历有限却体验深刻丰富的诗人的内心世界，收到了强烈的艺术效果。读她的诗令人想到意象派大师的作品。无怪乎狄金森被现代派诗人视为使用"思想知觉化"方法的先驱者，被推崇为"意象派的保姆"。

第四节　内省而敏锐：超越死亡主题

狄金森写死亡，不仅仅把死亡作为一种自然现象，一种生命的终结和一了百了的结局，所以才有了那死亡之后的"几个世纪"，几十个世纪以至永远。在她笔下，死亡被看作一种人类经验，她通过个性的展示和对自然的描摹挖掘人性、探求永恒。在狄金森的时代，虽然清教观念无所不在，禁锢人的头脑，自我封闭的狄金森却并未因清规戒律的烦琐深重而钝化其主观体验和自然美感。她以排斥生活的方式去感受它、驾驭它。她创作的立足点细微具体，完全从个人独特感受和心灵体验出发，为了一滴滴"幸福的琼浆"，诗人可以付出"不多不少，整整一生"（189）。长期隐居式的生活使她倾于内省，而学知的相对贫乏又不可避免地局限了她的创作。她只是试图凭直感去理解理性，并把这种独特的理解以自己独特的方式表现出来。有时难免会烙上较浓重的主观色彩，诗人却深为这种偏见感到自豪，因为"女王衡量事物，也象我—/ 用自己家乡的尺子"（47）。难以想象，她如果尝试戏剧或小说会是什么结果，因为这些体裁若没有丰厚的学识和广博的阅历而仅凭直观感受是难以驾驭得了的。

在美国诗歌史上，人们常把惠特曼和狄金森相提并论。的确，在思想观念与表现手法新颖独创、不落俗套方面，他们具有不少相似之处。狄金森诗歌的主要特点是长于透过意象表达其卓越的识见，形式上看似桀骜不驯，实则是前所未有，独创警醒，且亦为内容所需。事实上，当一个人陶醉于精辟的思想之中时，对他大讲语法规则肯定不合时宜。狄金森的诗被誉为"电报体"，集中凝练，言简意赅，含蓄生动，为诗之精粹。

诗如其人，诗即其人。狄金森的诗充分展示了她的个性，她的个性也决定了她诗的风格。她的作品是其内心世界的真实流露，是其稍纵即逝的思想火花的忠实记录。她不做作、不虚饰，笔触细腻精微、平直率真，评论家称其为"无法抗拒的纤若针尖的笔触"，把人性展示给世人。长期封闭的生活使她心如止水，火热的生活在这位满腔热情的诗人笔下表现得那么自然朴实，诗人犹如一位历经沧桑的老人，在以平淡的言辞不经意地诉说着生活的哲理。这是何等高妙练达的境界！加上诗人涉笔成趣、诙谐幽默，其作品使人过目难忘。

狄金森的诗并非为发表，而是为表达自己的思想。她认为"发表，是拍卖 / 人的心灵"（131）。这样她可以自由地抒写心曲，而不必为求得发表而过多地顾及形式。否则，今日所剩的只能是像她在世时所发表的几首"手术"后面目全非地迎合时尚之作，我们也无缘读到她那开一代诗风的佳作了。如此看来，她在世时大量诗作未能发表则是一件值得庆幸的大好事，世界诗歌史因而多了一位伟大的诗人。

第六章

从《比萨诗章》中汉字的使用看其对中国文化的表现

第一节　破除西方歧见，以象形汉字入诗

伊兹拉·庞德（Ezra Pound，1885—1972）对列宁曾有过如下评论："除了社会方面，技术上他对严肃的作家同样怀有兴趣。他从未写过只对自身感兴趣的句子，他几乎发展出一种新的媒介，一种介于写作与行动之间的表达。"（伊兹拉·庞德，1998：217）这其实同样适合于庞德笔下的主角以及庞德本人。诗坛巨擘庞德不满足于文学成就，他希望在美学和政治等领域也产生影响，并且成功地做到了，尽管是以不甚光彩的形式。在西方文化经历世界大战的浩劫后，庞德希望能够参与西方文明的改造和重建。他称《比萨诗章》（以下简称《诗章》）是"世界历史"，希望人们以史为鉴，从这部表现古希腊罗马以来世界文明每况愈下的史诗中认识到当代社会与文化的深刻危机，并最终使人类社会恢复曾经的理想状态。《诗章》的整体结构借鉴了但丁《神曲》的模式，试图建立一个地上的乐园。这部分解释了庞德寄望于墨索里尼法西斯主义，企图以强权政治实现社会和经济的复兴。

正如他从《大学》借鉴的口号"日日新"所展示的一样，庞德希望赓续优秀的历史传统，为此他积极借鉴外来文化。《诗章》内容浩博、主题繁复、典故频仍，外来文化元素纷至沓来，还不时引用多种外语文字，令人目不暇接。笔者不揣谫陋，试图透过《诗章》中汉字的使用，考察其对中国文化的表现。

西方学界对中国和中国文化怀有持久而顽固的偏见，甚至殃及汉语。

黑格尔、康德认为，中文的严谨性较弱，因此讲这种语言的中国人必然缺少逻辑性；中国语言只是对事实的记录，缺乏诗意，不具有宗教的超越感和形而上的取向。德里达沿袭西方根深蒂固的逻各斯中心主义和语音形而上的成见，认为语音文字乃音与义的统一体，作为非拼音文字的汉字则等而下之。他在《语文学》中声称中文证明了强大的中华文明是存在于西方语音中心主义之外的异数，旨在说明汉语相对于西方语言的"低下"。当然，德里达不可能无视庞德借鉴中文和中国诗歌给英美诗歌带来的巨大变革，但他把庞德的工作看作一个例外，是"防范得最为严密的西方传统的第一次突围"（张隆溪，1998：63，67）。

德里达只是顺便提及直接引导庞德进入中文世界的费诺罗萨，对后者关于中国文字的研究也只是一笔带过。事实上，费氏通过庞德整理发表的《作为诗歌手段的书面汉字》（Allen & Tallman，1973：13-35）不仅对庞德，而且经由庞德对20世纪上半叶的美国诗歌产生了巨大的影响。该文有感于中国文学长期以来被西方世界严重误解和扭曲，试图从语言入手扭转这种曲解。费氏认为，相对于西方语言，汉字有三大优势：（1）它既有西方语言的时间性，又有强烈的空间感，时空特征结合完美，绘画的生动鲜活与声音的运动性兼而有之。汉字因此具有鲜明的直观性和戏剧性。（2）汉字的能指与所指之间的联系不是任意的，语言的指示功能不是在规约的统辖下进行，而是遵循自然的提示。（3）汉语的概念化倾向于表达事物的名词性和动词性的统一，揭示运动着的事物以及事物的运动过程。费氏以为，语言表达同时也是力的转移，即力在施事过程中从施事者向受事者的转移。

庞德研究专家、《庞德时代》作者肯纳指出，《华夏集》同时满足三项原则，即独立成行的自由诗原则、意象原则，以及词语依序入诗却又相互生发的抒情诗原则（Kenner，1971：199）。《华夏集》之所以为庞德赢得"中国诗歌的发明者"的称誉，在于它反映了中国文学的观念。就上述三原则而言，每句诗独立成行是中国古典诗词的重要特征，区别于西方诗歌（尤其像弥尔顿、惠特曼等的作品）的跨行越节；庞德等发起的意象派诗歌运动正是从中国古典诗歌中汲取了重要的营养；词语的前后联动、相互照应是汉语诗歌的显著特征。后来，庞德逐渐远离意象主义，转向漩涡主义，为静态的意象注入了能量，"漩涡"的概念因此暗示出立体主义的特征。这种对意象的动态能量以及立体特征的强调，同样在庞德对汉字的使用中得到回响。我们注意到，上述三优势与三原则多有关联，它们指出了汉字的根本特征：汉字的象形特征源于对自然属性的模仿，即遵循自然的提示，汉字的意象原则因此得以凸显，仿佛一个汉字便是一幅画，便是某种景象的活生生的展示；象形特征直接导致了汉字的空间感以及时空的结合（时间性在一般语言中皆有体现）；汉字的象形和表意功能的统一促使汉语成为意合语言，加上汉字强大的语义表达能力，使汉语诗句的单独成行成为可能；汉语的概念化倾向、汉字经常多种词性（尤其是名词和动词）的并存使得动词性所指向的力的属性得以体现。而且，虽然词序一定，但词性以及语义构成的灵活性和复合性导致前后出现的语词的相互生发。

德国古典主义美学家莱辛在《拉奥孔》中指出，文学是时间的艺术，绘画是空间的艺术。《诗章》当然是时间的艺术，而其中使用的意符汉字又具有空间艺术的特色。《诗章》第97章曾四次连续出现"山"形的符号（Pound，1993：698–701），显然是指"山"，但更加强调空间效果。由于意符汉字形态上的仿自然属性，它在拼音文字中的出现本身便是对空间感的体现。此外，《诗章》中所用汉字多是集动词性与名词性于一身，因此便体现了饱满的力感的意象。本章主要集中论述《诗章》对中国文化的表现。

第二节　儒家思想影响下的社会和经济理论

庞德与中文的渊源始于1913年，他当时正误入后浪漫主义和后象征主义的迷途，从而为矫揉造作、无病呻吟的英美诗歌苦求良方。恰巧，汉学家费诺罗萨的遗孀从《诗刊》上读到庞德的作品，认为后者体现了先夫的思想，便以费氏文稿相托。庞德后来整理发表了费氏著名的《作为诗歌手段的书面汉字》，并在汉字和中文诗歌的启迪下，创作出《地铁车站》等一批优秀诗篇，还出版了对李白、王维等中国古典诗人作品的翻译与再创作的作品《华夏集》。艾略特在为庞德《散文选集》作序时，称后者是"我们这个时代中国诗歌的创造者"，并预测三百年后《华夏集》将成为"20世纪诗歌的卓越范本"。

庞德终生保持对中文和中国诗歌的兴趣。1944年被囚意大利监狱之前，他正在翻译和研究"四书"，被捕时除《圣经》外，他随身只携带一部理雅各（James Legge）所译、上海商务版的汉英对照本"四书"以及一本汉语字典。在狱中，他继续该项翻译（集中于《中庸》和《大学》）以及《诗章》的写作，并在《诗章》创作后期大量融入"四书"的内容。1920年离开伦敦赴欧洲大陆之前，庞德便开始《诗章》的创作，但直到他1972年去世后，此前独立出版的各集才作为一个整体面世，共计117章。

中国主题在前期虽时有出现，但整体上分量有限，并非贯穿始终，且未出现汉字（因为是以18世纪法国汉学家的一部《中国通史》为蓝本，所用关于中国的词汇皆是法语拼写）。而中国主题在后期《诗章》中则无所不在，尤以《中国诗章》（总第52-73章）和《比萨诗章》（总第74-84章）最为明显。《比萨诗章》是全诗的华彩部分，中国主题于其中的表现也非常突出。关于汉字的使用，《诗章》原标题下虽赫然出现"诚（誠）"字，但《中国诗章》之前，除了第34章末的"信"以及第51章末的"正名"等之外，汉字鲜少见到。以注音和中文英译形式出现的中文，也只是零星的例子。汉字大面积频繁地出现，是随着《中国诗章》从第52章开始的。

第52-61章开始时的一段说明（Pound，1993：254）显示，庞德对中文名字的音译不满意：他认为法语的（元音）发音和汉语有类似之处便借助于法语。这种解释反映出译者的无奈。庞德也许意识到了外语词的使用对读者带来的困扰，他在《中国诗章》(第52-71章)的目录下，加上这样一条解释：这一部分以及之前的诗章中，外语词以及意符是"强行进入"文本，除了语境中的英文外，它们并不带来任何新的含义（256）。事实真是如此吗？外语词和意符的出现若真的多此一举，他为何会大量使用？

现代主义大师庞德不断探索诗歌表现技法，他大幅修剪句法，在行文中使用图画甚至五线谱（如第75章中），使用包括意符汉字和梵语在内的多种外语，这些都是他对现代主义文学的贡献。庞德从费诺罗萨那里认识到，汉字取法自然、清新质朴，作为象形字，每一个字都是一种符号和象征，真切地透露出与客观世界的关系，这种品质正是对英美诗歌矫揉造作、言之无物的反拨。他不仅借助汉字的师法自然，创作简隽明晰、精确硬朗、力度强劲的意象派诗歌，而且在后期作品如《诗章》中直接以汉字入诗，由此大大强化了作品的表现力。当然，庞德以汉字嵌入英语之中，其目的绝对不止于视觉上的新鲜感和冲击力，不止于方块字的象形和表意特征为拼音文字带来的清新活泼的美学效果。庞德相信，汉语作为表意文字把简单的部分合成复合体。他的诗歌创作践行了这一原则，而他对于现代诗歌影响巨大的拼贴技法也许与此不无关联。当然，我们认为，这些美学和诗学原则遵从汉字原本所具有的自然本性，符合事物的复杂性以及多种品质并存的规律。除了表现手法的丰富以及意义空间的拓展之外，更重要的是，汉字引进了它们所承载的厚重而深刻的中国文化。以下，我们将主要围绕《比萨诗章》对此加以展开。

（一）《比萨诗章》中的孔子

庞德深知孔子作为儒家文化祖师爷的地位，他对孔子十分敬佩，并在《诗章》第 13 章中通过《论语》中的语录还原孔子的形象。在他心目中，孔子才能卓越，孔子思想是治理国家的法宝。第 76 章中，庞德写道："'诚'这个字已造得 / 完美无缺　诚（誠）/ 献给国家的礼物莫过于 / 孔夫子的悟性。"（伊兹拉·庞德，1998:59）[1] 他认为，"诚"是孔子的悟性，是他献给国家社稷的最好礼物——"诚"这个字被造得完美无缺，可以理解为"诚"的品质历经世代的打磨，已经证明无懈可击，成为安邦治国的重要准则。在此，孔子个人的修养和能力与治理国家联系起来，个人与邦国休戚与共。在上下文中，"中""誠"即中庸与诚实被视为治国与为民的最佳品质，并以诚实为标准对犹太人以及基督徒进行评判。第 84 章中有几行诗，语出《论语·微子第十八》：由于殷纣王无道，不从劝谏，"'微子去之，箕子为之奴，比干谏而死。'孔子曰：'殷有三仁焉。'"庞德以此三位仁人引出两种人——当暴跌将临时，有人离开工业界进入政界；有人反而离开实业界，拒绝以别人的血汗为食（212）。这种以孔子的标准臧否人物的例子，《比萨诗章》中还有一些。例如，第 77 章的一处竖排直写"非其鬼而祭之谄也"，列于诗行的右侧。左侧的文字内容讲的是：从古希腊、罗马神话中的战争，到原子弹时代的"二战"；中国古代的贤君舜与文王旨趣相若，他们和孔子一样述而不作（81-83）。"非其鬼而祭之谄也"语出《论语·为政第二》："非其鬼而祭之，谄也。"庞德以此儆戒西方社会不能正确地吸取历史的经验教训，从古代的神话战争到惨绝人寰的"二战"，战火绵延不断。在这方面，包括舜、文王和孔子在内的中国古代贤哲是西方的样板，但他们未被西方作为历史的榜样。

庞德十分看重《大学》中对于修齐治平、格物致知的强调，因为这符合他关于个人与国家、认识与实践关系的一贯看法。庞德对孔子礼赞有加，儒家思想成了他衡量西方社会的标准，成了疗治西方社会毒瘤的一剂良药。孔子告诫人们"国不以利为利，以义为利也"（《大学》），而当今的意大利人则反其道而行，见利忘义，"在行政管理中弄虚作假，比不列颠人好不了多少 // 炫耀，虚荣，盗用公款"，因而把 20 年艰苦奋斗得来的经济成就毁于一旦（89-90）。君子不言利，而意大利人则唯利是图，其行为背离了

---

① 以下凡引自本书处，只标页码，不另行标明出处。笔者受惠于该译本的校订处甚多，在此对校订者张子清先生谨表谢忱。

儒家传统，注定要失败。

（二）"道"作为重要关键词

《诗章》开始后不久，庞德即引用《中庸》"人之为道而远人，不可以为道"（4），以强调"道"的重要性。那么，"道"是什么呢？庞德如此释"道"："过程。脚迹，足带着首，首指挥足，在理智的引导下作有秩序的运动。"（赵毅衡，1998：306）这是典型的庞德式拆字法，着力于首在足的引导下的首足联动，强调首足之间的层级结构和相互关系。它让我们联想到"人法地，地法天，天法道，道法自然"：宇宙是大的统一体，其中又隐含着先天的秩序结构。《诗章》第74章宣称，风和雨各属于道的一部分，这当然符合儒家之"道"统。庞德秉承老子的思想，认为风雨等自然现象和自然物与万物交融合一，道统辖人世间的行为。例如，同狱黑人罪犯爱德华兹违反规定，私自为庞德制作了一张桌子，庞德对此的解释是：此等小偷小摸的行为在当时大盗盛行的社会只是随大流而已，甚至并不违背《圣经》里的规定。他显然认为，在大盗猖獗的社会中，这种小偷小摸的行为算不上无"道"。

"道"还被用于《比萨诗章》十分关切的经济议题。第77章有一处对话："让我告诉你来的是啥玩意儿 / 来的是协会主义。/ 约在1904年，有的过早，却能应急 / 凡事有始有终（末）。 知 / 先后（後）/ 则有助悟道。"由于说话者口音的关系，"协会主义"为"社会主义"之误；"先后（後）"则专列一行，和《诗章》中出现的其他汉字一样，字号加大，非常醒目。该处语出《大学》："如有本末，事有始终，知所先后，则近道矣。"据此，我们知道作者表达的是：社会主义的出现恰逢其时，应了事有先后的规则，接近了道即事物的规律。"道"在此指社会制度，指社会发展之道。第78章中，庞德反对丘吉尔实施的英国财经政策，认为在一个国家或社会制度里，货币应该按照人们的贡献及需求供给："如果它（钱）在一个制度里 / 以完成的工作为基础，以人们的需要为准绳 / 在一个国家或制度里"（110–111），此时出现了一个大大的"道"字，暗指"道"即货币运转和国家财经政策的核心所在。

（三）中庸原则

中庸是中国哲学的核心概念之一，庞德从孔子的字"仲尼"认为他乃是"中庸"之人，即不走极端、圆融和谐、融天地人伦于一体。这种释义是典型的庞德式拆字法的产物，它表明庞德对孔子由衷的尊崇以及对中庸的赞同。"中"（中庸）和"明"（日月同辉）醒目地出现在《诗章》临近结尾处，有画龙点睛、为整部作品充当结语的意义。第 77 章开始不久有这样的文字："居之中 / 不管垂直还是水平。"（77）鄙陋之人一旦得到权势，便无所不用其极地保住它，此举有违中庸的原则。第 84 章称，约翰·亚当斯兄弟提供了精神规范：中即中庸，是使我们为之顶礼膜拜的品质（213）。在此，儒家的中庸成为普适的衡量标准，用来品评美国的历史人物。

庞德从儒家思想出发，认为强有力的领袖（如杰弗逊、墨索里尼、列宁等）的个性与识见比其观念与成就更加重要。庞德把《中庸》翻译成《平衡的支点》（The Unwobbling Pivot），把"中庸"理解为在运动的力中保持平衡的中心。[①] 他认为，领导者保持内心的均衡、不为喜怒哀乐所动，通过反躬自省、反求诸己，从而成功地履行自己的职责；并以《诗经·伐柯》中"伐柯伐柯，其则不远"为例，说明实现内心和谐的领导者能以身作则，规范部下。《诗章》第 74 章写道，"尧立舜为王 / 舜抓住极端与相反 / 持其中之道 / 隐恶以新民 / 得一善则紧紧抱住"（语出《中庸》），夸赞舜采取中庸之道（36–37）。第 76 章中，庞德认同"中庸其至矣，民鲜能久矣"（《中庸》）的说法，称中庸是很高的境界，并进而责难政府若行中庸之道，恐怕持续不了三周（59）。《中庸》之所以大受庞德的青睐，在于它强调内心的和谐，这是庞德此刻需要的，也是他认为西方人此刻所需要的。

（四）宇宙秩序、俗世伦理

《诗章》第 49 章的结尾处有这样的诗行："日出而作 / 日落而息 / 掘井思水 / 掘地食粟 / 皇权何为？之于吾等？"（Pound，1993：245）这节诗的原文虽未直接使用汉字，在形式和内容两方面对于中国古典诗歌的借鉴却显而易见：意象简明精确，节奏感强，营造出一派静谧安详、和谐融洽的社会景象。古朴淳厚的民风，单纯从容的生活方式，揭示出平实的官民关系。短短数行，涉及自然现象、日常劳作以及伦理秩序，传达出明确的社会意识。庞德从中国古典诗歌中借鉴了这种表述方式，从而让他的诗行显示出更大的张力。第 74 章，"显（顯）"与"光之光中是创造力"以及尧舜禹等意象和表达接连出现（11），凸显了诗人旨在强调光、显（顯）、创造力与贤君尧舜禹之间的同质化，强化了自然与伦理道德意蕴之间的有机联系。

有批评家指出，儒家学说对庞德的政治信仰产生了重要影响，他们称

---

① 我们可以在"漩涡派"诗歌中看到这一思想。然而，二者的区别也是明显的："中庸"即"平衡的支点"，注重中心的沉静，而后者则强调作为能量的中心和集中点。

"庞德对法西斯主义的支持以及他的儒教思想直接来自他关于自然和人的观念。然而，不是意大利法西斯主义，而是儒教中国更完整地展示了庞德心目中的理想社会"（Casillo，1988：122）。庞德的亲法西斯倾向是人所诟病的事实，这对于他形成精英和强硬的政治思想有巨大的影响。然而，庞德对儒教的敬仰也是其思想形成的一个重要背景。限于篇幅，我们对其经济理论受儒家思想的影响略加考察。《诗章》第77章有一处（84-86）较集中地体现了庞德的经济观：政府可以发放贷款以及实行信用制度，这在历史上有过先例，如中国古代的商王成汤时政府铸造铜钱、意大利城市锡耶纳实施社会信用制，先哲们对此也有不少赞同的论述；但银行旨在牟取高利润，他们实行的是高利贷。庞德典用或直接引用孔子和孟子的论述："邦有道，如矢；邦无道，如矢"（《论语·卫灵公第十五》），"仁者如射。射者正己而后发，发而不中，不怨胜己者，反求诸己而已矣"（《孟子·公孙丑章句上》），"为天下至诚，方能尽其性；能尽其性，则能尽人之性"（《中庸》），把治理国家比喻为射箭——国家是否有道，射箭的结果大相径庭；射者须"正己而后发"，射者的道德修养起着很大的作用；他须本着至诚之心，充分发挥自己并进而发挥别人的本性。最后一处引文未尽，余下部分说的是继而发挥万物的本性，帮天地培育万物，这样便可以与天地居于平等的地位了。庞德连续用三处引文，把政府的放贷及信用制度提高到施政、个人（施政者）道德修养，以及人与天地自然关系的高度。于是，放高利贷者便成了无德者，他们的行为背离了人与自然的关系。

（五）宗教情怀

庞德认同儒家思想的世俗性质。他讨论《论语》时曾引用伏尔泰的话："我羡慕孔子。他是第一位不接受神启的人。"（Pound，1934：191）然而，庞德不可能原封不动地照搬中国自然观与道德观，他不可避免地会体现西方文化的观念，宗教观念便是其中之一。庞德自身的信仰决定了儒家思想在他那里时常是与神秘主义和唯心主义的中和。他在《信条》一文中谈及信仰时宣称："以抽象和笼统的说法向人表达自己的观点，对此我很不信任。几年来，对这类问题，我告诉提问者去读孔子和奥维德。"（Freind，2000：556）经世致用的孔子与新柏拉图主义者奥维德被相提并论，仿佛二者的立场无甚区别。事实上，庞德把儒家思想的世俗性吸收进宗教的神秘主义和唯心主义。他赞许地引用奥维德的话："相信神灵方便，我们便相信了。"（ibid. 556）言下之意是，信仰之所以需要，在于它可以使我们的世俗生活更加方便。庞德的这一立场不是偶然的，它源于英美文化中根深蒂固的自然神教传统，英国浪漫主义诗人和美国先验主义哲学家便体现了这一传统。而且，该传统与中国古典思想中天人合一的观念有颇多相通之处。[①] 中国古代文化强调自然界与神灵的呼应；中国文化中虽无严格意义上的西方宗教，但中国的伦理体系中，"天子"与"皇上"在世俗层面上实际发挥着西方宗教体系中救世主的象征作用。"庞德诗的希望是以某种方式构建与'永恒世界'的接触感，而我们体验到的这永恒世界是在日常社会生活里的梦幻时刻之中。"（杰夫·特威切尔－沃斯，1998：296）《比萨诗章》也显露出庞德的这种融通"永恒世界"与现实的努力。

《诗章》第80章有一节诗称，要从天主教的弥撒准备中进入不同时代，为分属这些时代的三位殉道士送行，让其安息。紧接着出现了"不已之为"（169，意为：行动过程没完没了）。《中庸》有云："盖曰文王之所以为文也，纯亦不已。"意思是说：文王之所以能成为"文"王，在于他纯洁无瑕，永无止境。庞德对此典故的使用集自然属性、伦理层面与宗教意识于一体，它意味着西方宗教场景与中国帝王的同时出场，而且潜在地认同了二者之间的通约性。

庞德的宗教观念中有着世俗化的倾向。《比萨诗章》第74章有这样的句子："《圣经》里讲的啥？/《圣经》有哪几本书？说说看，甭想糊弄我。"（13）这是对《圣经》的公然挑衅。庞德对于基督教的态度是不大恭敬的，他戏称基督耶稣为"耶子"（Je Tzu），这和对孔子的尊称"孔"（Kung）不可同日而语。

（六）民本主义思想

不满于世界大战对于人性的极度摧残，庞德一反基督教鼓吹的人文关怀，转向儒家学说寻求支持。他敬仰儒家学说，《比萨诗章》便体现出其对人性与仁义的申扬。第82章里，庞德把"仁"解释为"丰富的人性"（190），这是十分准确的。第78章，针对有人称国家可以从个人的不幸中获益，庞德加以反驳。他认为固定利息非常糟糕，并直接写出《孟子·滕文公章句上》/第三段第七节"（106）。该处的原文潜文本如下："焉有仁人在位，罔民而可为也？是故贤君必恭俭、礼下，取于民有制。"这是在以孟子的立场反驳当今西方有关国家与个人在财富问题上的观点，体现出庞德一贯以民为主，坚持人本主义的亲民立场。该章的最后巧妙地利用"春

---

① 这方面的著述甚丰。在此仅举一例，可见钱满素（1996）。

秋"一词的多义性:"在这春秋 / 春秋时代",接着是三行竖排、每行一字的"无义战"(113–114),意思是说,在当今时代,正如中国的春秋时期,没有正义的战争。该处典出《孟子·尽心章句下》:"春秋无义战,彼善于此,则有之也。征者上罚下也,敌国不相征也。"孟子此说,对春秋时期战争的性质作了界定,其出发点是爱民的。庞德则是评判当今的战争,指出所有的战争皆缺乏正义性,这是他基于民本主义和人本主义立场所作的观察。[①]

(七)独特的经济理论

面对社会重建的严峻形势,庞德希望在多领域发挥作用,并提出了自己的经济理论。尤其是 20 世纪 30 年代,西方资本主义世界陷入前所未有的经济危机,庞德应当时形势之需,积极建言献策,尤其在银行业务诸如货币流通、社会信贷等方面多有建议。遗憾的是,他并非经济学家,其经济思想又是建立在对墨索里尼政府的观察,甚至对墨索里尼个人崇拜的基础上,这就决定了他的经济观点势必误入歧途。

庞德认为,经济繁荣和公平分配是社会和谐缺一不可的两条腿。出于追求利益最大化的本性,资本家囤积居奇,放高利贷,阻碍经济的正常运转。他把犹太人视为唯利是图、放高利贷的资本家,认为他们的道德标准危害了社会利益。他相信,社会正常运转需要经济繁荣和公平分配,而后者可以通过控制货币流通得以实现。第 78 章写道,"如果它(钱)在一个制度里 / 以完成的工作为基础,以人们的需要为准绳 / 在一个国家或制度里",此时文本中赫然出现汉字"道",意思是说此举为大道之行,这种货币流通方式是一个国家或制度的财经政策的真谛所在。

第 89 章出现汉字"何必曰利",是引用孟子劝梁惠王的话。加上同页出现的"义(義)",诗人明显是遵从中国古代义利不相合的传统,从中国古代经典的角度,为其违反高利贷的立场提供支持。另外,《诗章》第 98–99 章引称康熙《圣谕》,但主要是针对高利贷者,称其不务正业,故根据《圣谕》中"务本业,以定民志"(赵毅衡,1998:310)的要求,提出公民应务正业,唯其如此方能铲除高利贷者的生存土壤。

[①] 赵毅衡先生也指出庞德对儒家哲学的人本主义式的理解,并称"越到后期,庞德越接近儒家思想中的人本精神"。见赵毅衡(1998:317)。

（八）中国意象作为表现背景

《比萨诗章》不仅借助于汉字着力表现中国文化，而且与中国有关的意象常被用来营造背景，强化中国主题。第49章与其前后几章迥然相异，意在以山水田园般的中国古代社会与当今西方社会形成鲜明的反差。庞德把他被囚于比萨时从监牢举目可及的一座山称为泰山，以移情中国神山，表达对中国的看重和敬仰。第74章中，他以死于笼中的黑豹自况（依照当时的情势，他很可能被判死刑），但黑豹之瞳孔却是"不死的亮光和通明"（17），临死前依然遥望泰山。正如在狱中面向东方，学习"四书"一样，他仍然希望以东方智慧伴随自己赴死。第77章，"泰山模糊得如同我的第一位友人的鬼魂"，然而"未之思也，夫何远之有？"该诗行的右侧，"何远（遠）"二字赫然竖排并立（79）。这一典故此后在第79章等处也曾出现。（如第123页）"未之思也，夫何远之有？"出自《论语·子罕第九》："唐棣之华，偏其反而。岂不尔思，实是远尔。""子曰：'未之思也，夫何远之有？'"庞德似在暗示以中国之天遥地隔，但当你真正想到时，它便不再遥远。这是他看重中国文化的明确体现。

第74章在"家在百姓和士兵中遥望泰山"和"泰山以北的山丘火光通明"之间（17-21），诸多事情仿佛彼此风马牛不相及：诗人在摩洛哥的一个港口，看到托钵僧吹着肮脏的稻草、托着一条长蛇，蛇咬破舌头，似乎以其血为稻草点火；他骑马去直布罗陀的一位传教士家，后者从罗马尼亚西部的一个村落徒步走来的旅行者租了帐篷；蝴蝶在风中交配；他的志同道合者多豪杰之士，如叶芝、乔伊斯等人；一位曾任驻英和驻美大使的俄国军事外交官不再愿意去西班牙，一位意大利伯爵夫人还记得彼得堡的某次招待会；20世纪20年代，巴黎、伦敦的餐馆、舞厅，美国参议员说出古罗马哲学家赫拉克里特的名言"万物皆流"，盈科而后进，彼得堡、维也纳、纽约和意大利一城市的餐馆、旅馆等地，40年后才出现美国人；法国王公高人一头，把管家当作盾牌的亨利·詹姆斯希望在哈佛教书，却被曾出版教育著作的亨利·亚当斯拒绝——诗人称，他是从"纪念碑"哲学家乔治·桑塔亚纳处得知此事的。

这一连串信息密集出现，好像莫名其妙，不知所云。但是，若仔细考察，诗人用意昭然若揭：首先，这些事情出现于"泰山"之间，仿佛作为中华文明重要象征的泰山具有某种统辖的功用；其次，这些情景皆发生在欧洲代表性的文化城市和区域，发生于欧美人士身上。正像中华文明相对于欧美文明的优越性一样，诗人暗示在欧美之间，欧洲处于优势地位。世家子弟、美国名牌作家詹姆斯在欧洲比较欧美文化大放异彩、在美国国内却得不到赏识，对此也可反映一二。

（九）时常有意为之的误译误释

如同在《华夏集》中对中国古典诗歌的改写式翻译一样，庞德在《诗章》中对汉字的直接使用也常常招致批评，他被指责为有意曲解误用汉字和诗歌文本。其实，庞德是以诗人而非翻译家的身份出现的，他的翻译并非意在客观表现原文的直译，而是借题发挥，旨在以中国诗歌元素和模式激活死水一潭的英美诗歌。庞德叛逆性的翻译转换以及对汉字的使用成为攻玉之石，为其作品增加活力和清新的气息，并极大地强化了中国主题和中国文化传统的分量。

《比萨诗章》第74章，对《圣经》表示了不屑之后，有诗句云："无人莫／日落西山的人"（13，"莫"字以汉字的形式出现）。"莫"本意是表示否定，阻止别人行事，但文中将"莫"解释为"日落西山的人"显然是建立在庞德一贯的拆词基础上。"日落西山的人"原文 a man on whom the sun has gone down 直译为"太阳落在那人的身上"，原译者大概是希望以"日落西山"这句成语强调诗句中受事者的落魄，同时暗示自己处境的险恶。这里的汉字"莫"极大地强化了作者的意图。《诗章》有时干脆整个部分完整地引用中文典籍，但不准确乃至错误之处并不罕见。例如，第74章引用《论语·学而第一》，把"学而时习之"理解为"学而见时光之白翼飞驰而过"（28–29），将"习（習）"照字面形式想当然地拆解，牵强附会，令人啼笑皆非。庞德的这一错误知识来自理雅各，后者称"习（習）"是"鸟翼数疾飞，释为'重复'，'操练'"（肯纳，1998：259）。庞德在理雅各的基础上，注意到"习（習）"的结构为鸟的双翼之下出现了"白"，进而将"习（習）"解释为"学而见时光之白翼飞驰而过"。理雅各虽然论证牵强，还是得出了正确的结论，庞德却干脆径直发挥起来，结果是大大偏离了原意，虽然他的"创作"本身还算是不错的诗句。也许身陷囹圄的庞德是要重温孔子的话，从中寻求精神支撑，并使狱中生活保持诗意的本色。

第三节　汉字入诗的诗学、美学和文化意义

庞德一生致力于语言创新，包括在诗行中直接使用汉字，这体现了他坚持"正当的语词"（le mot juste）的努力。有评论者借用《尤利西斯》

中一位努力寻求外界接受的虚拟作家的自我辩护："瞎扯！斯蒂芬粗鲁地说。天才不犯错误，他的过失是有意为之的，会让他有所发现"，指出庞德是位超越了错误的天才，他语言表达中的"过失"是完全可以谅解的（Perelman，1994：28）。在他自己的创作中，庞德逐步发展出一种新型的文体，"以其对古典作品的严肃然而玩笑似的攻击，展示了一种间接然而充满激情的公民审美责任感，这一点大多数读者很多年都无法理解"（30）。该观点或可争议，但不可否认，《比萨诗章》使用汉字的努力是成功的。这不仅体现在费诺罗萨所谓汉字的三种优势，以及肯纳所称《华夏集》的三项创作原则上，还体现在对中国文化元素的传达上。

在英国作家乔治·奥威尔的小说《1894》中，独裁政权操纵语言、重写历史，使之服务于当下。《诗章》虽未利用汉字重写历史，但汉字的使用大大改变了《诗章》的诗学和文化生态。以《掘石机诗章》（Rock-Drill，1955）为例，该集创作于庞德精研儒家经典之时，汉字数量之大以及出现之密集，令西方人瞠目结舌，无所适从。那么，庞德为什么如此倚重汉字？这是因为作为象形文字的汉字，其特质的发掘需要去看而不是像拼音文字一样去读。然而，虽然"一个如此书写的语言必定是诗意的"（Pound，1934：22），并非所有人皆可看出汉字之美及其丰富的内涵。庞德强调个体差异，暗示写作与写作者是关键。[①] 如此一来，汉字的表意功能似乎只有特殊人群才能认识，汉字的特质有隐而不彰的危险。这一定程度上反映了庞德的精英文化立场：汉字的表意功能只有少数精英才能理解，大众对此不甚了了。有学者质疑庞德使用汉字的效果，他们认为：它无法有效强调形象的当下性，反而因文字断裂而产生艺术距离；对于多数西方读者，庞德作品中穿插的汉字沦为装配其间的象征符号。葛兰西不认同庞德关于象形字反映出自然属性以及社会透明性的看法，声称"在中国存在着意符现象，这是士与民的彻底分离的表达"（Perelman，1994：54）。

我们以为，上述"精英说"违反了语言的大众性，因为语言毕竟不是少数精英的特权和专利。应该看到，庞德利用汉字入诗的策略和中国社会对汉字的日常使用不可相提并论，当汉语成为百姓的生活语言，"精英说"不攻自破。当然，庞德不是汉语学家，而是汉字爱好者和诗人，其导

[①] 庞德记载他的朋友——画家 Gaudier Brzeska："他习惯于观察事物的真正形状，可以不经任何研究而读懂一定量的中文。他说，'当然，你能看出这是一匹马'（或是一只翅膀，或别的什么）。"（Pound，1934：21）笔者记得多年前游览漓江，面对江边的一座山，导游称会看者能看出满山是马，但也有人看不出一匹马来。

师费诺罗萨在汉字上的失当也发生在他的身上："盲视和缺乏一贯性使他忘了……他本人对表意文字的阅读完全是一种西方式的理想化。"（张隆溪，1998：71）同样，对中西历史和文明满怀兴趣的庞德却是一位偏颇和十分自我的"历史学家"，他对历史的观察通常是一厢情愿的。他心目中的中国是历史的、带有古典色彩的中国，因而是理想化的，他以此标准审视西方，必然行之不远，错误百出。

庞德使用汉字入诗绝非仅出于诗歌技巧的考虑，这是他中后期诗歌创作中一贯的策略，具有重要的诗学、美学和文化意义。庞德引进汉字，是为了应对文字遭滥用和压榨性使用后语言乏力的现状，为了避免诗歌语言沦为海德格尔意义上用馨了的文字。他运用形声字、音乐符号、图画符号等新鲜的表现元素，旨在隔离与纯化甚嚣尘上的英语污染，并以此自我保护。如《比萨诗章》所示，象形字的直观形象带来清新的视觉冲击力以及当下性的效果。作为诗人而非文字学家和历史学家的庞德虽然在激情和热爱驱使下，对汉字的使用未必十分恰当，但他对汉字的使用，不管是直接以汉字入诗，还是利用汉字注音或中文英译的形式，不仅在诗学和美学意义上是对于现代主义文学的重要贡献，更以其对于中国文化浓墨重彩的表现，成为 20 世纪一个纪念碑式的文本。

第七章

默温中期诗歌风格的变化

默温（William Stanley Merwin，1927—2019）出生在纽约一个长老会牧师家庭，少年时代的他便表现出对诗歌的浓厚兴趣，刚会写字不久，便已经开始"为他的父亲写赞美诗"（Hix，1997：13）。1944 年，默温进入普林斯顿大学，师从诗人和批评家布莱克默（Blackmur，1904—1965），从此与诗歌结下了不解之缘。1952 年，默温的第一部诗集《两面神的面具》（*A Mask for Janus*，1952）入选"耶鲁青年诗丛"，他至今已有 20 多本诗集问世，其中第 5 本诗集《移动的目标》获国家图书奖，《扛梯子的人》（*The Carrier of Ladders*，1970）获 1971 年普利策奖，诗集《迁徙》（*Migration: New and Selected Poems*，2005）获 2005 年国家图书奖。2009 年 4 月，默温再获普利策殊荣，获奖作品《天狼星的阴影》（*The Shadow of Sirius*，2008）被评审委员会誉为"一部探究记忆深邃力量的诗集，它光芒四射又充满柔情"。

默温诗歌创作的发展过程，由 20 世纪 50 年代新批评式的形式化、经典化，走向 60 年代自由化、开放式的诗风，70 年代归于平静，在禅宗式的静谧中以梦幻般的笔触谱写歌颂自然的赞美诗。我们将立足于默温 1952—1970 年间的诗歌创作，考察在此期间诗人诗歌风格的变化历程。

第一节 新批评式的古典复兴风格：变化之基

默温的前期诗作诞生于批评派大行其道的年代，此时的现代主义尽管矫枉过正，失去了原初的反叛精神和先锋创造性，仍不失为文学界的正统。新批评大师艾略特在提出"非个人化""客观对应物"等理论后，麾下早已聚集了众多学院派现代主义诗人。依据学院派的现代主义美学，他们的作品呈现出知识化、玄学化、学究化、形式化的特色。默温年轻时代受新批评代表人物布莱克默以及庞德、罗伯特·格雷夫斯（Robert Graves）等人的影响，遵循新批评形式主义的创作法则，并采纳古典诗艺形式，运用希腊神话和圣经题材，"将他对西方古典神话中的传统概念的关注与对于诗艺传统的崇高敬意结合在了一起"（Davis，1981：26）。

默温前期的诗歌《两面神的面具》，被时任"耶鲁青年诗人"系列丛书主编、美国著名诗人奥登选入该系列丛书。奥登在《两面神的面具》序言中写道：默温诗歌的"韵律技巧是不可忽视的，他对于传统形式的广泛类型之掌握可谓炉火纯青"（Nelson，1987：81）。

默温对传统文学技巧的掌握，很大程度上得益于庞德的指引。1946 年，年仅 19 岁的默温在华盛顿的圣·伊丽莎白监狱与庞德第一次见面，这次会面对默温意义重大。庞德告知年轻的默温，写作是训练和长期迷恋某物导致的自发行为，而翻译正是使一个人与所做之事、与其母语的丰富性保持勤谨的一种方式，他建议默温翻译中世纪的诗歌。默温遵照庞德的建议，尝试翻译中世纪的文学作品。默温曾在访谈中说："当我开始创作，我痴迷于中世纪的诗歌。我想这某种程度上来自于庞德的影响。"（Merwin，1987：343）显然，诗歌创作楷模决定了默温早期的诗歌风格。在庞德的指引下，默温在中世纪文学中找到了战后美国所缺少的优美和典雅。

谢利·戴维斯在谈到庞德对默温的创作影响时认为："默温追随庞德的建议，以他为榜样，在早期诗歌中包容了中世纪文学的精髓，正如庞德在《人物：诗集》、乔伊斯在《一分钱一首的诗》中所做的一样。"（Davis，1981：24）诗人在诗歌中经常采用古典词汇，诸如：perduring、bourn、euphory、darkling，并经常将这些中世纪词汇与现代词汇并置于诗歌中，这与庞德所习用的技法颇为相似。

默温不断尝试来自欧洲中世纪的诗歌形式，除广泛采用 16 世纪法国 19 行诗、六节诗、小回旋诗以及民谣体诗以外，他的一些无韵体诗还特别注意节奏及音韵的处理。如《海中怪兽》中，"它巨大的体形像山一样起伏 / 黑暗，然而，又像漂流的冰，头部破浪如惊雷"。将巨大的体形比作起伏的山脉，将头部划开巨浪比作漂流的冰块相互撞击的声音，比喻奇特，颇有玄思（conceit）之妙。该句原文显示音韵节奏之美："The hulk of him is like hills heaving / Dark, yet as crags of drift— / ice, crowns cracking in thunder"（Merwin，2005a：29）。第一行中，大量采用 "/h/" 音，表示海中怪兽静态时候的状态，还传递出观者面对巨兽时的惊叹。第二行则是铿锵有力的"/k/"音，利用头韵的方式结合饱满的元音如"/a/""/au/""/u/"等，表现出怪兽披荆斩棘前行中积聚的爆发力和威慑力。这种将音韵诉诸听觉的做法，同样得益于庞德的影响。默温曾在访谈中提到，"早在我18—19岁时，庞德的耳朵对我而言就是个启示，我认为所有的诗人都是由听觉引导进入写作过程的"（Nelson，1987：343）。

第二节　希腊神话与《圣经》题材的运用

默温将希腊神话与《圣经》题材用于前期诗歌创作，符合新批评善于用典的特点。奥登在评论默温早期作品时，称默温为超绝的艺术工匠和神话的诠释者，足见对默温神话题材运用的充分认同。

默温曾担任诗人罗伯特·格雷夫斯儿子的家庭教师，并追随格雷夫斯全家一年。在格雷夫斯的影响下，默温逐渐培养了对古希腊神话及远古历史的激情，而对神话的这种激情在其早期作品中随处可见，如对《远征（一、二）》中的色诺芬、《颂歌：美杜莎的脸》中的美杜莎、《奥德修斯》中的奥德修斯等人物的塑造。此外，神话也成为诗人诗歌创作的骨架，这表现在他作品中经常采用的"迷失—寻找—回归自我"的奥德修斯式旅行主题。例如，《挥霍的儿子》一诗的开端，以炎热的夏天为场景，父亲独自一人用空洞的双眼凝望着空洞的距离。儿子已出走，房子仅成为一个意象，这意象使他更加明了空虚的真面目。与此同时，儿子在出走的过程中，希望通过远离家园寻找一些他丢失了、只有离开才能找回的东西，那些"在远处，模糊的/东西"。不过，在儿子寻找的旅程中，收获的只有空虚，"他在距离中一无所获/仅发现/空虚"。于是，他沉溺于堕落的生活之中，却最终发现"这些空虚就像废墟中用弦线吊起的一面镜子"（Nelson & Folsom，1987：86）。诗的最后，在对人生虚无的感悟中，儿子与父亲走到了一起，三位一体的态势得以重新恢复。与此主题相似的还有《奥德修斯》《淹死者的眼睛观看船骨驶过》《寓言》《一只眼》《约翰·奥托》等诗。

《圣经》题材在默温前期诗歌中经常出现，这与默温的家庭出身有很大关系。孩提时起，默温便熟知《圣经》故事。他的父亲是长老会牧师，为人严肃；宗教环境下的家庭生活，对默温产生了很大影响。在《圣经》题材中，默温的前期作品通常采用创世纪题材，如《两面神的面具》中

《声明：给一场大洪水的假面舞会》等采用了《创世记》中有关大洪水的题材；《随野兽之绿》诗集中的《海中巨兽》等采用上帝造物的题材。有学者认为，默温对于《创世记》题材的选用，说明"默温是个永不满足的创始者，他通过描述这个世界以及这个世界深处的怪兽（如海中巨兽）征服了这个世界"（Davis，1981：54）。

　　年轻的默温踌躇满志，因其典雅迷人的神话式创作，赢得了主流评论的广泛赞誉，这其中不乏庞德、格雷夫斯、布莱克默等大师的指引。正如诗人在献给格雷夫斯的诗中所写："我醒来，伴随着新的词语，在每一个地方／白天和夜晚，在不同的光线下／在许多大师的教导下学习一首诗歌。"（Merwin，1987：30）

　　然而，进入 20 世纪 50 年代后期，诗人开始"觉得写作到了尽头，对写的东西不满意……渴望改变生活的紧张感和不知如何改变的焦虑叠加起来，其结果就是产生了一种新的写作方式"（ibid.：74）。默温前期作品语言古雅、严谨有序，是普遍的、非个性化的，也是疏离的。在这座精心建立起来的高不可攀的诗歌王国里，诗人最终无法再以居高临下的态势俯视世界，"他不再希望观察他身下的深渊，他想要探索它"（ibid.：74）。从这一刻起，他决定走入世俗现实，成为一个"巨大笨重、黑暗陈腐的熔炉"（Merwin，2005a：76）中的醉汉。

第三节　《炉中醉汉》及其之后的开放式诗风：变化之道

　　默温 1960 年发表的第四部作品《炉中醉汉》（*The Drunk in the Furnace*）中的同名诗被普遍认为是诗人结束前期诗歌风格的宣言。诗中描述，在污染的溪水边，一只众人眼中"巨大笨重、黑暗陈腐"的熔炉被丢弃在无人注意的裸露的沟壑中几十年，终于有一个早晨，"一道烟像一个苍白的／重生，从它的洞口中踉跄而出……有人／在这炉子的铁门之后，建起了他糟糕的城堡"（ibid.：76）。此人从何而来，为何在此，又是从何积聚的这种改变铁炉的精神都不得而知，唯一知道的是，对炉子的改造使得一切具有了音乐性。当地的成年人谨遵牧师不可靠近铁炉的教训，而他们的孩子却蜂拥前往这令人无法抗拒的铁炉："炉子苏醒，整个下午／那些愚笨的后代们像老鼠一样奔向这渐强的声音／看见粉碎的山脊，目瞪口呆。"（ibid.：76）

　　默温从现代主义的圣殿义无反顾地迈进了这锈迹斑斑、无人问津的铁炉，用一股足以粉碎山脊的翻天覆地的力量迎接其诗歌爆炸性的变革。理查德·霍华德认为："《炉中醉汉》一诗记录了默温从一个舶来的、继承的秩序中撤退并重回他自身的混乱中的过程。"（Davis，1981：73-74）谢利·戴维斯则称："默温的这个炉子，实际上就是诗人的身体和他的内在生活，诗人决定探索自己置身的深渊，成为炉中醉汉，则必须要改变他曾经的言说方式，突破原有的秩序、传统、典雅和疏离，转而在一场革命性的爆炸中迎来属于他个人的诗歌时代。"（ibid.：74）总之，随着对一度夸张修辞的插科打诨，默温再也无法回归他曾经的诗歌风格，这是诗人有意为之。诗人的诗歌从此开始呈现出一种"崭新的、奇怪的简单，而这种简单缓缓地从大师级技巧中走出，却开始逐渐吸引人们的眼球"（ibid.：8）。

默温的创作转型遭遇了两种截然不同的声音。反对方称：默温现在诗歌的"所有一切都是分散的，毫无联系的；所有好的要素都七零八落、无法解释"。"这些诗歌给人的感觉就是单调、雷同、毫无变化"（Brunner，1991：112）。赞成方则为默温的诗风转型大唱赞歌，称之为"像凤凰一样从早期整洁的灰烬之中涅槃"（Perloff，1987：129）。无论褒贬，默温在诗歌转型的道路上坚定地前行。他在《开放的形式》一文中写道："每一首诗的形式都应是独一无二的，每一种形式都是为了产生一种不可复制的回响（resonance），这种回响有些类似于回音（echo），但是它却不重复任何声音。"（Merwin，1987：298）至此，默温树立了属于自己的开放式诗歌的鲜明旗帜，在这面崭新的旗帜下，其诗歌在创作形式、观念及意象等方面相比前期诗歌都有了翻天覆地的变化。

（一）弃用标点

1963 年，继宣言式的《炉中醉汉》后，默温出版了诗集《移动的靶子》（*The Moving Target*），并在该诗集中首次尝试全新的写作方式——弃用标点。默温在接受访谈中提到："在 20 世纪 50 年代末期，我感到我走到了某种尽头；如果我要重新开始写作，我希望它是与众不同的。我开始相信，诗歌与口语的关系比散文与口语的关系更密切。标点符号主要与散文和印刷文字有关。我感觉在诗歌中使用标点，就好像用钉子将词语都钉在了书页上……我所尝试的，是让词语本身的移动来给它们自身标明位置，用词语本身的位置来表明标点，正如在口语交谈中使用到的那样。"（ibid.：357）对标点符号的大胆弃用将诗歌从纸张的束缚中解放出来，诗歌从此有了前所未有的开放空间，变得自由而充满想象。诗歌形式上的变化不仅预示着诗人曾经正式、古典的诗歌风格不复存在，更说明了诗人面对诗学困境的诗学选择："默温将标点取消，说明诗人获得了一种全然不同的文体掌握。在纸上没有标点的诗歌，就像经过一场爆炸，意象得以重新组织起来，诗行未被封闭却反而获得了开放的形式。"（Perloff，1987：129）

（二）沉默对抗语言绝望

在默温的早期作品中，语言通过象征、神话等形式建构了默温的内在灵感，这也凸显了词语及语言的可能性及创造性，其表现就是"基于语言之上的隐喻以及对于词语的创造力的肯定"（Davis，1981：27）。默温大学时期师从著名的新批评派评论家布莱克默，后者强调语言的内在潜能以及诗人对于这种潜能的创造性挖掘，这与默温早期的诗学主张相契合。在当时的默温看来，诗人有能力将词语与行为、事物联系在一起，他"既是魔术师又是艺术家，可以将原初的词语进行催化变成灵感内涵"（ibid.：41）。

然而，默温在创作的过程中逐渐体验到了来自语言的挑战。他绝望地发现，语言作为表达工具逐渐超出了人们的掌控范围。他的语言观念逐渐发生了变化，直到 20 世纪 50 年代末期，他感到了一种对于写作和语言的绝望，在两三年间几乎无作品问世。

相比其他的美国诗人，默温 20 世纪 60 年代的诗歌核心中有着对于语言的深刻怀疑和恐惧。他认为，写作是与人类思想同谋，其本质是破坏。如果说默温早期诗歌的语言沉浸在斯蒂文斯式的夸张词汇中，那么转型后的作品则语言节制，拒绝复杂化。对于默温来说，语言是我们社会化的最强大的中间工具，语言将我们的父母、世界、定义都内在化，却反而忽略了我们真正的内心体验——身体和无意识的体验，而这些体验却是无法用词汇表达出来的。人类的交流工具有限，语言局限不足，内在经验无法言说，但诗人又必须借助语言的力量表达思想。于是，这种矛盾最终反映在诗歌中便是诗人对于沉默所赋予的积极意义。正是由于词语、秩序以及外在世界会给人类认知带来干扰，所以只有沉默才能引导人们找回自我。

从默温诗歌进入转型期开始，"沉默""无法出声""没有声音"等字眼频频出现于笔端，它们被用于面对语言中心的形而上学预设时的反抗，以说明语言的无力与不足。《动物》一诗中写道："我没有说话 / 记得要为他们命的名。"（Merwin，2005a：113）在《当你离开》中写道："我的语言是我永远不会成为的衣服 / 像独臂男孩空空的袖管。"（ibid.）《写给我的死亡纪念日》中则是："沉默出发 / 不知疲惫的旅行者 / 像黯淡星辰的光束。"

（Merwin，2005a：131）默温寄希望于通过沉默来挽救资本主义所无法挽救的堕落人性，并认为"真正的诗歌和真正的交流都必须与沉默交叠在一起"（ibid.：91）。在诗人看来，只有通过沉默，诗人才能找回自我，恰如《来自图腾动物的言语》中所写："你 / 沉默 / 在我迷失之时 / 保佑我 / 呼唤我。"（ibid.：149）

（三）深度意象：无意识心理的关注

与默温前期作品中的诗歌意象① 不同的是，20 世纪 60 年代默温的诗歌更多关注的是无意识世界。默温所创作的诗歌被学界归为深度意象诗歌，以突出诗歌中意象的跳跃性、无意识性。他这个时期的诗歌多以外在的客观意象开始，将内在无意识巧妙融入客观意象中，从而形成一个有机的整体。如此一来，诗歌的意象呈现出跳跃性的特征，导致超现实的想象世界与现实世界的和谐统一。如在《凯撒》一诗中，诗人写道：

我的鞋子几乎死去
当我在冰之门旁等待
我听见有叫喊声叫他凯撒凯撒
但当我向窗外看去却只见平地
和慢慢消失的风车
世纪干涸了深沉的土地
然后这仍然是我的国家
值班的那个家伙说你要改变什么
他看着他的表
将空虚从花瓶中提起
将它提起来细细查看
夜晚到了
雨开始永远的下

---

① 在诗歌意象的选择上，卡里·纳尔逊（Cary Nelson）曾经认为，默温早期的诗歌创作受到艾略特的影响，呈现出典型的现代主义风格。纳尔逊指出两位诗人作品中出现的类似之处，如"我能听见血液爬在平原之上"（默温）、"在无尽的平原之上，在开裂的土地上跌倒"（艾略特）；"越过它的地平线，一切都无从知晓"（默温）、"仅仅被平坦的地平线相连"（艾略特）。以此证明，在措辞和意象的选择上，默温在某种程度上借鉴了艾略特《荒原》的表现方式。

他将夜晚一个个从牙齿中唤出

最终轮到我

值班

推着总统经过开满鲜花的岸边

经过空虚的楼梯脚

希望他死了。

（Merwin，2005a：118）

其中，"几乎死去的鞋""冰之门""抽干了土地的世纪""从花瓶中提出的空虚""从牙齿中唤出的黑夜""空虚的楼梯脚"等超现实的意象与"平地""风车""雨水""开满鲜花的岸边"等现实意象交织在一起，意识与存在相融，表现了那个时代人们的绝望、空虚以及面对黑暗现实无能为力的挫败感。

诗人的叙事名诗《最后一个》(The Last One) 讲述了狂妄自大的人类疯狂摧毁树木，最终被"最后一个"的阴影报复的故事。"他们（人类）决定无处不在，为什么不行 / 每一个地方都是他们的，因为他们就是这样想的…… / 他们决定砍掉一切，为什么不行 / 一切事物都是他们的，因为他们就是这样想的。"最终，"阴影附在他们身上他们消失了 /…… / 阴影吞噬了他们的影子 /…… / 那些幸运的幸存者和他们的影子在一起"（Merwin，2005a：116–117）。

默温本人在谈到《最后一个》时说："如果仅仅从道德的角度去理解该诗，则有悖写诗的初衷。诗人更希望将阴影作为诗歌的思考对象。人类憎恶这片可爱的土地（阴影），事实上，这可爱的土地就是他们自己。"（Merwin，1987：347）该诗中，阴影成为全诗的核心所在。从生态批评的角度，诗中显示出默温对当前世界生态现状的深深忧虑，暗示人类的狂妄自大、自以为是引起了大自然的绝地反击，最终导致了他们的自我毁灭。人类生活在末日世界中，其缘由在于人类在这个世界中扮演了刽子手的角色。然而，从无意识的角度看，阴影——荣格集体无意识的四大原型之一，作为人类心灵中一切本然的高尚、美好、丑陋与卑劣的源泉，其本身代表了一种原始力量，具有最危险、最具震撼力的能量。荣格在《原型与集体无意识》中指出："阴影是人格个性的一个鲜活的部分，代表着被压抑的人格面具以及人被文明压抑的丑恶本性。"（Jung，1960：38）或许，诗歌中最后一棵树的阴影本不存在，它暗示了诗人幻象世界中被抑制的人类丑恶本性最终以灾难的形式爆发。这种无意识幻象世界的原型意象在诗人中期作品中屡屡出现，且大多以灾难、末日等极端事件为背景，成为默温中期诗歌的一大特色。

第四节　结　语

从《两面神的面具》到《炉中醉汉》，默温深受创作界及批评界大师的影响，其对于欧洲传统文学的掌握以及精湛成熟的诗歌技巧为诗人迎来无数赞誉。然而，进入 20 世纪 60 年代，诗人的诗学观念有了较大转变，他不再满足于冷眼旁观，而是试图突破曾经封闭的诗歌，寻找诗歌生存的出口。诗人逐渐变成开放式诗歌形式的实践者，他的句法不再严谨，语言不再古雅，而是显得节俭晦涩，但"正是这种 20 世纪 60 年代诗歌的节俭语言，虽然简单却可以承受更多的负荷"（Davis，1981：214）。值得注意的是，默温的诗歌转型并非当时美国诗坛的个例，一些因作品的经典风格而入选"耶鲁青年诗丛"的年轻诗人，如阿什贝利（John Ashbery），在 20世纪 60 年代纷纷易旗更帜，跳出传统，加入开放式诗歌的阵营中，为当时的美国诗坛带来百家争鸣的繁荣气象。

第八章

默温《虱》的后现代诗风解读

作为新超现实主义的代表诗人，默温以其怪诞的意象、凌乱破碎的句法和篇章结构，以及独特的诗歌风格令不少读者望而却步。从首部诗集《两面神的面具》1952年入选"耶鲁青年诗丛"以来，默温一直遵循其所翻译的中世纪法国作品的准则，诗风力求古典，诗歌形式严谨，采用了诸多神话主题。因其严谨的古典诗风，奥登对默温传统的写作风格大加赞誉，并将其列入正统诗作者之列。评论界对此颇有争议、褒贬不一。

自20世纪70年代起，默温的第四部诗作《炉中醉汉》出版之后，默温的诗歌创作进入一个全新的时代。诗集《虱》（*The Lice*，1967）是默温转型后的第三部诗集。在这部诗集中，诗人对战争、生存尤其是生态等主题进行不同深度和不同维度的展现。诗歌充满了黑暗、恐怖、冰冷、毁灭的意象，这种描述阴暗和绝望的意象与诗人后现代诗风结合在一起，构成了《虱》的鲜明特色，表现了默温独特的末世生态观念。

末世主题并非新鲜的话题，但《虱》却赋予其最有力的表现。在这部被誉为"与自我对抗之歌"的诗作中，忧郁、阴暗、荒芜的景象预示了现实世界的末日情景，其中的绝望、无力感更流露出默温对当前世界生态现状的深深忧虑。在叙事诗《最后一个》中，"他们决定无处不在，为什么不行／每一个地方都是他们的，因为他们就是这样想的""他们决定砍掉一切，为什么不行／一切事物都是他们的，因为他们就是这样想的"。默温笔下的"他们"（人类）几乎砍掉了所有的树，直到他们来到水边，那儿仅存着最后一棵树，"他们"仍然没有放过这世界上最后残存的树木："最后一个倒在了自己的影子里。"他们仍然未因此得到满足，连这最后一个的影子也不想放过。"他们将地切开……／他们在影子上放上板子……／他们用光线射向影子……／他们炸开水域……／他们在底部燃起大火……／他们在影子和太阳中间升起黑烟……/ 他们向影子所在的水里倒石头……/ 他们将水抽干……/ 他们用机器去刮影子……"（Merwin，2005a：116–117）。最终，影子积聚了万物的灵气，向"他们"开始了来自自然界的报复。"他们"被影子吞噬，连同他们的影子也一并消失。人类的狂妄自大、自以为是最终导致了他们的自我毁灭。

《神》一诗描述了作者心中世界末日的景象：

> 很明显一切都已失去
> 一切都走到尽头我们没有说话
> 现在那些时刻已过去黑暗降临
> 这已耳聋的星球的音乐
> 单一的音调
> 继续
> 另一个世界
> 散落的石头属于风
> 如果风能利用它们

（Merwin，2005a：120）

在作者的笔下，世界末日之时，万物陷入黑暗之中，人类无法发出声响，整个地球也无法听见，取而代之的则是那些散落在风中的石头所组成的孤独的荒凉景象。

《十二月于逝者中》同样描述了末日的情景："在此之前的沉默 / 离开了它破旧的面临草原的小屋 / 穿过石头屋顶石头 / 和黑暗向下行走。"（ibid.：128）在世界末日之后，连沉默也离开了人类曾赖以生存的房屋，而此刻房屋面向的也不过是杳无人迹、虚无辽阔的草原，只有石头与黑暗相伴。在诗歌末尾诗人写道："在它们中间我和一个死去的牧羊人坐着 / 看着他的羊羔。"诗歌中一直积聚的阴郁氛围在此刻达到了张力的顶峰。"我"作为末日的见证人和幸存者坐在死去的牧羊人身旁，注视着如今已无人看管的羔羊。牧羊人与羊羔的关系是一种保护者与被保护者的关系，如今牧羊人已经死去，羔羊们的生死命运未卜。

作为末世的幸存者，"我"究竟为何人？是充满生态正义感的作者的化身，抑或是宗教传说中的羔羊基督的重临人间、接管新生世界？被看管的羔羊与新的牧羊人之间，是否仍然存在曾经的看管关系或是对既有关系的重新界定？在《圣经·创世记》中，上帝许诺："我们要照着我们的形象，按着我们的样式造人，使他们管理海里的鱼，空中的鸟，地上的牲畜和全地，并地上所爬的一切昆虫。"许多生态学家认为，正是上帝的许诺，从此决定了自然界被人类肆意霸占、粗暴对待的命运。但神学家和生态学者提出了不同的见解，他们认为，《圣经》中的这种管理关系（dominance），本意实际是一种看管关系（stewardship）而非统治关系。在《创世记》中，应该将人类与自然之间理解为"关照、照顾"的关系，而非人们通常所理解的以人类为中心的等级二元对立关系。《启示录》中有关人与自然关系的约定也呼应了维克尔的观点："地与海并树木，你们不可伤害，等我们印了我们众神仆人的额。"①《启示录》中重临人间的基督，恰如诗歌中在末日后坐在逝者中间的"我"，重新承担起看管羔羊们的责任。

默温在对末日情景描述的同时，对人类中心引起的人与自然失衡的"看管"关系深感焦虑。反人类中心主义（或逻各斯中心主义）成为其生态诗歌的终极视阈，诗人将矛头指向导致人与自然关系失衡的根本原因——人类以自我为中心的理性。而这种深层次理性批判又是通过极具解构意识的后现代写作方式得以展现的。

第一节 弃用标点：挑战传统语言认知观念

《炉中醉汉》的出版，标志着默温写作风格的转变，他的创作由此进入了新的时期。从《移动的靶子》开始，作者便抛弃了传统诗歌写作中标点符号的用法习惯，大胆弃用标点符号，力求通过语词之间的关系、诗行排列与篇章布局的变化形成特有的张力，挑战传统语言认知模式。作为一直被评论界视为传统诗歌之典范的诗人，默温在后来的创作中却扬弃标点符号的使用，其风格之特异、句法之疏离的确是对读者阅读的考验。如此一来，诗歌便具有了后现代风格的语言构架，不再受传统语言认知的束缚，从而获得了多重维度，使读者于其中建构属于本身的诗歌理解。

---

① 引自《新约全书和合本》（英汉对照），国际圣经协会，1984 年版。

第二节 谜式陈述：开辟想象的多元空间

诗集《虱》的标题本身便是与谜有关的典故。古希腊最伟大的智者荷马被男孩的谜语困住，他们说："那些我们已捉住并已杀死的，我们将其扔掉；那些我们捉不住的，我们却将其带在身边。"这则让荷马不得其解、郁郁而终的谜，谜底就是虱。默温在诗中以谜的形式进行创造，并非旨在强求读者找到问题的答案，而是让人明白：传统的认知模式无法洞见事物的本真，只有跳出逻辑理性和抽象思维的囹圄，抛开陈旧偏执的理性逻辑，猜谜者才得以用一种全新的洞见穿越事物的表面，到达本真的内核。

有学者认为，猜谜的意义及快乐并不在谜底本身，而在"怀疑的有意搁延"（Nelson，1987：26）。这种搁延延长了读者的思考时间，也拓宽了其想象的空间，使人们重新以陌生的角度看待曾经熟悉事物的非逻辑和值得怀疑的一面，在"怀疑的有意搁延"的过程中看出事物的本来面目。这也是默温在前言中所称"人们总容易被事物的表象所欺骗"的原因所在。习惯了用理性进行思维，我们如何能见到事物背后的真知？默温正是通过这一实例告诫读者不要一味遵循日常的理性逻辑思维模式，而是从陌生的甚至超越习惯认知的角度切入事物深处，还原其本来面貌。默温的《一些最后的问题》这样写道：

> 什么是头
>> 答：灰烬
>
> 什么是眼
>> 答：井坑陷入其中有了
>>> 居民
>
> 什么是脚
>> 答：拍卖后留下的大拇指
>
> 不，什么是脚
>> 答：在它们之下不可能的路在移动
>>> 断裂了脖子的老鼠沿着它用鼻子
>>> 拱动血球
>
> 什么是舌
>> 答：从墙上掉下的一件黑衣

　　　　袖子想说点什么

什么是手

　　答：得到回报

不，什么是手

　　答：已灭绝的鮞鯖留下

　　　　一条信息沿着博物馆的墙爬回

　　　　到它们的祖先

什么是沉默

　　答：似乎它有权利要求更多

谁是同胞

　　答：他们制造骨头的星星

（Merwin，2005a：115）

　　从诗名《一些最后的问题》来看，这些"最后"的问题似乎与终极问题有关，即以人的身体部位最终的状态为谜底进行询问。如"灰烬"之为"头"，人死后，躯体化成灰烬，这似乎仍然在我们理性所能触及的范围，而"什么是舌"的答案"从墙上掉下的一件黑衣／袖子想说点什么"，则从人们常理认识中"舌"的发音、表达功能出发，以"黑色衣服的袖子"为对应意象，体现了作者的语言观。在读完《虱》后，细心的读者会发现，作者常将与语言有关的事物比作衣服：舌是从墙上掉下的黑衣，袖子就应该是舌头竭力想表达的语言。在《当你离开》中，作者所写"我的语言是我永远不会成为的衣服／像（象）独臂男孩的一只空空的袖管"（Merwin，2005a：133），便呼应了作者的这一观点。直到最后一句"谁是同胞／答：他们制造骨头的星星"，从微观的人体骨骼到宏观宇宙的星辰，读者的思维也在经历着一种彻底的洗礼。骨骼的星星其本质为何已不得而知，但反复思考人类终将复归自然的事实，我们在"怀疑的有意搁延"中一步步接近谜底，最终获得其本质的真实：微观人体的骨骼变成宏观的星辰，人类自然与宇宙是一种休戚相关、转换生成的关系，人类和其他的生灵万物一样，死亡后的骨骼可化作漫天星辰。这就是同胞，其范围远远超出了我们将同胞理解为人类的理性认知，扩大到了世间万物。

第三节 语言，独臂男孩的空袖管： 逻各斯人类中心主义的消解

默温对于逻辑思维和理性认知的批判，还表现为其独特的语言观。纵观西方语言观的发展，语言作为传统的交际工具，在索绪尔时代具备了自律的特质和确定、有序的结构系统，而在之后解构浪潮中，却变成一堆结构、中心和整体全部荡然无存的碎片。横亘于西方形而上学传统数千年的话语权威开始不断弱化，直至最后消失，为后现代主义时期出现的"失语症"提供了理论注脚。

解构思潮带来的"失语症"也体现在默温的诗歌中，"沉默""无法出声""没有声音"等字眼频频出现。在《小孩》一诗中，默温写道："从四面八方沉默是无害的/……/如果我能在空无中坚持/世界将向我展现/……/我不相信我们曾知道的知识。"（Merwin，2005a：123）《动物》是《虱》中的第一首诗：

> 所有这些年在窗户后面
> 盲目的十字架扫过桌面
> 我自己在空荡的空地
> 寻找我从未见过的动物的踪迹
> 我没有声音
> 记得为他们命的名
> 它们中是否有一个将回来是否有一个
> 说是的
> 说看仔细些是的
> 我们将再一次相逢

亚当作为上帝用尘土造出的第一人，具有为所有动物命名的权力。诗歌中同样具有命名权力的"我"，代表的是默温笔下时代的亚当形象，他同样受上帝之托为动物命名。然而那些曾经走到他面前等待命名降临的动物们如今身在何处？是尚未降临人间还是早已在地球灭绝，我们无从知晓。"我"热切地盼望它们中哪怕只有一只动物的回归，然而此时"我"却没有声音。因为语言此刻无法召唤动物的回归，没了动物的回归，声音便无法存在于为其命名的行为之中。人与动物彼此的语言无法契合、无法理解，

正如在"飞"（Merwin，2005a：139-140）一诗中，诗人一边用人类的语言喊着"飞"，一边将一只不愿飞翔的鸽子反复抛向空中，最终导致了鸽子的死亡。诗人写道："我曾经对一只肥胖的鸽子残忍""'飞'我说道，一边把它抛向空中""我一遍又一遍地说着，一次又一次将它抛进空中／直到它死去……我总是相信太多词语。"人类的语言在与整个造物的世界交流时无法被理解，也是苍白无力的。语言不再是强有力的表达工具，不再是反映人的内在世界的明镜，而是苍白无力、成为人无法探测内在世界的一面屏障。

对于默温而言，语言是残缺的，就像独臂男孩空空的袖管，仅仅呈现一个貌似完美的表象，却无用武之地。《写给我的死亡纪念日》（ibid.：131）中，叙述者描述了他死后的情景："当最后的火焰向我挥动／沉默出发／不知疲倦的旅行者／像（象）无光星辰的一道光。"接下来，诗人对其死亡后的解脱颇为满意："我将不再／发现我在生命中就像穿着件奇怪的破衣服／惊讶于地球／女人的爱／以及男人的无耻。"默温把人于世间的生存比作穿着一件破旧的衣服，与"独臂男孩的空空的袖管"所指为同一件。诗人在死后终于可以摆脱语言这件残缺、奇怪的衣服，从而走进一个沉默却开放的空间。

然而默温并未将导致人类世界与生灵世界关系断裂的责任推卸到语言之上，"一切与语言无关／而只是它让它为我所用"（ibid.：133）。长久以来，正是由于人类沉溺于知性语言的使用给其自身带来的绝对中心地位、凭借逻辑理性的视阈导向对其在生态界的最高地位深信不疑，最终导致末日的降临。而诗人想要做的，是要让曾经自成体系、稳定规范的语言系统变得无法信赖、软弱无力，以此消解人类中心主义的妄见，使人重新考察人与世界、人与人的关系，重新考察曾经被传统给定的世界观，并用开放、多元的视角看待人在地球中所处的位置。

第四节　结　语

美国诗人兼评论家劳伦斯·利伯曼（Laurence Lieberman）在《耶鲁评论》中写道："如果说当今世界仍有一本书能表现我们时代特有的精神痛苦，以及我们对于自己身处末世所感到的痛苦，并将之转换成艺术，这本书便是默温的《虱》。"（Nelson，1987：122）默温的每首诗几乎都是对现代人及现代社会的道德审判，流露出对人类命运的深深担忧。通过诗人后现代写作风格和后现代语言观对传统的逻各斯人类中心主义理念的解构,我们得以在心灵不断净化的过程中破除知性干扰,还原现实世界的本来面目。不过,默温的诗歌并不是消极的,诗人用他特有的价值判断否定了传统形而上学预设的认知模式,用开放的、另类的后现代表达方式传达着他的生态忧思。尽管对未来充满绝望,他仍然在极力寻找,"寻找从未出现过的动物的踪迹"(Merwin,2005a:113),"在其他地方行走,寻找我自己"(ibid.:142)。

泰德·休斯早期诗歌中的道家思想

  英国诗人泰德·休斯（Ted Hughes, 1930—1998）对包括动物在内的大自然有着持续的关注，他的前两部诗集《雨中鹰》（*Hawk in the Rain*，1957）与《牧神》（*Lupercal*，1960）真实地呈现了自然界的本能力量：自然的巨大威力、生物弱肉强食的本性、动物血腥残暴的野性……休斯因此被一些评论者称为"暴力诗人"。事实上，休斯诗歌中流露出的并非暴力，而是生命的力量、自然的力量。诚如休斯研究专家史蒂文森所说："休斯的诗歌中没有暴力，那是自然宇宙的能量。"（Stevenson，1985：77）休斯对动物生动逼真的刻画以及对生物界能量和动物本性的真实表现，源于他与自然的亲近。通过细致入微的观察，他对自然生命及其律动产生了深刻的认知，并以跃然纸上的生动形象呈现在读者面前。

第一节　生命初体验

  1930 年 8 月 17 日，休斯出生于英国西部约克郡的一个小镇，这里青山环绕、绿水依依，休斯在此度过了美好的童年。静谧闲适的乡间生活充满情趣，他捕鱼、捉蛙，在田间无拘无束地玩耍。三四岁时，休斯常与兄长一起爬山狩猎。这些活动使他亲近大自然，感受自然界所散发出来的生命的律动。与大自然的亲密接触，使休斯从童年时代起便与自然建立了某种内在的关联；他自称"生命之初的前六年塑造了一切"（Sagar，2000：40）。日后，徜徉山水之间的美好记忆源源不断地从他的笔端流淌出来。

  休斯本性中蕴含着对自然的天然钟爱，他声称"我一生下来就对动物感兴趣"（Hughes，1969：15）。从幼年时期起，他便痴迷动物。他喜欢临摹动物，制作动物模型，收集动物标本，对活的生物情有独钟，"常把小动物放在口袋里随身携带"（Feinstein，2001：9）。休斯在大学期间曾主修英语，后来转向人类学与考古学。大学毕业后，休斯先后做过植物园的园丁以及动物园的饲养员，而钓鱼的爱好几乎伴其一生。同自然的亲密接触、对生命的细致观察为休斯提供了丰富的创作素材。

休斯早期诗歌中有大量关于动物诸如鹰、马、狐等的描写，因此享有"动物诗人"的美誉。对于休斯而言，动物如同"父母"，他在1995年回答《巴黎评论》（*Paris Review*）的采访中称："生命之初的十七八年，我一直在思考它们，动物自然而然成为我表达自我、抒发情感的象征，从而成为我生命中最原始的语言。"在休斯眼中，自然界的一切生物都是平等的，动物的能量亦是人类的力量。休斯对动物的情有独钟，也是对人类自身的独特关注，正如他1960年在英国广播公司的节目中所说："通常来讲，表面看来是一首关于鸟或鱼的诗，诗人真正的意图却显然是通过动物来触及人性中的某些东西。"（Scigaj，1991：29）这种对自然的深刻感悟与道家思想中蕴含的人文关怀意识不谋而合。

休斯的生活经历和生命体验进一步加深了他对自我生命与自然规律的认知。虽然休斯没有亲自参加第二次世界大战，然而"二战"期间以及战后经济的萧条、父亲与叔父的"一战"经历对他也不无影响。在休斯的记忆中，父亲常常沉默寡言、不苟言笑。战争的破坏力量是毁灭性的，其毁灭性源于人类控制欲的膨胀，从而导致人类自然心性的泯灭，以及精神的异化，人类最大的悲哀莫过于此，正如老子所说"祸莫大于不知足，咎莫大于欲得"（陈鼓应，1984：460）。自然与人类休戚与共、血脉相连，对此有深刻认知的休斯十分珍视人与自然之间的和谐沟通。

休斯认识到，自工业革命以来的西方文明已经将人类从自然的怀抱中驱逐出来，继而将他们推入理性思维和机器时代所设置的虚假安全的幻想中。两次世界大战更是将西方置于前所未有的困境。他不无感慨地说："灵魂被自然放逐的故事，正是西方人的故事。"（Skea，1994：30）休斯清醒地认识到，在理性逐渐成为衡量知识的唯一标准的20世纪，能够让人类走出幻想、复归现实的办法即是回归感性直觉，回归自然的本性。为此，需要创造出一种语言，"一种缜密、智慧的语言，来应对从某种意义上已经对理性分析关闭的世界"（ibid.：23），这与道家思想中重直观感悟、轻理性分析的倾向颇为契合。休斯深深植根于其中的凯尔特文化传统，也有助于他形成接近道家思想中自然本位的认知。在凯尔特文化传统中，自然享有至高无上的地位，被誉为"白衣女神"。此外，休斯早前的生命体验，也促使他在思想上与道家传统产生了强烈的共鸣。[①]对自然生命的深度感悟逐渐渗入休斯早期的诗歌创作，诗集《雨中鹰》《牧神》饱含了他对自然生命的尊重和礼赞，投射出道家思想观物感物的方式。

第二节　直　觉

不同于西方的理性至上与科学崇拜，道家十分注重直观感受。老子认为"智慧出，有大伪"，在这里，"智慧"指理性的推理和分析，老子认为正是这些所谓的"理性"扰乱人性，使人失去本真，因而主张"绝圣弃智""见素抱朴"，从而"民利百倍"（陈鼓应，1984：449）。

西方的工业化与机械化强化了人的理性，同时却在一定程度上压抑了人的直觉和本能。休斯深刻地意识到，理性乌云笼罩下的西方文化面临着潜在的威胁，即过度压抑本能和直觉的毁灭性。他质疑科学理性，呼唤直觉和自然的天性，这在其早期诗歌中有着清晰的流露。《雨中鹰》中的《美洲豹》一诗借笼中困兽比喻人类为理性所困，因而丧失了生机与活力；该诗因此呼吁感性与直觉的回归："一只美洲豹，眼中燃烧着愤怒的烈火，/匆匆穿过狱笼的黑暗……/砰！鲜血在大脑中奔流澎湃，耳际隆隆，/身体在栏杆上旋转摇曳。"（Keegan，2003：19-20）美洲豹英勇的步伐被人为设置的栅栏所阻挡，然而对于他来说，没有所谓的囚笼，"他的脚步，是自由的荒野"，在追寻自由中，"世界在他的脚下震颤。/越过笼子的地板，地平线出现"（ibid.：20）。在这里，美洲豹成为不甘理性囚困，追求自由生机的代表。而诗的开头，铁笼中懒洋洋的"黑猩猩"、招蜂引蝶状的"鹦鹉"，以及疲乏困倦的"老虎"和"狮子"与怒吼着追求本性、寻找自由、渴望回归自然的美洲豹形成强烈的对比，暗指那些在自我设置的理性黑暗的禁锢中悠然自得、浑然不知的人们。这一意象继而被"狂奔着，推搡着"观赏笼中豹的麻木人群所印证。美洲豹虽身处笼中，但他身上所具有的野性与活力却是牢笼无法禁锢的；奔跑着的人群虽在笼外，内心却如同被催眠一样毫无生机。借助这一鲜明的对比，休斯向所有人敲响了警钟，呼吁大家迅速行动起来，抗拒理性对人性的切割。

[①] 休斯 20 世纪 70 年代对道家思想产生了浓厚的兴趣，美国休斯研究专家里昂纳多·西格杰认为休斯的两部诗集《爱默特废墟》（1979）、《河流》（1983）深受道家思想影响。参见 Scigaj（1986：23）.

　　在另一首诗《金刚鹦鹉与小女孩》中，金刚鹦鹉被关在笼子里，"一整天，盯着熊熊燃烧的火炉"（Keegan，2003：20），火炉象征了鹦鹉被困的怒火，同时也代表了自由感性的天地。诗的字里行间流露出鹦鹉对自由的向往。主人家的小姑娘走到笼子前，坚毅的金刚鹦鹉却闭上双眼，任由"轻言细语，抚摸亲吻"，却无动于衷。然而这在顷刻间便导致杀身之祸，"喙、翅膀被摔得粉碎"（ibid.：21）。被理性禁闭起来的鹦鹉宁肯以生命为代价换取燃烧的自由，也决不屈从。对于富于生命活力的金刚鹦鹉，如果失去自由天性的生机，生命便丧失了意义。诗人借鹦鹉以异击常的方式向理性钳制的意识结构与人类中心主义提出了挑战，呼吁感性直觉的回归。

　　此外，休斯对感性直觉的强调在其诗歌创作理念中也有明确的反映。休斯认为，"写作时……不要像做数学题那样冥思苦想，就注视着它，嗅着它，倾听着它，把自己化作它。当你这样做时，词语就会像魔术那样光照它们自己。"（Hughes，1969：18）

　　《雨中鹰》中的《从一滴水中悟道的求索者》一诗，几乎没有任何主观的介入与陈述："一滴水，空气的仁慈"（Keegan，2003：34），空灵般，读者仿佛自主地置身于场景之中，切实看到、听到、嗅到、触到自然的活力与诗歌的生命。不带任何遐想，凝望着，随着水滴穿越"蓝色的高空"，从"云层"进入"泥土"，飘过"茶杯口"，附着在"汗流满面的胜利者"和"腐烂的鸟儿"身上，循环转化，生生不息，这就是"一滴纯净、简单的水滴"。老子曰："上善若水，水善利万物而不争，处众人之所恶，故几于道。"（陈鼓应，1984：444）美德的最高境界就像水一样：纯净、柔弱、静谧、居下不争。以水悟道，体现了诗人非同一般的感悟能力。此外，诗的结尾流露出诗人对永无休止的、无时无刻不在的二元对立与矛盾的思索，"随着生命的第一声啼哭，/ 走出黑暗，却撞入理性的网，/ 四处碰撞着寻找承担责任的可怕的自我"（Keegan，2003：35）。新生的璀璨与孤独的凄冷的对比，走出黑暗的欣喜与复入理性深渊的矛盾，勇于承担的信念与可怕的自我的冲突……如何消解这此起彼伏的二元对立？在诗人看来，回归自然自发的本质，通过感性直观实现人与物的互参互惠，不失为一个好的方法。

　　休斯认为释放诗性的想象即是通过直觉："作诗时，冥想并非创造清晰的思维产物，带着所有的细节，把思维化成形象；而是真实地看着发生的活动事物，排除一切思维干涉……自然而然，产生了真实、有重量、有声音、散发着生命气息的具体实体"①。这一"冥想"的创作理念与道家"坐忘""心斋"的悟道方式如出一辙。《思想之狐》一诗透视了诗歌创作即是直觉自然入侵大脑的过程。某个寂静的雪夜，诗人独自坐忘，在"钟表的孤单""空白的纸张""无星的寂静"中，灵感不期而至，"从黑暗中进入孤寂……突然间……钻进头脑的那个黑洞"。灵感闯入大脑，化成狐狸，"像黑暗中的雪一样，冰冷、精致，/ 鼻子轻触无花果、叶片，/ 眼睛滴溜一转"，狐狸又化作了诗，"窗外无星寂静，钟表滴答，/ 一页纸打印出来"（Keegan，2003：21）。灵感自然生发的诗歌创作过程与道家体道、悟道的方式极其相似。

事实上，休斯曾在一次清晨爬山时，与处于山的另一侧的一只狐狸同行，二者几乎同时到达山顶，仅仅九英尺之内，休斯与狐狸相互凝视，彼此刹那间的心领神会、心意相通让休斯震颤不已。那是依靠直觉，彼此消融，实现无我的交流，在那一刻瞬间便成了永恒。

休斯创作的第一首动物诗并非《思想之狐》，但在其出版的《诗歌选集 1957—1981》（1982）、《新诗选集 1957—1994》（1995）中，该诗均被放在篇首的位置，足以体现诗人对该诗的看重。《思想之狐》的创作理念在诗人日后的创作中将得到日益显著的体现。

第三节　物自性

道家思想中，"任万物不受干预地、不受侵扰地自然自化的兴现的另一含义是肯定物之为物之本能本样，肯定物的自性"（叶维廉，2002：65）。庄子云，"天地与我并生，而万物与我为一"（杨柳桥，2007：25），一切存在物之为存在物，价值是相等的，故世间一草一木、一飞虫一走兽，皆与人类平等，无高低贵贱之分；人类也同世间万物一样遵循着天道之律。所谓"天人合一"盖由此生。道家思想中所蕴含的"物自性"肯定了万物众生存在本身，蕴含了万物平等的概念；故而在诗歌创作中，以物观物，呈现"见山是山，见水是水"之效。

自幼与大自然有着亲密接触的休斯十分清楚人在万物运作中的位置：作为万物之一员，人类没有任何特权自命不凡、分解天机。在其早期诗歌中，

---

① 转引自凯斯·萨卡（Keith Sagar）的《思乡之狐》（The Thought-Fox）一文，出自 keithsagar@tiscali.co.uk。

休斯生动地呈现了大自然物我无碍、自由兴发的原真状态，打破了彼此两分的传统，肯定了物我平等，抒发了对自然生命体由衷的赞美。诗集《雨中鹰》中的同名诗，表现了鹰与人共处风雨之中，初步建立了人与物的平等对话："我陷于泥沼中，深一脚，浅一脚"，步履维艰；而"鹰，挺立在怒风中，泰然自若"（Keegan，2003：19），稳健前行，鲜明的对比凸显了鹰的毅然、豪迈。诗中，休斯消解了主客之间的对立，取消了人类高于一切的造物主身份，复归本样的自然与生命，建立了新的物我认识。

休斯认为动物展现的能量源泉实际上也是人类的生命之源，是人类赖以发展的动力以及自我完善的必要条件。以《画眉鸟》一诗为例，自然造就的鸟儿"被感官所不及的刺激一触即发———起、一跃、一戳，/追上瞬间，拖拽出某个扭动的东西"（ibid.：82）。这一连串的动作迅速、准确、高效，充分展示了画眉鸟独一无二的能力。放眼天地间，万物各具其性，正如郭象所说，"大小随殊，而放于自得之场，则物任其性……逍遥一也"（叶维廉，2002：110）。诗人把画眉鸟与莫扎特的头脑和鳄鱼的大嘴联系起来，凸显了三者共同的特征："轻松自如的自然本能"，充分彰显了自然界生命体的本能力量。尊重人类尊严的同时，休斯肯定了自然生物的力量与美，给予了自然生命体高度的礼赞。

老子曰："夫物芸芸，各复归其根。"（陈鼓应，1984：448）休斯同样体悟到万物生灵的生死之律。早在1958年，中国作曲家周文中曾邀请休斯为《西藏生死书》写唱词（Feinstein，2001），虽然因故未能如愿，这一邀请本身即在一定程度上肯定了休斯对生命律动的高度感悟，以及他与中国文化的相契。"知天者乐，其生也天行，其死也物化"，乐生者，不怕死，死，是回归太一，回归自然的律动。"天下万物生于有，有生于无"（陈鼓应，1984：458），从无形到有形，复归于无形，如此往复，成为最伟大的天作循环。故庄子妻死，庄子鼓盆而歌。《雨中鹰》中，暴雨中的苍鹰虽为"灰蒙蒙的视线阻挡"，却决然前行，直至"天使般圆圆的眼珠被击的粉碎"。生命在逆运面前是那么的脆弱，苍白无力，然而最后，"他心脏的鲜血与泥土混在一起"（Keegan，2003：19），成为新生的力量。生命化为无形，进入泥土复而滋养万物生灵，生命的能量得以延续。洞悉了"有无相生"的玄妙，鹰以高傲的姿态，坦然面对危机，淡然迎接死亡，是以"死生也，无穷之变耳，非终始也"。

《风》的开始，"远离大海的房子""穿透黑暗崩裂的树丛""隆隆回响的山谷"一组似乎彼此分离的自然意象，由于风的作用而缠绕在一起，未经修饰，径直出现于读者眼前。紧接着映入眼帘的是另一幅场景，"新的一天，橙色朦胧的天空""群山移位，风挥舞着 / 刀片似的光，忽明忽暗，/ 发疯似的瞳孔般闪烁"。简单的旁白过后，诗人再次自我虚位，读者被拉回原来的场景，同时被引向更深远的空间，"大地震颤，天际摇曳……/ 黑色的海鸥弯曲得像一根铁棍，寸步难行"（Keegan，2003：36）。受制于自然的巨大威力，人们蜷缩在屋檐下、火炉边，心情无法平静，思维无法凝聚。人类之于自然，如"毫末之于马体"（杨柳桥，2007：180）。语言的表现力得到了充分的发挥，呈现出如此真切、生动直观的生命效果。没有描写、分析、定义，有的只是生动的画面，炽烈的情感，那已不是想象作用之下的产物，而是依循物我的本性，自由无碍地穿行驰骋，如休斯所言"看着它，把自己当成了它"（Hughes，1969：18），彼此消融，一步步趋近"物我为一""天人合一"的境界。

休斯的前两部诗集《雨中鹰》与《牧神》充分表现出诗人对自然本身和生命本体的敬意，体现了以物观物、还物于物的"物自性"理念。道家认为，初民对自然的感应是具体的，把万物视为自主自足，共同参与太一的运作。休斯强调，在诗歌创作中，诗人应以素朴的视觉，真实地看着发生的活动事物，排除一切思维干涉，任物自由自性地出现在诗歌之中，任眼前的景物自然地生长、变化，让景物自我展现，没有任何主观强制性的介入。休斯以直觉深入自然内部探索遨游，以"心斋""坐忘"式的"冥想"，赋予了诗歌自然的生命，还生命以诗意的生存。

第十章

凯斯顿·萨瑟兰的《虐待疗法》：

英美中产阶级画像，暴力美学化，后现代诗歌语言策略

第一节 凯斯顿·萨瑟兰其人其诗

凯斯顿·萨瑟兰（Keston Sutherland，1976—　）是一位异常活跃的青年诗人、学者和诗歌评论家。他博士毕业于剑桥大学，现任教于苏塞克斯大学（University of Sussex），授课之余致力于诗歌创作与评论、文化批评、编辑出版等社会活动。凯斯顿勤奋多产，他的主要诗集包括《新的麻醉》（*Neocosis*①，2005），《中立》（*Neutrality*，2004），《龇旗》（*The Rictus Flag*，2002），《防冻剂》（*Antifreeze*，2001）等。他兴趣广泛，才情丰沛，除诗歌创作与评论外，作为学者的他研究领域涉及 20 世纪及当代文学、现代主义与前卫诗歌、诗学的意识形态、马克思主义与法兰克福学派批评理论、现象学与语言学、美学史等。其中，诗歌批评的主体性以及诗歌的意识形态关怀是他一直关注的话题，这从他有关文章的标题可见，如《作文，资本与假象》②（*Birkbeck*，2005），《真、善、美与巴格达拘留中心》（*Quid*，2004），《垃圾主体性》（*Mute*，2004），《作诗法与妥协》（*The Gig*，2004），《对和平主义的简短批评》（*Circulars*，2003）。他的诗歌被翻译成多种语言，

---

① Neocosis 是由 narcosis（昏迷状态，麻醉）变化而来，用前缀 neo（新的）取代 nar，意在谴责西方正处于"新的"昏迷状态"。它同时又影射 neocons，该词指当前控制美国外交政策的一群右翼政客，是他们极力推动美国对伊拉克的战争。

② 原文标题为 Comp., Capital and Unreality，其中 Comp. 可作为 composition 的缩略用法，指美国大学本科生的写作课，教授如何规范地写作。这里又借用加拿大诗人凯文·戴维斯（Kevin Davies）的一本同名诗集的标题。凯文以当时正在讲授的课程命名自己的作品，显然意在调侃：一本诗集竟成了指导写作的基础课程。

他曾在世界许多地方朗读诗歌、发表演讲，并于 2004 年和 2005 年连续代表英国参加法国双年诗人大会（French Biennale des Poetes）。但他对英国诗坛对待前卫诗歌的保守态度非常不满，拒绝参加评奖活动，只是在 1997 年作为本科生获得过剑桥大学"校长诗歌奖章"（Chancellor's Medal for Poetry）。①

凯斯顿不定期编辑发行在英国颇有影响的杂志 Quid 及其同名系列光盘。Quid 兼有"一英镑"和"咀嚼物"之意，以此命名杂志，反映了主事者鲜明的实验色彩以及后现代姿态。《旋转物》（The Gig）的编辑兼发行人马特·钱伯斯（Matt Chambers）称，英国的诗歌刊物自从 1998 年以来数量虽未见凋零，但质量堪忧，而《1 英镑》实属上乘，是英国目前发行最好的小杂志。这份以剑桥大学为基地的同仁刊物主题广泛，关注诗歌、文艺领域以及时政大事，文笔犀利，嬉笑怒骂，立场"左"倾，具有强烈的社会批判色彩，在英国知识界堪称别开生面。此外，凯斯顿还与人共同主持三桅船出版社（Barque Press），致力于英国及世界范围内的创新及实验性诗歌作品的出版发行。该社推出的凯斯顿与人合作编辑的《100天》（100 Days）以诗歌、散文、论文、卡通、照片、图画等形式，记录外界对小布什政府执政初期的抨击。关于小布什在总统选举中的欺诈行为，凯斯顿对美英媒体的集体失语与漠视感到义愤，他在网上发表公开信加以谴责，并号召知情人提供材料，以便建立一份档案在网上广为传播。这一举动突出体现了一位公共知识分子和前卫诗人对社会政治的深切关注。

我们将以凯斯顿的《虐待疗法》（Torture Lite）为例，揭示诗人强烈的社会政治关怀和试验姿态。鉴于该诗的难度，本文将作较详细的文本解读。②lite 是俚语表达，意思是折磨与痛苦未必就是坏事，如减肥者百折不挠的自虐行为。它是美国海外驻军的口头禅，美国前国防部长拉姆斯菲尔德辩护美军在阿布格莱布监狱（后被美驻伊军方改为"巴格达拘禁中心"——Baghdad Central Detention Centre）的虐俘行为时，曾使用过该词。标题本身便赋予该诗几分喜剧和戏谑的成分。

---

① 剑桥大学现任校长是英国女王伊丽莎白二世的丈夫菲利普亲王。英国大学的校长不真正从事行政管理工作，只是荣誉职位，一般由能为学校带来公众注意力的名人来担任。丁尼生（Lord Tennyson）等名诗人此前曾获得过剑桥大学的"校长诗歌奖章"。

② 关于凯斯顿诗歌的费解，有一例可资说明：他曾经和一位德国诗人合作三天，讨论他的一首诗《颂：你的所为》（Ode: What You Do）。

《虐待疗法》2005年发表于英国《诗歌评论》(*Poetry Review*，Volume 95，No.1)，该刊读者众多，尤其面向中产阶级，但它一贯温文尔雅，即使面对英国士兵在伊拉克的伤亡也很少发出批评的声音。该刊的一位较开明和激进的原编辑罗伯特·波茨(Robert Potts)在去意彷徨之际发表了《虐待疗法》，该诗成为压垮骆驼的最后一根稻草，导致他迅速离职。在英美舆论对伊拉克的一片挞伐声中，这种"不谐和音"显得尤为珍贵。正如该刊的继任编辑费奥纳·桑普森(Fiona Sampson)在第95卷第2期的"编者按"中所指，"该杂志的存在是为了'帮助诗人与诗歌在今日英国兴旺起来'，它有义务排斥诗的一元文化的观念：它需要排斥内在于这种一元文化中的局限与重复，对这种局限与重复而言，差异成为挑战，而被许可的形式和话题则已经确立下来。"凯斯顿的诗歌便是挑战一元化、凸显差异性的典范，无论就其内容或形式而言皆是如此。

第二节　为虎作伥的中产阶级

《虐待疗法》主要描写美英民众观看电视节目，欣赏其子弟兵是如何在阿布格莱布监狱虐待伊拉克囚犯的。我们先从诗的深有意味的结尾谈起。诗中第53-55行中那句话的意思是：人们不应该怀旧，而应忘掉好斗的早期。早期的人类相互征伐，犹如孩子间不停地打斗。随着文明的进步以及物质条件的改善("发达无忧")，人们变得温文尔雅起来。在圣诞季节这"一年中的特殊时候"，空气中弥漫着欢快祥和的圣诞音乐，然而这一切的背后却发生着虐俘这样残暴的行为，所谓"一年中的特殊时候"只是假象而已。这反映了一般英美人的心声，右翼政客和中产阶级尤其如此，他们生活富足，不再有革命的动力和斗志。第55-58行中，"耳汤"是一个怪异而恐怖的意象：电流穿耳而入，仿佛人在水中烹煮，臭味扑鼻，这实际是"外国造反者"受电刑的场面。具有讽刺意味的是，"耳汤"中加入了中产阶级青睐的奢侈的欧莱雅香波；而且，身体被煮的味道被比作寺庙里的焚香。于是，在这个结合了食品、暴力和宗教元素的意象中，电刑俨然成了宗教仪式，被施以电刑者俨然成了虔诚的朝觐者，对施虐者感恩戴德，顶礼膜拜。诗的最后一行(第59行)，空中回响着拉金的诗句，如同四处飘荡的圣诞音乐；"网帘钉在地板上"，仿佛怕人偷走，透露出对人的不信任。网帘(net curtains)是单面的窗帘，通过它室内的人可以窥视外面，却无被窥视之虞。

拉金是中产阶级心目中的英雄，其基本立场是，虽然生活过于沉重，人人疲累不堪，但无须调整自我以适应社会，因为人们缺乏力量反抗，而且任何反抗也无益于事。于是乎，中产阶级人士躲进安乐窝，自我封闭，害怕改变现实，不管现实如何丑恶。凯斯顿对中产阶级的这种看法无疑会令许多人恼火，如英国青年诗人莫里斯（Marianne Morris，曾为凯斯顿女友）即称该意象过于负面，破坏性过于强烈。凯斯顿既对受虐者深表同情，又清醒地认识到任何个体都无法摆脱政府的运作，每个纳税人的钱在其不知情与无法控制的情况下被花掉，包括支付施虐者的军饷。因此，在这个意义上，人人都间接参与了施虐。

《虐待疗法》的攻击目标主要是美英中产阶级，他们是国家政策重要的推动力量。该诗谴责这些所谓的社会支柱丧失伦理与道德价值判断，为虎作伥。诗中通过印刷品、纸币、欠款提示条（第 7-8 行）这些中产阶级生活中的重要内容，以及若隐若现的中产阶级诗人拉金和奥哈拉等人，传达出对中产阶级的无情嘲弄和尖锐批判。凯斯顿认为，中产阶级的被动与惰性源于资本主义制度，它的政治与商业文化孵化出深受毒害但无法自拔的中产阶级。资本主义制度下，社会的民主机制被偷梁换柱，为当权者服务，而衣食无忧的中产阶级则满足现状、不思进取，从而间接巩固了资产阶级一己独大的地位。他认为资本主义制度的暴力本质导致了连绵不绝的战争，因此，"迫切的需要是一种团结起来的对立，建立在对只要资本主义盛行，战争便永不会结束的普遍认可的基础上。"（Sutherland，2003）在一向保守、中庸的英国知识分子传统里，[①]凯斯顿对自己所属的庞大的中产阶级以及资本主义制度的这种激烈的批判实属少见，其深刻的批判精神和巨大的人格勇气因而更加弥足珍贵。

中产阶级以及社会大众的漠视和无动于衷，怂恿当权者以人民的名义干下反人民的勾当。该诗的锋芒所指，便是俨然以世界秩序守护者自居的美国及其跟屁虫英国，以民主自由之名，行玷污民主与自由之实。第 5-8 行中"遗忘的欲望"写中产阶级林林总总的欲望消失之后又被"冷漠地填充"，仿佛为汽车加油。人不能没有欲望，如同汽车不能没有汽油，但欲壑难填就走向了反面，使人丧失人性。美国发动对伊战争，名为捍卫民主自由，实际是为了解决国内巨大的能源需求，而填充石油也是其霸权的需

[①] 著名批评家阿诺德曾批判将思想观念转化成革命运动的所谓"法国的癫狂"（French mania），并称英国在理论方面的矜持与理论本身的武断有关。参见 Hartman（1985）。笔者以为，英国人行动上的保守可与其在理论方面的矜持媲美。

要。第 26-40 行写美国中央情报局随意窃听电话和广播节目等，其监听对象形形色色，拉登自然首当其冲，另有来自瑞典、中东等地的"恐怖分子"，出人意料的是竟然还包括美国智库人物阿尔伯特。在被监听的瑞典人的谈话中提及"保护这个自由"（第 29 行），言外之意是瑞典是一个真正自由的国度，而英美等国自诩自由，名不副实。帝国主义媒体宣称侵略者深受本地人欢迎，而被侵略国内部的反对派以及同情伊拉克、从周边国家进入伊境内者才是"外国造反者"（第 57 行）。如此等等，无不是对所谓民主与自由的极大嘲讽。

第三节　话语—权力共同体的暴力美学化

在伊拉克战争中，本应作为社会监督手段以及润滑剂的大众传媒却与当权者形成共谋，构成铁板一块的话语—权力共同体。深谙媒体运作之道的凯斯顿常集中火力攻击传媒游戏公权、误导民众，批判当今世界政治与媒体之间错综复杂的相互纠结，以及传媒娱乐化和审美化的歪曲报道。电视画面以其特有的优势，将不同时空出现的异质场景拼贴在一起，本来风马牛不相及的事物因而仿佛天然地具有相关性和一体性。这是电视媒体有意识地模糊视听、指鹿为马的结果。在英美电视媒体隐含逻辑的运作之下，被虐者成为欣赏把玩的对象，虐待被成功游戏化甚至美学化，"美学化自身是美国在处理虐待问题上的新策略的关键"。虐俘景象出现于电视屏幕，成为大众审美的对象，伤害了受虐的士兵、媒体以及观众，其罪恶是三重的。《虐待疗法》以粗鄙甚至粗暴的表达穿透资产阶级文雅生活的表层，直达暴虐的本质，其批判锋芒因迅疾的节奏以及异常的强度而得以强化。需要指出的是，暴力的美学化不是英美的专利，而是带有一定的普遍性，它是当今审美趣味低俗的一个表征。

《虐待疗法》中，食与性、暴力、表演、宗教等不加区分地扭结成一团，俨然一场综艺节目。诗的开头，"冰冻的烤猪脆皮包裹的糖衣快讯"指电视台的整点新闻如同迎合观众口味的零食；报道伊拉克人"内脏衰竭"之类的节目只是稍纵即逝的"小吃"，以别于深度报道的"大餐"。电视观众观看如此的新闻报道，仿佛食用无形的泥污，只是自我欺骗和侮辱罢了。第 10-11 行中出现食与性、身体行为与盛大表演的并置，接下来的"热"可指性的冲动，"低热"则指性行为的前奏。吮吸手指是口交的隐讳用法，是非常暴力的性侵犯。第 42-47 行中的"性正确"戏拟一档流行电视节目，观众要猜的对象从商品价格变成正在赤身裸体叠罗汉的犯人的性别，性暴力摇身一变成了公众娱乐！闪光灯闪烁不定，围观者情绪高昂，司仪（MC）则竭力调动气氛。MC 在拉丁文中是很大的数目（这与第 17、19、43 行等处是一致的），暗示这场闹剧之冗长。

　　诗中的一些意象常和诗人自己以及其他诗人的用法形成互文，如第 34–35 行、第 35–38 行、第 51 行、第 55 行中的有关用法曾出现在诗人的其他作品中。第 31–33 行中关于"经典的防御"的描写直接挪用诗人的师友、著名诗人蒲龄恩（J. H. Prynne）的诗句；第 5–6 行以及第 13–14 行分别引用现代诗人拉金和奥哈拉的诗句。诗的结尾处，拉金的诗句回响在空中，更是把对中产阶级的自负、做作与附庸风雅的批判推向高潮。凯斯顿作为实验诗人，其作品具有强烈的节奏感，他常和音乐人、视觉艺术家合作，将诗歌变成行为艺术，从而对作品进行丰富的演绎。该诗节奏明快，力度强劲，强化了其批判精神；同时，整首诗从多角度展示了背景、国度、身份迥异的各色人等的话语，形成了多音合鸣的复调效果。诗中，异质物的并置与拼贴时常可见，如第 14–15 行读起来似乎不明所以，实际上是典用奥哈拉的诗句，而诗的典雅和此前对口交的粗鄙描写及此后对现实的描写等不同质现象并列在一起，凸显了悖论与反差，强化了批判的锋芒。

　　英语的殖民化是英国 17 世纪开始的殖民化的伴生物，今天，随着美国全球霸权战略的实施，英语的殖民化甚嚣尘上，产生了许多"地方版"英语。本诗的第 25–40 行是对美国中情局在全世界监听的记录，屡屡出现的蹩脚英语仿佛是翻译软件的"成果"。例如，跨越第 35–38 行的那句话从意象、句法和意义等方面来讲都非常别扭。诗中有时故意省略关键词，造成了意义的模糊；或者，按照新批评家燕卜荪的说法，产生了复义（ambiguity）。第 21 行"心满意足"省略了主语，施事者可以理解为电视观众或有幸观看现场"表演"的美军士兵。第 21 行末的"别 / 等"与第 22 行初的"你"连起来读，成了"别，等 / 你"。这是电视观众或现场官兵的话，他们对犯人赤身叠加感到满意仍希望更多地欣赏"表演"。同时，这也是对之前"请别等"的照应。我们也可以将此读成"别等，你——"，则意思与前迥异；或者将这三个词理解成彼此不甚关联的语言碎片，它们表明了说话者在不同选择之间的毫无立场。这种意义的模糊以及关键词的丢失都表明了事情可以如何混乱，包括政治秩序及其划分。

　　这类用法不能简单地视作语言误用的表现，而是语言乏力这一现代性问题的表征，是现代人信仰迷失的必然反应。凯斯顿的《突降法的贸易》也涉及这一历来被广泛关注的话题：蒲柏所描述的突降法的特征，以及洛克所描述的不完美或错误的语言的特征，毫无例外都成了当代实验诗歌著名的而且没有异议的特征。实验派诗人以新的语言策略侵入了帝国主义者的特权领地，仿佛解构主义者以对语言的解构来颠覆当权者的话语权。秉持左翼和亲马克思主义立场的凯斯顿年轻而张扬，他口诛笔伐社会丑态，并身体力行自己的美学和政治主张。他宣称，"我希望语言不要通过形式上的反常和臆说来压抑或解放思想，而是使思想的内在突降法突兀地显得异常。我希望诗歌不是和现实相像，而是和现实一样的不可能。"（Sutherland，2000：15）言下之意，诗歌的语言不是为了忠实地模仿现实，而是使现实发生变异，从而艺术地展示现实。这是对实验派诗歌的主题和表现形式的诠释，也是对其诗歌创作与诗学主张的自我解说。

作为一位不愿蜷缩于象牙塔中的公共知识分子，凯斯顿以战斗性的语言观念和语言表现策略，对抗当今以英美为代表的政治和话语集权以及帝国主义的霸权行径，并深刻批判资本主义社会里中产阶级的生存哲学。他对美英强势文化之下英语的殖民化忧心忡忡，他的对策是"以毒攻毒"，不断探讨新的表现方式来解构这种强权话语策略。事实上，对语言的似乎破坏性实则生成性的使用并非实验派诗人的专利。诗歌中的"正当的词句"（les mots juste）不是先天的，现代诗人改造了"用罄"了的语言，以恢复语言的诗性（张跃军，2001）。

第四节　后现代诗歌语言策略和实验姿态

作为当今英国最重要的实验诗人之一，凯斯顿的作品形式繁复，晦涩难读，极具挑战性。《虐待疗法》中，典故和双关频仍，其中典故出自宗教、政治、文学、娱乐等多个领域。开篇不久出现的"树叶"用的是人们耳熟能详的《圣经》中的典故。英美电视观众看到本国"最优秀的男人和女人"的斑斑劣迹，不免产生愧疚感和罪恶感，然而，树枝遮挡脸庞意味着阻挡与逃避，这意味着他们的负疚感和犯罪感是虚伪的。本诗借鉴文学艺术传统处颇多，如第7行中的"又一团糟"来自一部影响深远的同名喜剧电影；第17-19行和第41-43行暗示，电视中播放的裸体叠加的镜头仿佛是两出意大利哑剧（电视台在播放虐俘之类的画面时常作无声处理）。公众人物及其言论不时出现于诗中：例如，拉登的言论不止一次被引用；第24行中的

"布兰科特－克拉克马"批判英国负责国家安全的最高官员，嘲笑他们和英国政府及其国家安全系统一样，沦为公众的笑料；影响美国国家政策的高级别人士阿尔伯特和莱文被描写的愚钝不堪，丑态百出。

《虐待疗法》屡屡运用表现力很强的双关手法。第 10 行中，"性欲资助的皮疹"与"性欲腌肉薄片"这两层听上去很莫名其妙的意义居然可以产生某种关联，并丰富了诗句的表现力。遗憾的是，这些在译文中难以完整地再现。第 24-25 行描写有关人士草木皆兵，甚至怀疑饮料中也藏着危险，因此胆战心惊，脊背发凉。本来冷饮可以降温，现在更是令人胆寒。原文第 31-33 行中的 ticking 兼有"滴答作响"（指炸弹的定时装置发出的声响）和"投票时的打勾"之意，"经典的防御"于是从恐怖分子策划炸弹袭击变成了政治家玩的民主游戏。打勾（选举）的结果"在之前和之后"无甚区别，这说明所谓的民主是虚伪的，一切早已安排妥当，因此，选举时装模作样的打勾成了危险的"炸弹场景"，伪民主可能导致不可控制的局面。第 49-50 行"阿尔伯特唱卖力唱海豚几乎 / 在水池中嘀咕着"：这幅景象仿佛电影中的表演，海豚作为置身事外的观众，起哄让电影中的人物阿尔伯特起劲地唱。水池的原文 tank 又指坦克，在此隐指美国士兵纵容并唆使监狱中虐待战俘的行径。这些双关扩充了词汇的含义，为读者的解读提供了更大的空间。

该诗形式上的花样繁多既源于说话者身份的驳杂，又源于诗歌的实验特征。例如，诗中的跨行越节和弥尔顿、华兹华斯以及惠特曼等人笔下的传统诗歌不同。后者更强调意义的生成与连贯，以及随着句子结构的展开而增长的能量；该诗则着力表现破碎与割裂感，以及非理性与非逻辑性。第 14-15 行便是印象先于意义的例子，第 7-8 行之间的断行颇具陌生化的效果。用词不当（Catachresis）不时出现，借以凸显说话者的"异己"身份。此外，该诗很少使用修辞格，尤其是隐喻。隐喻自从被亚里士多德在《诗学》中大加赞赏以来，便身价倍增，虽然也有人持不同见解，如杜威便称"诗歌中有意为之的隐喻，是当情感不能浸透物体时求助于大脑的结果。"（Dewey，1958：76）杜威取"感觉"和"情感"而舍"头脑"和"想象"，认为后者会使目的隐而不彰。后现代诗人只是把隐喻看成一种喜剧性的符号，《虐待疗法》便鲜见隐喻的踪迹，稍有隐喻迹象的意象也变得怪异起来。例如，第 35-36 行中的"螺旋状的 / 鸭子"似乎技术性很强，实际上却很愚蠢。它"把它的聚亚安酯肛门想开"：如何能把肛门"想开"，为何是"聚亚安酯肛门"？看上去不合情理，但却是很妙的用法，因为它指的是人体炸弹的爆炸。这是诗人以创作实践表明自己美学立场的一个例子。凯斯顿远离隐喻，通过拼贴并置、变形扭曲、深入挖潜等方式，把日常语言朴拙粗钝的质感、锐利的批判锋芒和旺盛的战斗精神发挥得淋漓尽致。他以自己的方式，实现了语言的陌生化，使之摆脱平板呆滞，返回虽显粗糙鄙俗但纯净和充满诗意的始源。

凯斯顿不妥协的批判精神以及一贯的前卫与探索姿态，导致他的诗歌密度极大，时常隐晦艰涩，令人不知所云。在给笔者的一封电子邮件中，他这样评论包括其作品在内的前卫诗歌：它们"在英美，或者英语作为第一语言的任何其他地方都不被广泛理解；这些诗（所有这些）不仅位于我们公共文学文化的边缘，而且位于英语语言自身的私下日常使用以及全部公众交流的边缘。"① 也许，诗人的艰涩是一种策略选择，因为明澈见底的表达有时似乎难以表现内容的复杂与深刻；更重要的是，对主流政治的任何毫不掩饰的抨击都面临着边缘化的处境。然而，不明晰未必就是一件坏事。凯斯顿的诗歌"其能量紧紧抓住当今对不求甚解和丧失方向的隐秘需要"，"如此，它产生了一种更卓越的方向感，[……] 这是一种知识，其符号与节奏是对专制秩序的攻击，并塑造了一种和自我连贯的意义及话语同样好——事实上，更加好——的秩序。"（Game，2008）如此，隐晦被理解为以高浓度、碎片拼贴等表面的无序，锻造出一种新的更高层面上的秩序。

评论家对凯斯顿诗集《防冻剂》的评价其实揭示了他诗歌的整体风格："睿智，愤怒，尖利—棱角分明—快速，移动，斑斑点点—激动不安—活着—活着而且有意识—当下。"该评论事实上通过移植放大了所论诗歌的风格：用词短促，节奏迅疾，句法异常，频密使用的破折号颇具艾米莉·狄金森似的多元功能：或解释（揭示），或递进，或转折，或强化，或点明因果——起承转合，增加或强化信息，仿佛不同信息点之间的关系不是彼此平行，而是增加，甚至相乘，成倍地增加。同一篇评论文章指出，"在英国实验派诗歌中，萨瑟兰风格和理论立场那犹如剃刀一样锐利的坚定与果断是出了名的。"的确，凯斯顿的作品具有强烈的战斗性、政治性和意识形态倾向，而这是以艺术的而非表面上的有力方式实现的，并"避免任何指令性的、说教的或标示性的姿态"（Game，2008）。他的文字节奏鲜明，色彩强烈；多简单句式，铿锵有力，适合高速、连贯地阅读。高速既反映了当今世界

---

① 出自凯斯顿 2005 年 6 月 21 日给笔者的电子邮件。后文引自同一邮件的引文不再赘述。

的真实状况，又是这种状况的必然产物。凯斯顿文字的高速运转，如庞德的"漩涡"理论所揭示的那样，产生出巨大的能量，连贯朗读之下的加速度又带来更大的势能。相对于文雅诗歌不疾不徐的节奏，及其意义犹如汩汩流水般平滑、顺畅的流动，凯斯顿的文字在快速的节奏下呈现出的断裂和破碎感看似凌乱，却仍然保持了整体性；经整理后的语言碎片蓄势扩充内存，迸发出巨大的能量。实验诗歌常被斥为平面化，缺乏深度，然而，快速、焦躁不安与碎片化的背后，却是深沉的焦虑和深刻的思考。不摆弄姿态，不故作高深，于貌似无序与紊乱中凸显深重的忧虑，这正是后现代姿态的特质。当代社会强烈的压迫性和持续的高速运转让人无法思索，无法自如地呼吸，一切跟着感觉走；心灵难觅歇息之地，谈何"诗意地栖居"。对于社会的非理性发展所导致的人的异化与非本质化，诗人极为出色地加以艺术的展现。

在法国理论家克里斯蒂娃看来，任何形式的文本无不具有互文的特性。《虐待疗法》和凯斯顿所有的作品一样，摆脱了好莱坞风格对暴力、虚幻的场景、精妙的声光电技术以及无所不在的广告的依赖，它主要是通过心理效果以及文化联想，运用典故、文学传统、意象的拼贴等多种形式的互文手法，深刻地批判了英美中产阶级丧失价值判断，沦为舆论的牺牲品，其行为实质上是为虎作伥，助纣为虐，在一定意义上间接怂恿和支持了当权者的帝国主义和霸权主义行径。该诗不仅内容大胆，笔锋犀利，同时也展示出后现代诗歌典型的语言策略与实验姿态。

附

Torture Lite

By Keston Sutherland

Candied *faits divers* in frosted crackling, hurl myself

myself-mud immaterially scoffing up my fig

leaf face in a panto breakfast of hallucinations,

eating e.g. the "organ failure" niceties, August 1st

2002 *ex libris* U.S. Dept. of Justice, beneath it

all desire of oblivion runs out and is indifferently replenished, or runs up another fine mess of print called nothing

worse than *a bill* or a reminder notice, iambic,

               —then,

smear that mud in an Oscars of libido-backed rash

tutting also to be eaten, or eaten for,

farcical parataxis on heat and / or low heat, taking care

suck off my hands, grace to get it under the

dumb eyelids and *commedia non scritta* in the stretching

cheek torn up about all this crying

                    please no wait

                    Il Dottore I: The Sex Mishap

                    pillar of the human

            arrangement II:

                    pleased

                    no / wait /

you that security is an indispensable pillar of

salt-lick you can make anyone say anything

the Blunkett-Clarke horse, a balaklava in your Yakult

spine cooler, *listen to this chatter —*

        •   that men do not forfeit

        •   who claim that we hate

        •   if so,

the limit of honor in order to protect the freedom

Välkommen till Svensk Energi! *den is a country of*

endless possibilities. The classic defence is

the ticking bomb scenario: the ticking box scenario

comes *before* and *after*. Who do not sleep

under your oppression and diol. The squirrel ornament

is replaced: you remembered. And the helical

duck lays back and thinks open its polyurethane fundament

that makes foam guts spill on it and scratching a

noise but why, but fuck, all that. Pressing the gas with

her foot vanishes. They wrapped him in the flag

of Israel

Spavento, Meo Squasquara

XI: The Sex Is Right

  an arrangement

    we can come

  to sure,

    with strobe lights on

  for him MC:

    out his hair / or not

sing Albert for all your life sing the dolphins fairly

mutter in their tank. Not without practising

I don't. And if Sergio were Michael Levin? But

he isn't in a bad state of permanent emergency.

You know when you were a kid you would smack

any person who pissed you off but you are now better off

and it is that special time of year. In the ear

soup some unthinking *fonctionnaire maudit* tips a shit

load of L'Oréal the foreign insurgent snorts up

the shit-like incense of his own fanatical skin cooking,

Larkin in the air, the net curtains nailed down.

（Sutherland，2005：101-103）

虐待疗法

冰冻的烤猪脆皮包裹的糖衣快讯，我扔向自己

往嘴里塞无形的泥污狼吞虎咽我的树

叶脸庞在一顿幻觉的哑剧早餐，

享受诸如"内脏衰竭"的小吃，2002 年

8 月 1 号自美国司法部图书馆，其下

所有遗忘的欲望流尽又被冷漠地填充，

或者添加叫做一无所有的印刷品又一团糟

甚于一张纸币或一张欠款提示，抑扬格，

　　　　　　　——随后，

涂抹泥污，在性欲资助的皮疹奥斯卡颁奖礼

喷喷声中那皮疹也将被吃掉，或成为吃的目的，

热和 / 或低热闹剧般的并列，小心

吮吸掉我的双手，仁慈地将它放在

哑口的眼睑下以及拉长的脸颊中的现场喜剧

在一片哭声中支离破碎

　　　　　　请别等

　　　　《医生》第一幕：《性灾难》

　　　　　人体排列

　　　　的支柱（第二场）

　　　　　心满意足

　　　　　别 / 等 /

你安全是不可或缺的风味

盐柱你可以让任何人说出任何事

布兰科特 - 克拉克马，你饮料中的恐怖分子

脊梁冷却剂，听这段谈话——

　　　　●　那些人不会死去

- 他们宣称我们仇恨

- 如果这样，

荣誉的限度为了保护这个自由

Välkommen till Svensk Energi!　典是一个有着

无限可能的国家。　经典的防御是

滴答作响的炸弹场景：滴答作响的小盒子场景

在之前和之后出现。　哪个不在你的

压制与二醇下睡去。　松鼠装饰

被取代：你记得的。　螺旋状的

鸭子往后退把它的聚亚安酯肛门想开

使泡沫塑料内脏流到肛门擦出一声

噪音不过怎么啦，不过去，他妈的。　她一踩

油门用脚跑了。　他们把他裹在以色列

的国旗里

　　　　　　　Spavento, Meo Squasquara[①]

　　　　　第六幕：性正确

　　这种排列

　　　　　　我们可以

　　确信，

　　　　　　　闪光灯开着

　　为了他这位司仪：

　　　　　　　　掉他的头发 / 或者不

阿尔伯特卖力唱海豚几乎

在水池中嘀咕着。　不操练

我不。　倘若赛吉尔是麦克尔·莱文？　然而

他并不处于永久性突发事件的糟糕状态。

---

① 两个人名，二人皆意大利中世纪喜剧中的固定角色，都有上尉军衔，这里泛指军官。后
　者有"狗屎"的意思。——译注

你知道当你是个孩子时谁烦你你就会
扇他的脸不过你可是眼下发达无忧了
而这是一年中的特殊时候。 这耳
汤中一些没头脑的问题官员 ① 剔出一捞屎
分量 ② 的欧莱雅癫狂的外国造反者吸进
他自己皮肤被煮的屎一般的熏香味，
拉金回响在空气中，网帘钉在地板上。

（张跃军译）

---

① "问题官员"（fonctionnaire maudit）是对 "问题诗人"（poet maudit）的仿用。后者指酗酒、麻烦不断、臭名昭著、性情古怪、纵欲无度的诗人，如波德莱尔。一些政府官员形象极差，堪与臭名远扬的 "问题诗人" 相比。此处是对官僚附庸风雅和诗人官僚化趋势的讽喻。——译注

② "一捞屎分量" 是 a shit load of 的直译，原文还可表示 "很多" "大量的"。——译注

第十一章

《美国性情》：

一部诗的历史

　　20 世纪 20 年代，企图"发明"美国过去的努力此起彼伏，试图对当时统辖美国思想史研究领域的清教传统予以遏制。一些学者转而从弗洛伊德观念出发，认为美国历史源于压抑与解放以及意志与身体之间的冲突及其化解，并因此强调对于地方的生物意义上的调节。总体说来，批评印象主义（critical impressionism）此时在美国缺乏市场，从历史的维度审视美国文学的潮流走入低谷，带有强烈个人色彩和倾向的批评著作颇受冷落。在此背景下，诗人威廉·卡洛斯·威廉斯（William Carlos Williams，1883—1963）的《美国性情》（*In the American Grain*，1925）出版后不可避免地遭受冷遇。威廉斯长期为现代人的无根和漂泊感所困扰，他写此书便是为了从历史中寻找灵感和答案。此时的威廉斯正像他笔下的爱伦·坡一样，"以令人惊异的天才，试图发现并且发现了稳固的基点"，作为"他在坚持本土性的松垮的道路上"的立足点（Williams，1933：219）。1924 年，这位毕生在新泽西州一个小镇上行医的业余诗人重返幼年时曾短期求学的欧洲。此行的目的，正如他对爱伦·坡的观察，就是从对地方性的长期追寻中暂时抽身，冷静思考地方性事业的正当性和生命力。在《美国性情》的第 2 版于 1939 年印行之前，威廉斯写了一封长信给序言作者、诗人和评论家格雷戈里（Horace Gregory），透露了本书的写作初衷；他在信中称，尽管遗传了复杂的外国血统，他仍然感觉自己必然拥有生而有之的本土性（Thirlwall，1984）。

第一节 "事件"和"事实"：历史写作手法

　　威廉斯在欧洲为写作《美国性情》而作的调研包括与法国批评家拉博

（Valery Larbaud）的谈话。后者称，所有的历史都"始于巨人——他们残酷而庞大，食肉而生。他们是巨人"（Williams，1933：113）。或许是受此影响，《美国性情》描写的对象，例如早期探险家哥伦布、德·索托（De Soto）、雷德·埃里克（Red Eric）、伯恩（Daniel Boone）、拉塞尔神父（Sabastine Rasles），殖民地时期的宗教领袖马瑟（Cotton Mather），政治人物华盛顿、富兰克林、林肯，以及作家爱伦·坡，都是各自领域的巨匠。虽然他们在历史上扮演的角色各异，但他们的历史面目都是模糊甚至扭曲的，需要廓清和纠正。医生和诗人威廉斯挺身而出，他批阅档案，亲证历史，还原曾经风云际会的群体的本真面目。

言说历史大体有两种方式，其一是专注于历史中的存在，并以此为起点展开论述，另一种是保留这种存在，并由此出发探寻起点之开放性。威廉斯显然是采取后一种方式，他深入美国文化的根源，从清教主义教义的背后，看到它对人道的摧残和对文明进程的阻断。他指出，清教徒对新世界毫无好奇心，他们虽为严苛的清规戒律所制，却屡屡冒犯规则，这实在是极大的讽刺。历史留给美国人的教训很多，但他们愚顽不化，不能领受历史的真谛。在他看来，"清教徒们发现种种事物只有在'永恒'中才会注定兴旺起来，而此时此地所有的灵魂、所有的'虚空'都被排除了'看见'印第安人的可能。只有尚未成形的清教徒才意识到印第安人的存在。这一概念的'不朽'名声，它的非人道性，以及对于他们自己思想和精神的残害，他们从来觉察不到。"（ibid.：113）这是对清教徒无视印第安人、漠视印第安文化的严正清算。在对待印第安文化的问题上，清教徒理应开明和宽容，然而事实上，即便是马瑟这样的饱学之士，所体现的至多是学识和狭隘的一种奇妙的融合。清教徒对印第安人的态度，可以从《塞巴斯蒂安·拉塞尔神父》中看出。该文描写一位印第安人被清教徒牧师所感动，他牵着对方的手表示忏悔，牧师却不屑一顾。威廉斯一语中的，指出该清教徒牧师的傲慢无礼是由于"害怕接触"。而法国天主教牧师、耶稣会传教士拉塞尔却和他"心爱的蛮人"在一起，"每天都接触他们"。和清教徒"干涩而爆裂的行为相对应，拉塞尔神父的举止显示了异常的柔和、爱心、识见和理解。这是甘美的果实，是为了人性——激情使他成为新世界的奴隶，他则力图试探新世界的勇气"。拉塞尔神父只活了34岁（1689—1723），他短暂的一生充满了对属于这片土地的土著印第安人的热爱，他以极大的敏感和勇气拥抱他们的传统，"这成了伦理道德的事情：积极地肯定、与众不同、确信不疑、慷慨大度、勇敢面对——去结合、接触——去给予，因为拥有，而不是因为一无所有"。他的"生的光芒"和清教徒的"死的灰烬"恰成对照（120-121）。他的一生是"热烈的独立自主和虔敬的自我消隐的结合"（Doyle，1982：46）。

殖民时期的美国产生了不少属于那个时代的传奇人物，而《美国性情》对美国文化传统的表现，主要是通过历史上传奇英雄的事迹来实现的。该书中的英雄人物皆孔武有力，他们以非凡的勇气和技巧直面旷野，甚至长期只身处于险境；在与土著印第安人的交往中，他们又展现了柔情的一面，善解人意，乐善好施，尊重人性。身为白人，他们成了来自欧洲的"文明人"与土著印第安人之间的联结点；由于受惠于与土著的交往，他们品行卓越——对山川风物和生活于这片土地上的人发自肺腑地怀有虔敬之心，这种伟大的情感体现在独对河岳时的体认，以及与土著相处时的和谐。《德·索托和新世界》一文开篇即言明作为灵异之地的"她"许诺对索托的接受，而他与脚下土地的融合只会发生在死后："你从我这里什么也得不到——除了一个长长的拥抱，仿佛一条伟大的河流永久地从你的尸骨上流过。"（Williams，1933：45）德·索托最终葬身密西西比河，成了一粒再生的种子，将他的生命、他的精神和这片水域、这片土地交融，得到了永久的延续，当初的承诺也因此得以实现。《美国性情》中的一系列人物性情各异，但又彼此呼应，他们有着神话原型的特征，形成了一个鲜活的系列传奇。我们以为，理解一个文化的最好方法，也许就是试图理解它的神话；威廉斯从美国似的神话入手，对美国文化和历史展开解读，并以此达到对美国传统的深刻理解。

《美国性情》中探险家在原野的游历，是地理的和心理的双重追寻。他们和荒野融为一体，不是去居高临下地征服，而是敞开心扉，投入自然对他们的接纳。这与威廉斯诗歌中反复出现的扬"下降"（descend）抑"上升"（ascend）的姿态是吻合的。此外，伯恩在旷野中三个月的孤身生活也令人想起梭罗在瓦尔登湖两年有余的生活经历，他们是在以自身经验实现对美国传统的体察和构建。书中的白人探险者前往土著"野蛮人"聚居地，和后者打成一片，他们的行为已超越个人性，象征着向真实美国的俯身探视。按照威廉斯的说法，"我们对荒野的抵制太强大了。它已经使我们变得反美国、反文学。作为一种激烈的'清教主义'它至今依然在起作用。"（ibid.：116）"荒野"似乎与意味着落后和愚昧的"荒蛮"是近邻，因此对荒野的拒斥仿佛是对愚昧的排斥以及对文明的向往。然而，正如德里达令人信服地指出的，这种人为的对立是根深蒂固的二元分立思维模式的产物，是必须根除的对象。《美国性情》中，荒野是背景和主角，它朴实未琢，同时又朦胧神秘，隐含着暴力。"反叛，粗蛮；一种腾跃而起、使你松开抓牢的手、成为它的一部分的力量；这是崭新的地方，无法可依，但蛮勇者凭着一腔热血而成为兄弟。这是慷慨的，开放的，是突破。"（Williams，1933：74）这便是荒野的写照，抗拒、叛逆，但自有其不竭的生命力和野性之美。像威廉斯的其他作品一样，荒原在《美国性情》中总是以女性的形象出现，她是一种活生生的力量，鼓动和激励着男性以对她的接受或排斥完成自身的形象塑造。

威廉斯重新解读美国历史上的一批巨人，旨在破除封闭的死的历史，并寻找被挤压至边缘和缝隙处的开放的活的历史，以还原人物的原初面貌。通过对"封闭"和时常失之偏颇的历史的颠覆和矫正，威廉斯希望能够建立本真而开放的历史。《美国性情》的阅读和写作历史的策略，就是为了强调历史被遮蔽的特征。这种对历史材料的创意解读，既是对历史材料的忠实还原以及对其原初状态的尊重，更是高度个人化的历史发现。它要透过已然成为美国历史的一部分的历史人物来达到对生者的启迪；这对于死者和生者，都体现了对生命及其无限可能性的尊重，以及深切的人性关怀："历史必须是开放的，它充满了人性。难道生命要为了偶然的地理和气候事件而扭曲自己？"（ibid.：189）

在《美国性情》的写作中，威廉斯抛开现成的美国历史书籍，不辞辛劳地查阅原始材料。他涉猎范围广泛，视野所及既有马瑟等人关于早期殖民时期的材料，萨勒姆女巫审判案的卷宗，还有华盛顿和爱伦·坡等的传记、日记等个人资料。他大胆运用熟悉的资料，对于吃不准者就采取"拿来主义"，以便分析材料能够翔实准确。他在浩繁的卷帙中辗转腾挪，把冗长、芜杂的历史素材加以浓缩、转换，使之更具戏剧性和象征性。关于该书的写作风格，威廉斯学者康拉德的解释不乏启迪："你可能很容易迷失在《美国性情》的比喻的荒原。威廉斯频繁地抹去他的文本与他挪用材料之间的语言接缝。任何伴随的传记材料的阙如（如艾略特在《荒原》中所作的一样），以及事实与文字创造界限的模糊，使他的文本成为困难之地——但又如此富饶。"（Conrad，1990：7）该书精制的拼贴以及杂陈的文风，的确令人想到《荒原》以及《诗章》这两座现代诗歌中的迷宫。

为我所用地差遣材料是所有写作者的策略，威廉斯又岂能例外。美国历史学家海登·怀特曾对"事件"和"事实"有如此区分："事件（作为一个在时空上发生过的事情）和事实（一个以论断形式对该事件的描述）。"

（海登·怀特，2003b：24）"事实"成了历史学家手中的道具，任凭操控。叙述者的语气、语态，叙述角度、力度、长度等，都派上了用场，它们综合起来便会产生不同寻常的效果。例如，该书第一章便是文学想象的佳例。它在两个叙述者的叙述基础上展开，由埃里克的独白和他女儿的第三人称叙述组成。如此便产生了叙述张力，带来不同的"故事"信度和质感。语言风格的对照、多重视角的转换、不同立场的冲突，如此等等，成了本书的重要特色。值得注意的是，作者并不耽于风格试验，而是尽力使每一章在内容和风格上成为对主题的紧密研究。例如，记录威廉斯和法国批评家拉博之间对话的《塞巴斯蒂安·拉塞尔神父》便鲜明地展示了言说者的身份及其言说方式。拉博非常熟悉美国历史，但身为外国人，这种熟悉只限于书本，对研究对象却难有深刻的理解；身为美国人的威廉斯以旁观者的身份和心态审视美国历史，反而传达出"他者"的眼光。威廉斯体察本土发生的"事件"，并致力于将之转变为"事实"，他的体贴与洞察是地理意义上的"外来者"无法比拟的。二人的身份之别还体现为不同的读史方法：威廉斯"活读"，方法实用，以自己的眼光读史料，真正鉴古知今；拉博则是书生型阅读，囿于书本，局限于过去而难有创见（Conrad，1990）。也许正是由于这种区别，拉博才声称威廉斯对于清教徒的兴趣过于理论化，这倒是另一种"当局者迷，旁观者清"的状态了。

第二节 "作者式的"历史：历史话语的文学性

20世纪以来，近代哲学所确立的二元认知模式被颠覆，对静态的确定性、排他性和终局性的一厢情愿的笃信土崩瓦解，代之以对不确定性、过程性和参与性的动态的追寻。在历史学研究领域，历史不再是神圣不可侵犯的、一字不易的定论，而是被游戏化和"驱魅"（de-merit），成为历史学家手中的把戏。在历史观念的现代转型中，叙事的本质及功能被重新定位和思考，历史话语的建构逐渐成为历史研究的焦点。海登·怀特认为历史叙述的言语像雅各布森描述的诗歌话语一样，是"意图性的"，具有内外的双重指涉性。他在《元史学》中强调，"历史学家有权利选择比喻方法以赋予一系列事件完全不同的含义，因为语言提供了众多解释事物的方法和用形象或概念来固定它的方法。"（海登·怀特，2003b：24）由于历史语言的隐喻本性，和任何文本一样，历史文本"总是意义多于字面的言说，它们总是言说不同于意味，而且，只能以掩盖世界为代价揭示世界。"（海登·怀特，2003a：299）其结果，这种语言叙述的"历史"只能是扭曲的和可以怀疑的。语言的隐喻性决定了历史著作从来不指向任何终局性的结论，而是向可能性"敞开"，允许多种诠释同时存在。

怀特以为，事件是真实发生的，事实则是一种言语行为。或者，用怀特引为《话语的比喻：文化批评文集》座右铭的法国理论家巴特的话来说，"事实仅仅是语言的存在"（海登·怀特，2003b：24）。这一区分对历史研究来说是革命性的，它从根本上否决了传统历史研究，因为后者的基础是：历史文本与其所表达的内容无涉，它是由自身之外的某一"现实"赋予的；而"当代科学的历史修撰已经放弃了对'真实'的探求，而热衷于更谦虚的、最终是更'现实'的任务，即把历史表现为'可理解的'。"（海登·怀特，2003b：322）或者，我们大可沿着巴特的一贯立场，进一步认为当代历史修撰不仅视历史为可理解的，而且是可参与的，即：历史文本不仅是"读者式的"（readerly），而且是"作者式的"（writerly），允许读者和作者一起完成历史文本的意义生成过程。传统历史话语指涉一种真实的过去，而当代历史编撰则认为意识因素进入了历史认识，强调历史学家的想象和意识在历史修撰中的作用。这样，历史的结构和模式实际上是受到历史修撰者即历史文本编撰者的意识制约的，历史著作因此具有了鲜明的文学性。按照怀特的说法，"作为历史叙述和概念模式的文本地位，最终取决于历史学家对于历史及其过程感悟的预先概念的、特殊的诗化本质"（格奥尔格·G.伊格尔斯，2003：7）。从这个意义上说，历史文本和小说文本其实并没有质的区分，而只有所用材料之不同。

怀特指出，对叙事性抱有敌意的解构主义者"都认为叙事是现代思想中仍未消解的神话意识的残余"，因此，"现代主义作家抛弃正常的叙事性就等于在形式的层面上拒绝内容层面的'历史现实'。"（海登·怀特，2003b：316-319）我们是否可以反过来理解，认为形式上拒绝内容指涉的"历史现实"，便必然要求作家抛弃正常的叙事性？也许答案不是充分肯定的，但在许多时候前者必然导致后者，正如怀特的论断所表示的反方向的推论一样。在同一篇文章的最后，怀特称，"文学现代主义并不拒绝叙事话语，但在叙事话语中发现了一个语言的和比喻的内容，它足以再现历史生活的方方面面。"（ibid.：322）这一观点被怀特在另一地方解释得更加明确："最近出现的'向叙事回归'表明历史学家们认可对历史现象的特别历史处理更需要的是'文学性'，而不是'科学性'。这就意味着向隐喻、比喻和情节的回归，以代替如实性、概念性和解释性规则作为历史编撰话语的构成要素。"（海登·怀特，2003a：23）附和现代语言研究对语言的自我指涉功能的强调，以及标榜向叙事的回归，都清楚地表明历史话语的文学性，这是怀特大张旗鼓反复宣称的一点，因为它构成了与传统历史研究或经典历史研究的分野。他同时看到，由于历史学家的意识和语言的比喻策略的共同作用，历史话语语言结构的表层之下隐含着一种深层象征结构，这是当代历史修撰的一大特色："从研究档案到建构话语，再到把话语转译成一种书写形式，在这一整个过程中，历史学家必须采用想象作家所采用的那种语言比喻的策略，赋予其话语以隐在的、二级的或内涵的意义，这要求不仅把他们的著作当作信息来接受，而且作为象征结构来阅读。"（海登·怀特，2003b：300-301）不妨说，这种象征结构应该是所有历史学家的共同追求。

怀特的理论立场得到哲学领域的强力支持。胡塞尔曾经指出，历史也许自动地存在着，但它并非可以自动地被理解。历史被人感知和理解需要某种途径，充当这种途径的便是作为表述思维外在形式的语言。詹明信也许会说，历史只有在文本形式中才能被书写、理解和参透。威廉斯对历史的理解显然与上述路向是一脉相承的，他认为传统和历史建构是虚构和充满想象的。他清醒地意识到，美国历史是一部对土著印第安人的杀戮和奴役史，而历代史家与当权者共谋，遮蔽了历史的本真面目："历史是我们的左手，如同对于钢琴家一样，我们包装的是偏见，将它扭曲以便适应我们的恐惧，仿佛中国女性对待她们的双脚。我们又能做些什么？事实一直存在，但真实呢？"（Williams，1933：189）威廉斯对于"事实"和"真实"的辨别，与怀特对"事件"和"事实"的划分有异曲同工之妙。他绕开正史，把历史建立于试图形塑新世界的文字之上。于是，《美国性情》不再是对历史的忠实记录，而是对文字生成历史的结构轨迹的记载，以及对历史知识生产过程的探索。威廉斯认为，历史是语言和想象的运作对象，昔日之事可因对语言的误用而被伪造。正因如此，他毅然返回原点，回到文献和文字本身，试图拿出一份真实的美国历史图景；他对文字的执着与使用文字的独特姿态，也因此而更显出异乎寻常的意义。

第三节 "存在的历史相对论"：建构历史的隐含模式

《美国性情》对美国历史的再现是通过人物而非通过事件来实现的，这首先取决于作者的历史观。和他的不少同行如叶芝、艾略特和庞德一样，威廉斯认为历史不是线性的演进，而是遵循着某种恒久循环的模式。按照詹明信的观念，"存在的历史相对论"（existential historicism）"不包括构建这种或那种线性的、进化的或遗传的历史，而是确立例如跨历史的事件之类的东西：这种经验通过某种史实性得以展现，体现为历史学家对当下的思考和过去某一时刻的文化复合体二者之间的联系。"（Jameson，1979：50-51）威廉斯也可以称得上"存在的历史相对论者"，他对历史的认知是通过当下来了解过去的。他宣称历史为"偶然的地理和气候事件"，这也是对历史的承继性和线性特征的否认。他对历史的认知不依赖时空的延续性，而是抓住代表性的例证，通过对劳伦斯所谓"地之灵"精髓的深入考究，达到对普遍性的体察和把握；他笔下的历史人物体现了鲜明的当下性，他们仿佛生活于今日美国，其行为超越具体的时空，被赋予了某种恒久绵长的力量和意义。

威廉斯认为，只有与历史人物融为一体，才能消弭时空的距离，从而直面历史。他不信所谓的历史感，不相信时空距离构成客观阅读历史的条件。他要当代人以史为鉴，反观自我：历史考察因此便具有了自省省人以及鉴古知今的功能。因此，威廉斯的人物既是个体，又超越了生物意义上的个体，从而具有了神话原型的象征模式，永恒地存在于美国历史之中。这一切首先归因于他的语言结构模式，即，隐喻式的历史话语决定了他的历史著作的话语生成模式和阅读模式是开放的和参与性的。按照怀特对当代历史修撰的话语模式的分析，我们认为《美国性情》中的人物因其兼具内部指涉（自我指涉）和外部指涉的特性而超越了一时一地，从而成为一种隐喻。如此说来，威廉斯对语言的使用体现了典型的当代历史修撰的特色。因此，他视历史为开放的而非封闭的，便不能简单地理解为他对叙事的拒斥，虽然从简单的逻辑推演来看，规整的叙事，以其遵从事件秩序的叙述，表明的是行为的终结而非敞开。有学者称，威廉斯对历史的使用并不止于主观的和印象式的；威廉斯最终希望达成的，是在原始文本中努力建构历史的隐含模式（Conrad，1990）。这实在是诛心之论，因为它看到了威廉斯的历史话语之下最深层也最深刻的东西，即对于建构历史的隐含模式的不懈追求，而依照怀特的理解，这也正是历史学家所致力达成的目标。

威廉斯在《美国性情》开始不久，便称该书所收是修复或建构中的文章。他认为，美国的历史依然是未定的和尚待发掘的，迄今依然是"原始档案"（Doyle，1980：86）。他力图回到原点、以原始史料重新阅读和建构历史的努力，不是以宏大的叙事提升自己并以此来感动读者，而是让书中人物自说自话："我寻求历史的支持，但希望正确地理解，让历史自我显现。"（Williams，1933：116）此外，威廉斯谴责美国历史学家为行业规范和专业知识所蔽，缺乏敏锐的历史感知力，而他则直接游走于原始历史档案，发现正史所遮蔽的历史真相。当然，他笔下出现的也不会是"忠实"如初的图像，而是濡染了诗人充沛想象力的高度选择性和印象式的叙述；他以自己的努力再一次证明，毁灭和创造是同时进行的。在给《美国性情》第二版序言作者的一封信中，他这样解释自己对历史的理解："校园内教授的历史我没有丝毫兴趣，因此我决定尽量寻找原始素材，并以此为基础建构自己的价值判断：以我自己的阅读、自己的方式和生而有之的本土性。"（Thirlwall，1984：185）主体性和本土性是威廉斯历史写作的基石。

《美国性情》出版后不久，英国作家劳伦斯便于 1926 年 4 月在《民族》（Nation）上撰文评论："该书中的历史将成为白人在美国实行美国化的感性纪录，这与一般的美国历史恰成对照，后者是对于美洲大陆的文明和欧洲化（如果可以这样用的话）的洋洋自得的记载。"他一针见血地指出，威廉斯破除习见，使美国历史成了"美国化"的"故事"：不是欧洲人如何征服本土，而是这一方水土的"地之灵"如何浸润了来自欧洲的外来户。（Doyle，1980：91）劳伦斯的《经典美国文学》充满了内行"隔岸观火"的睿思，而他的这番识见则敏锐地洞察出威廉斯对美国历史书写中的欧洲化，即美国对于欧洲殖民化的反拨，而这种"去欧洲化"和反殖民化无疑便是美国化和本土化。

由于当时的思想史研究氛围不利于高度个人化的文字，加上威廉斯尚待建立自己的声誉，而且是以执业医生和业余诗人的身份尝试历史题材，诸多因素作用之下，使《美国性情》在如潮的恶评面前面世不久便告寂然无声。然而，这一超越时代的诗史必将历经时间的考验而长存。其实，在同时代也不乏慧眼识珠者，即便尤沃·温特斯这样严苛的批评家也称它"在所有可能性上都优于多数的韵文和我们时代几乎所有的散文"（Williams，1933：end cover）。此外，正如《美国性情》的序言作者所指出的，它对后世的美国文学也产生了巨大的影响。

威廉斯意识到美国历史"必须以新的模式被矫正、重新审视和重新确认"（Williams，1969：7）。他对笔下的历史人物具有认同感；他们的行为动机、行为价值，以及与环境既亲和又紧张的张力关系，一定意义上说也是他自己的，因此他笔下这些传奇人物的事迹未尝不是他自己心理探寻和发现的历程。当然，他眼中所见未必就是美国"正史"，但这不是问题的要害，因为"正史"对于他是不存在的。另外，威廉斯叙述历史，不是围绕着某个中心顺序来写，因为他认为历史是开放的——对往昔的语言和对语言自身的开放。对历史事件理性和有序展开的否定，意味着削弱历史修撰的叙事性，因为"文学性"的当代历史写作凸显抒情的秉性，而历史叙述把人物及其行为放到一个更大的事件模式中，势必会有损对其形象的塑造。这正合乎现当代历史学的逻辑，符合怀特所坚持的历史具有文学性的一贯立场，即利用语言的诗话本性，以历史"事件"构筑历史"真实"，并最终探寻历史的隐含象征模式。威廉斯借《美国性情》回溯美国传统，对清教徒开创的疏离本质经验的做法给予尖锐的谴责，与此同时高扬由土著印第安人和早期探险者所代表的本土关怀。他认为，只有美国化才能遏止欧洲化的危险倾向，从而将美国引上正途。这也正是《美国性情》作为诗的历史的意义所在。

第十二章

美国文学中的旅行与美国梦、美国现实

　　道路将人们从一地引向另一地，它是不同地点彼此沟通的不可或缺的桥梁，使原本各自独立、互不关联的两地被连接起来，产生互动，拥有了更加丰盈的生命。几乎所有的文化都赋予道路以特别的价值，对之倾注了连绵不断的情感。在美国，公路四通八达，如同一张网把人们的日常生活联系起来；而由于美国人生性"不安分"，不愿久居一地，加上酷爱户外活动，上路旅行便成了美国生活的一种实现方式，同时也成为美国文化的一大隐喻。这一隐喻对于美国有着特别的意义，因为美国毕竟是由旅行者创建的：当初，清教徒远离家国，跨越大西洋来到这片陌生的土地；后来，他们从偏居美利坚东北一隅的新英格兰逐步西进，扩展畛域，奠定今日美国之格局。毫不夸张地说，道路在美国的建立和发展过程中建立了不朽的功勋。此外，由于幅员辽阔、地域广袤，加上经济繁荣，汽车工业发达，美国成为举世闻名的"车轮上的国家"。出于工作和生活的需要，美国人花费不少的时间"在路上"，驱车出行几乎成为他们的必需。

　　旅行不仅是指从出发地到目的地的跨越，而且常被视为某些事件的经历，例如，它可以象征性地指代个人的成长，或者是对某种信仰（如宗教信仰）的追寻。穿越全美，尤其是跨越大片未开发地区的旅行，是勇气和冒险精神的体现，这种对未知领域的探索伴随着美国向西部的扩张而被放大甚至神化。"在路上"之于美国有着异常丰富的内涵，它包括美国梦的发现、追寻、实现和拥有。自早期的清教徒开始，美国人便一厢情愿地、虔敬地相信脚下这片富庶的土地是天意所赐，他们以宗教的虔心笃信"显明的命定"（Manifest Destiny）。正如一位历史学家所指，这种观念让他们毫不怀疑自己"有权利极度扩展并拥有上天赐予我们的整座大陆，以发展自由的伟大试验，以及联邦政府的自治"①。在宗教般先验的逻辑之下，疆域的扩张、政权的发展与天意的召唤巧妙地实现了结合与置换，这是信仰之作用于物质以及政治行为的一个多么令人信服、同时又令人心悸的例证！

该历史学家在同一篇文章中称，美洲"整座大陆"都是上帝赐予美国人的礼物，而他们扩张疆域的目的，是为了推广自由的准则。美国人深信美国是世界上第一个民主国家，第一个建立在自由准则之上的国度。于是，"显明的命定"仿佛顺理成章地演化成为独特的美国哲学。其他国家也曾有打着种种旗号侵略邻邦、占领异域土地的举动，但冠冕堂皇地以自由、自治为名实现扩张似乎只是美国佬的行为。有些人，如美国本土的印第安人，或许会说"显明的命定"是一种文化帝国主义。然而，对于大多数美国人来说，二者有着本质的区别，他们将"显明的命定"理解为将自由的理念推向整个美洲大陆甚至全世界的使命感。事实上，这是宗教的、政治的和文化的使命感，它激励着世世代代的美国作家，使他们与之产生共鸣。此外，"显明的命定"是与美国梦紧密联系在一起的。对美国梦最早的清晰描写，或许出自阿吉尔（Horatio Alger，1834—1899）笔下具有美国意识的几乎超人般的人物。阿吉尔的那些虽然文学价值一般但情节生动感人的小说（dime novel）多围绕着青少年的形象展开，与美国梦似乎并无直接和具体的联系。然而，这些作品贯穿始终的主题是，任何美国人都可以实现自己心中的梦想，只要他或她愿意"动身上路"。因此，不妨说，旅行内在于阿吉尔对美国梦的刻画（Gable & Handler，2005）。这和"显明的命定"一起，为美国文学提供了上路旅行的背景。

第一节　惠特曼旅行主题诗歌的帝国主义立场

美国作家中，沃特·惠特曼（Walt Whitman，1819—1992）大概是最早运用"在路上"的比喻来象征美国寻梦这一浪漫主题的，《草叶集》（*Leaves of Grass*，1892）中有许多讴歌上路旅行或歌颂以道路将美国的不同地方联结为一体的例子，尽管他似乎并未直接、明确地指出上路旅行对于他来说意味着美国梦的实现。然而，他在作品中把美国不同地方或道路本身反复地浪漫化，其中旅行也是出现于他笔下的一个常见主题。旅行，以及美国的不同地区，被诗人以美丽而浪漫的语言加以描绘，其中的一个隐含义便

① 这是历史学家 John L. O'Sullivan 早在 1845 年的说法，参见 Stephanson（1995：xii）.

是，踏遍美国的旅行充实了个体以及作为一位美国人的心中的内在性。这仿佛是一种高尚而以美国为中心的主张，正如惠特曼在一首诗中所表达的：

我将答谢同时代的土地，
我将追踪地球上所有的地方并向每一大小城市亲切致意，
我将把工作纳入诗歌中使之与你一起成为陆地与海洋上的英雄主义，
我将以一位美国人的视角来报告英雄主义。

（Whitman，1990：21）

该引文的第一行，"我将答谢同时代的土地"显示出惠特曼以所在时代不常见的态度来对待旅行，即以谦逊的姿态答谢、颂扬土地，而不是像霸权主义者和帝国主义者那样，不由分说地摆出一副居高临下、颐指气使的态度。如此，他对旅行的立场则必然有别于帝国主义立场的追随者。这一点在引文的最后一行"我将以一位美国人的视角来报告英雄主义"中既得到验证，又被反驳。该行强化了"美国人具有某种独特的美国品质"的观念；与此同时，"以一位美国人的视角来报告英雄主义"，这从内在逻辑上而言显然是帝国主义的，因为它暗含着对其他视角的合法性和可能性的否定。而综观上下文，我们认为惠特曼的立足点应该在于：美国人对待土地，是要去答谢和称颂，而不是征服和操控。我们以为，也许这正是惠特曼充满浪漫主义气息的英雄主义被广为接受的一个重要原因：他的英雄主义不是狭隘的民族主义，不是霸道的沙文主义，他的字里行间洋溢着宽广的国际主义情怀。在惠特曼那里，爱国主义、民族主义与国际主义、世界主义不是水火不容的对立面；反之，它们并行不悖，相得益彰。诗人"追踪地球上所有的地方并向每一大小城市亲切致意"，他满怀激越的豪情希望"成为陆地与海洋上的英雄主义"，这正是国际主义的明证。而旅行无疑是"追踪地球上所有的地方"的必要手段和实现方式。

在《献给你，啊民主》一诗中，惠特曼以诗的言说方式，几乎是在解说那所谓"显明的命定"准则：

来啊，我要使美洲大陆溶为一体，
我要溶合太阳照过的最光荣的种族，
我要溶合神圣而引人的土地，

用同伴的爱，

　　以终身的同伴的爱。

我要把博爱密植如森林，沿着美洲所有的河流，沿着

　　五大湖的岸边，且遍布在大草原上，

我要联合大都市与大都市，以它们的手臂拥抱着

　　对方的颈项，

　　以同伴的爱

　　　用丈夫气概的同伴的爱。

为你，我献出这些，啊民主，来为你服务，

为你，为你我此刻唱这些歌声。

（林以亮，1989：71）

　　显然，这首诗中"民主"的主体应该是美国，因为美国是惠特曼唯一真诚的所指。如此，该诗明显地打上了帝国主义的标签。"我要溶合太阳照过的最光荣的种族"：这是典型的美国化的言说方式，诗人是在为"显明的命定"——已然定型在人们心目之中的集体无意识——添加注脚。"我要使美洲大陆溶为一体"：他要征服这片土地，这种欲望打上了帝国主义和殖民主义的烙印。在诗的结尾处，他对这种提法作了强调并加以解释，称这种形式上的帝国主义和殖民主义其实是对同胞之爱，而且是以民主的名义。该诗把"显明的命定"说与关于美国各独特之处的浪漫主义想象及其浪漫的情调结合起来："沿着美洲所有的河流，沿着 / 五大湖的岸边，且遍布在大草原上"，并以此把"显明的命定"说和上路旅行联系在一起。

　　在《我听到美国在歌唱》中，惠特曼罗列了美国各地不同行业的人们，他们一边工作一边快乐地歌唱着。该诗的标题"我听到美国在歌唱"意味着诗中所写的景象应该发生在美国各地，当我们结合诗人的其他诗篇来理解该诗时，不难得出这样的结论：所有这些职业结合在一起，便构成对美国梦的追寻。因为毕竟，对于美国人来说，还有什么比对美国梦的追寻和实现更重要呢？该诗与旅行相关，因为对于惠特曼和其他任何人来说，为了听到诗中所有人的歌唱，他们必须在这片辽阔的大地上长时间地旅行。

　　在《对加利福尼亚的许诺》中，惠特曼写想象中的前往加利福尼亚州和其他一些西部州的旅行：

许诺发出给加利福尼亚，

或者内地的田园般的大草原，而后是美丽的普盖特和俄勒冈；

在东部逗留一会儿，我很快会走向你，停在那里，

　　教导充沛的美国之爱，

因为我很清楚我和充沛的爱属于你，在内地，

　　又沿着西岸的海洋；

因为这些州朝向内陆又濒临西岸，而我也将一样。

（Whitman，1990：108）

在文学作品和电影中，加利福尼亚经常成为美国梦的最终归宿的上佳譬喻，因为 1 号公路沿着美国西部海岸线自北向南纵贯全美，并把美国与加拿大、墨西哥连接起来。这也使加州成为"显明的命定"的象征。在《对加利福尼亚的许诺》中，惠特曼并没有深入发掘加州之于旅行的文化内涵，他更多的是以加州作为自己西部旅行的目的地。正如他本人在诗中所写的那样，在前往加州等地的旅行设想中，他旨在"教导充沛的美国之爱"。这再一次表明惠特曼对他心目中具有美国特性的文化因素的关注，不管这些因素是否真正具有独特的美国性。这首诗体现了美国西部扩张与美国之爱的融合，并借此展示出西部扩张中所蕴含的文化自觉。该诗也显示出，美国旅行与美国理想或美国梦紧密地联系在了一起。

加州所代表的粗犷、充满野性和神秘诱人的品质，强烈诱惑着惠特曼，而他的不安分、浪漫气息和不竭创造力也似乎在应和着加州的感召。1874年冬，惠特曼因长期精神紧张，导致身体欠佳，便住在弟弟家中疗养。他从费城的商业图书馆中查到有关加利福尼亚红杉的资料，从被伐倒的红杉树联想到自己的染病之躯，心中不免萦绕着淡淡的凄苦与感伤。但他旋即恢复一贯的乐观与自信：赶车人和伐木者号称听觉敏锐，却很难听到枯死的红杉树之歌唱；凭着对脚下热土和这片土地上的生命的热爱，以及诗人超人的感知力和想象力，他却仿佛能够听到，想到此，他不禁颇感欣慰。诗人告诫自己和世人不要徒自悲伤；不仅要为曾经的荣光而骄傲，还要满怀信心地把明天传给一代新人。诗的结尾处写道：

我看见现代的精髓，真实和理念之子，

正在降临于巾帼长期准备的、真正的新世界，

它将为广大人类，为真正的美国这个过去如此伟大的子孙，开辟道路，以创造更加伟大的未来。

（沃特·惠特曼，1994：362）

该诗立足于诗人想象中的西部之旅，是想象的结晶，是诗人"心游八仞"的产物。这里并没有可以实际踏足其上的道路，但必然有一条看不见的道路萦绕在诗人的心头，挥之不去。这种譬喻意义上对道路意象的使用，在惠特曼诗歌中并非个别现象。组诗《路边之歌》共有 39 首诗，写的是沿着人生的康庄大道旅行途中的种种观察与感怀，如《思索》："关于服从、信仰和友情；/ 当我站在局外观察时深感惊异的是，广大群众竟听从不相信人的那些人的教导。"（沃特·惠特曼，1994：188）可谓言简意赅，一针见血。《在人迹未到的小路上》也是以比喻的手法写心中所见，称只有到了"人迹未到的小路上"，才真正找回自我，"摆脱了迄今为止公认的准则"，甚至也看清了尚未公认的准则。只有当到了人迹罕至的地方，才使人神清气爽，他因此深深喜爱上了"这销声匿迹却包罗万象的生涯"。诗中所包含的深刻哲理昭然若揭。

第二节　美国文学中的旅行与美国梦

表现旅行与美国梦相联系的最著名的作品，无疑是克鲁亚克（Jack Kerouac, 1922—1969）1957 年的作品《在路上》（*On the Road*）。这部表现"垮掉的一代"的名作以 20 世纪 60 年代特有的反叛姿态，对美国理想进行了深入的剖析。作者用以描写美国的语言浪漫而堂皇，仿佛倒有了几分虚假的成分。然而，其中的叙事主人公塞尔·派若代斯（Sal Paradise, 此人的姓氏意为"天堂"）对生活和美国感到无比兴奋，这便使夸张的语言平添了不少可信度与逻辑性。克鲁亚克对普遍状况的描写多体现为地方性的特征，例如在小说结尾处的段落："因此在美国，当太阳落山，我坐在老衰的河流码头，看着新泽西上方长长的天空，感受着整块未开发的土地以不可思议的巨大的鼓包状滚向西海岸，整条路往前伸展，所有的人梦想着，在爱荷华我知道到如今孩子们肯定在一片允许孩子哭的土地上哭着，今夜星辰无影踪，你难道不知上帝是噗噗熊？"（Kerouac, 1991：307）

这段颇有意识流韵味的文字告诉我们，在克鲁亚克心目中，美国同时表现出众多个体各自独立存在时的多元性，以及它们共存时的整一性；而这两种状态又是同时存在的，即一个和多个并生共存。虽然作家把美国分成几部分——新泽西、西海岸和爱荷华，他的笔下也出现了"在美国，当太阳落山"，仿佛太阳在美国各地同时落山。事实上，即使是他提到的三个地方，太阳降落的时间也是大相径庭的，全美的"太阳落山"更不会有统一的步调。然而，该意象把全美各地连接了起来，把它们统一在美国梦的旗帜之下。这一事实由于"在爱荷华我知道到如今孩子们肯定在一片允许孩子哭的土地上哭着"而得以强化；否则，这一事实会变得可笑。放在整部作品之中，该说法暗示，让孩子哭是一件浪漫并几乎是梦想成真的事情。如果孩子被允许哭，他们肯定会哭，因为这是他们表达自由的方式。尽管这段文字并不旨在连接上路旅行与自由，也不旨在表达自由，它却以有趣的方式实现了对两种意义的表达。孩子的哭泣是一例，"你难道不知上帝是噗噗熊"的问句是另一例。仿佛上帝是"噗噗熊"①，因为上帝在美国可以是"噗噗熊"。克鲁亚克暗示，今晚上帝如同噗噗熊一般笨拙，他以此来嘲讽戏谑上帝，这也反映了"垮掉的一代"的宗教观和对待威权的一贯态度。

旅行与自由的关联从《在路上》的许多部分都可以见到。临近末尾处，当迪恩·莫利亚蒂（Dean Moriarty）即将与塞尔分手，迪恩问塞尔，"伙计，你的是什么路？——纯情小子路，疯子路，彩虹路，虹鳟路，任何路。随便谁随便怎样的随便什么路"（251）。小说中，迪恩曾直截了当地告诉塞尔，一个人可以选择他喜欢的任何路，并可能因此而发迹。这是关乎选择的事，选择当然是最大的自由，克鲁亚克明白无误地指出道路给人任何可能的选择——这事实上也是规范一个人自己的道路的自由。惠特曼也表达过同样的思想：

> 赤着脚我心情愉快地上了公路，
> 我健康，自由，世界为我展开，
> 眼前褐色的路把我引向所选择的任何地方。

（Whitman，1990：120）

惠特曼在此的立场与克鲁亚克是相同的。路通向"所选择的任何地方"，因此选择道路便意味着选择自由。这自然令人联想起弗罗斯特的诗

---

① 噗噗熊（Pooh Bear），即维尼熊（Winnie the Pooh），一只笨笨的玩具熊，深受小朋友的喜爱。

127

歌名篇《未被选择的路》，虽然二者的差异性更为突出。生活于美国社会转型时期的弗罗斯特对美国工业化的进程充满忧虑，他执着于自己的选择，坚守传统，从新英格兰地区的乡村风情入手，并进而超越狭隘的地域局限，达到普遍性的诉求。正如他对诗歌"始于喜悦，终于智慧"的理解一样，弗罗斯特虽以农民自居，并保持着普通农民的生活方式，这位"新英格兰的苏格拉底"（Yankee Socrates）的文字却总是以睿智和哲思省人。其独特的生活方式以及不拘一格的写作风格，正是诗人不落俗套的选择。和惠特曼充沛的激情和乐观情绪不同，弗罗斯特笔下淡淡的愁绪和挥之不去的沉郁更凸显出"选择"的不堪承受之重。《未被选择的路》富含象征韵味，发人深思，令人警醒，因为它远非新英格兰某一乡间小路的十字路口所发生的故事，它揭示了诗人面对时代抉择时的心声。对于惠特曼来说，"世界为我展开"，他步履轻快，踌躇满志，仿佛世界之大任其驱驰。当选择不复成为问题时，诗人笔调昂扬不羁，其轻松自在之情跃然纸上。之所以如此，在于惠特曼衷心认同时代的选择，他为美国的飞速发展而欢欣鼓舞，他愿以自己的诗笔抒写时代的最强音。

两位诗人对不同"旅行"路向的选择，出于他们对时代演进的不同态度。无疑，他们对于"选择"主题的表现都是象征性的，而在美国诗歌史上表现旅行和选择的具有象征意味的名篇中，狄金森的《因为我不能停下来等待死神》（*The Complete Poems of Emily Dickinson*，1960）当是扛鼎作之一。诗中，主人公浑然不觉间跟随死神化身的马车夫一起上路，途经象征着人生不同阶段的驿站：孩子们嬉戏的操场、谷穗低垂的田野和夕阳西下的场景，抵达"几个世纪"后方恍然大悟的一片墓地。无须指出，任何的旅行皆意味着选择，正如弗罗斯特诗中所写，不同的路向带来迥然有别的景致和结局。《因为我不能停下来等待死神》通过描写死亡之旅，表达出诗人淡然处之的生死观；不明就里中实现的旅行似乎表明诗中主人公的选择是无奈的，但该诗却反映了诗人对待死亡的一贯态度。和弗罗斯特一样，狄金森借偶然和个体表现普遍和整体，正如有学者指出，这种对选择的表现，其实是对美国诗歌中自我与迷茫这一中心矛盾的反映，这在许多美国诗人那里都有所体现（Parini，1993）。

由于克鲁亚克的《在路上》围绕着路途中发生的事件、围绕着"在路上"来展开，他把道路和许多事物联系了起来，并因此坚实地揭示出美国道路的美国性。除此之外，他还把旅行与过路的仪式结合起来。过路即地理意义上的穿越，它意味着一种经历和阅历，不仅是个人的，而且是个人所处的文化的；因此它超越了个体，进入集体无意识的范畴。某种东西要成为表现过路的仪式，它就必须怀有文化的背景，并且在文化层面上被接受。在小说的较早部分，作者写道："随后春天来了，旅行的大好季节，四散的人们都已准备好，出去旅行一两次。我正忙着写小说，到了中间的地方，[……] 我准备好生平第一次赴西部旅行。"（Kerouac，1991：6）。作者把春天称为"旅行的大好季节"，暗示着如果不是每人都外出旅行，至少许多人如此。这"旅行的大好季节"充满诱惑性，驱使塞尔出游。小说的后面部分显示，这次赴西部的首次旅行对塞尔而言的确是一种过路仪式，是他的成长历程中的重要一环，因为西部是美国文化最活跃、最外向、也最"左倾"的地区；旧金山和洛杉矶作为美国西部具有重要影响的大城市，和纽约等东部都市不同，因为后者秉承了新英格兰地区对美国文化母体——英国和欧洲文化的依赖，显示出更大的保守性和守成倾向，而亚裔移民由此登陆美利坚的西部地区，则以开放的胸怀和容纳百川的气度孕育着文化的多元性。旧金山之成为"垮掉的一代"事实上的大本营，并策源了不少如反越战这样反精英文化的标志性事件，并不是没有根据的。塞尔赴西部旅行，是为了吸收离经叛道的精神营养，从而进一步强化他的"垮掉"品质。上路旅行的想法深深植根于美国意识之中，而塞尔的西部旅行其实也象征着他这一代人的一段成长经历。

上路旅行是实现美国梦的象征性的、也是最简单的途径。许多美国文学作品都以不同方式对此惯常意象加以表现，惠特曼和克鲁亚克只是其中的两个例子。这些美国作家把道路旅行作为一个隐喻，通过对"在路上"旅行这一意象的平面白描或对其深层的象征意蕴的开掘，表现了典型的美国经验，暗示着自由以及过路仪式，表达了对美国梦即美国理想的追寻、实现和传播，从而成为美国文化传统的组成部分。

第三节　美国文学中的旅行与美国现实

不可否认，在资本主义发展十分成熟的美国，便捷的交通网络和发达的汽车工业为美国人提供了无与伦比的便利，旅行与出游成为美国人生活中不可或缺的组成部分。与此同时，美国也深受汽车和州际高速公路的困扰，一定程度上成为车与路的奴隶。四通八达的道路网络扩大了美国人的活动半径，提升了他们的生活质量；另一方面，发达的交通网络也滋生了种种负面的现象，这在社会动荡时期表现得更加明显。这其实是现代化进程对人类生活产生影响的一个缩影，对此，美国人心知肚明，同时又难掩复杂的情感："美国人，尤其是西部美国人，认为美国神奇得近乎虚假的神话，以及美国选择与自我发明的自由，其核心是无根基，这是让人既遗憾又欢庆的原因。"（Gray，2005：ix-x）离别家园，远走他乡，许许多多的美国人沿着伸向前方、似乎漫无止境的道路，追寻着心中的梦想。不少文艺作品大力宣扬路途中的自由与浪漫，仿佛条条大路通天堂；同时，也有一些作品规避理想化的视角，冷静地审视旅行途中必须面对的一切。后一类作品中常常充斥着毒品与犯罪，例如，汤姆·沃尔夫（Tom Wolfe）的名著《插电酷甜迷幻实验》（*The Electric Kool-Aid Acid Test*，1967）中，一伙嬉皮士由其头目肯·凯西[①]率领，穿越全美，体验旅行。"旅行"一词的英文 trip 在口语中又可指携带毒品出行，凯西这趟真可谓是逍遥行了。《逍遥骑士》（*Easy Rider*，1969）提供了一个毒品与犯罪在旅途中互为表里、纠缠不清的例子。影片《天生杀手》（*Natural Born Killers*，1994）以及《卡里福尼亚》（*Kalifornia*，1993）刻画了旅行作为通向自由之途的乖张故事。这些影片中，谋杀者企图通过逃亡来逃避法律的惩处，他们希冀道路是他们通向自由之途。如果说自由是美国梦的一个重要元素，这些例子则揭示出自由的另一面，即对自由的滥用，并以此构成对他人自由的剥夺。

美国最吸引人之处，是它所标榜的公开与公正的原则，即美国梦面前人人平等，但人们应该通过诚实的劳动来达到目的，而不是通过欺骗、偷盗或其他非法手段。[②]言下之意，美国梦是为那些心智善良者预备的。而在美国旅行文学中，主人公往往远非心智善良之辈，不过这不妨碍他们通过旅行中的所作所为实现其自由和梦想。因为此种梦想和人们对美国梦的理解大相径庭，为了对二者加以区分，我们称之为"美国现实"。本部分试图通过解读两部影响深远的小说，说明其中的上路旅行典型地歪曲了美国梦、实现了"美国现实"：弗拉基米尔·纳博科夫（Vladimir Nabokov，1899—1977）的《洛丽塔》（*Lolita*，2000），以及亨特·S. 汤普森（Hunter

---

① 肯·凯西（Ken Kesey），美国 20 世纪六七十年代反文化的象征，其《飞越精神病院》（*One Flew Over the Cuckoo's Nest*）因为同名影片的大获成功而名声大噪。他晚年罹患肝癌，逝于 2001 年 11 月 10 日，享年 66 岁。

② 美国人乐于提到美国开国元勋华盛顿和富兰克林的著名例子。华盛顿在幼年的某次生日时，用父亲作为生日礼物送给他的一把斧子砍了樱桃树，事后他勇敢而诚实地认错。华盛顿标志性的"说实话的名誉"（reputation for truthtelling）经史学界的正统解读，几乎成了美国国民教育的好教材。参见詹姆士·罗伯逊（1992：14-18）。富兰克林则一向被视为通过个人奋斗实现人生目标的典型，并成为美国人励志的范本。

S. Thompson，1937—2005）的《拉斯维加斯的恐惧与憎恨》（*Fear and Loathing in Las Vegas*，1989）。

《洛丽塔》具有理想的美国梦的某些文学成分——一位移民男子希望爱上一位女性，而稍显特别的是，他不需要得到回报。当然，这种欲望远不如阿吉尔（Horatio Alger，1834—1899）[1]笔下的美国梦那么纯净。主人公亨伯特把少女洛丽塔带上了一段长达一年的旅行，他们横贯全美，以使他有效地控制女孩，不让别人发觉他们的非法关系，一直待在路上还可以让他们安心体验在其他地方无法得到的享受。亨伯特以极大的才智规划旅行路线："我的计划具有奇迹般的朴拙：我会飞向 Q 夏令营，告诉洛丽塔，她的母亲要在一所莫须有的医院里做一项大手术，然后我会和我的睡得昏昏沉沉的仙女不停地从一家旅馆到另一家旅馆，一边等她母亲的状况越来越好，直到最后死去。"（Nabokov，2000：112）[2]亨伯特在此透露了他准备对洛丽塔封锁关于她母亲的真实消息，带着她周旋于不同的旅馆。这里首次为我们提供了证据，亨伯特规划的这次旅途有着不同寻常的意义：其目的不在于抵达终点，或者更准确地说，在于不抵达终点，甚至抵达不了终点。他那看似反常扭曲的目标是，无限制地待在路上，直到旅行无法维持，或直到洛丽塔从她的"天仙"阶段走出来。

小说中，随着时间的流逝，亨伯特变着法子告诉洛丽塔，她的母亲还在世，只是病得很重，躺在一家医院里，他们必须驱车在不同的地方之间转来转去，直到她好起来："我然后试图让她对路线图感兴趣，却仍是徒劳，不管我如何咂叭嘴。我们的目的地——让我提醒一下耐心的读者，洛该学着点阁下的好脾气——是莱平维尔这座快乐的小镇，在一座虚设的医院旁。选这个地方的确过于武断（和选其他地方一样），我怕得发抖，盘算着如何使整个安排显得合理，而且在看完莱平维尔所有的电影之后，如何进一步安排合理的计划。"（148）洛丽塔对亨伯特随意而且武断地制定的路线图不感兴趣，她是被动的，亨伯特是控制者，虽然这种控制与被控制体现在他们二人身上是以一种有趣的方式出现的。正如亨伯特在"控诉材料"即该书中所供述的那样，在性的问题上，大大出乎人们的意料，他这么个大男人其实是被十二岁的少女洛丽塔"诱奸"的。虽然总地说来，在一些大的

---

[1] 阿吉尔也许是最早描写美国梦的作家，他的作品盛极一时，主要描写青少年如何实现自己心中的梦想。

[2] 本节另引该书处，只标注页码，不再加注。

问题的筹划与实施中，丰富的社会历练使他占得上风，他可以带着她拐来拐去。然而从某种意义上说，似乎涉世未深的洛丽塔未必不是在利用他，尽管是他一直在控制着汽车和行驶线路。于是，一定意义上说，二者形成了利用与反利用、欺骗与反欺骗的错综复杂的关系。他们之间的这种关系深化了小说对于人性的异化主题的揭示，而这一切都是通过"在路上"来实现的。道路既充当了积极的媒介，又是一个贯穿始终的活跃角色：通过实现亨伯特的变形了的美国梦的方式，道路实际上为他提供了耽于感官享受、对抗和逃避法律的美国现实。小说中，在该引用段落之后不久，亨伯特对洛丽塔承认，她母亲已死。从此，旅行的性质发生了变化。由于小女孩明白二人关系的法律性质，亨伯特必须设法让行程持续下去，不让她有机会告发他对她所做的一切。

在小说的这一点上，旅行不再是区域性的，而是被赋予了全国性："这后来便开始了我们穿越全美国的连续行程。从旅游者可选的各种住宿形式中，我很快挑选了汽车旅馆，干净、整洁又安全，是睡觉、争吵、和好以及不知疲倦的偷情的理想之地。"（153）在和洛丽塔行遍美国的过程中，正如亨伯特在此解释的那样，他这个外国佬习惯了一些事情，例如美国的汽车旅馆。这其实也是美国梦的实现，因为美国梦是一个广泛的概念，大到人生理想的达成，小到某一具体希望的实现和舒适习惯的形成。在我们所讨论的个案中，希望的实现是显而易见的：穿越美国的漫长的旅程使亨伯特能够与洛丽塔缠绵床笫，而不必为显见的后果负责。小说中描写路上旅行部分的语言证明，纳博科夫和亨伯特都十分清楚美国公路旅行的种种妙处，尽管他们同样来自异国他乡。亨伯特甚至希望旅行可以实现洛丽塔的某种希望：

在我们长达一年的旅行的每天早上，我不得不设计出某种值得期待的对象，某种她可以盼望的时空上特别的点，使她能熬到上床时间。否则，缺少了赖以维系和撑持下去的目标，她白天就会垮塌下去。目标可以是任何东西——弗吉尼亚的一座灯塔，阿肯色的某处由天然洞穴改建的咖啡店，俄克拉荷马某地收藏的各式枪支以及提琴，路易斯安那的卢尔德洞窟（Grotto of Lourdes）复制品，落基山避暑地一座博物馆中存放的关于富矿挖掘期的皱巴巴的照片，或者随便别的什么——只是必须要在那里，在我们前面，像一颗恒星，虽然我们到的时候洛多半会作势要吐。

我让美国地理运动起来，我使出浑身解数，连续几个小时地开车，让她觉得我是在赶往某地，在奔向某个明确的目的地、某种非同寻常的欢乐。

（160）

亨伯特试图从洛丽塔的立场出发，使旅途变得不同一般："我使出浑身解数，连续几个小时地开车，让她觉得我是在赶往某地。"亨伯特知道，"赶往某地"与美国梦紧密相连，他希望至少制造一种假象，即他同时也是在实现着洛丽塔的美国梦想。需要指出的是，亨伯特为笼络住洛丽塔而挑选的观光对象都是独特的美国景象。无论在美国还是在其他国家，观光目标通常面积／体积巨大，而且一般具有历史价值。访问相对冷门但却独具特色的旅游地点，这是真正的美国作派。亨伯特带洛丽塔去的地方，如灯塔，洞穴改建的咖啡店，别具一格的枪支和提琴收藏，而不是金门大桥，尼亚加拉大瀑布，黄石公园这些惯常的观光项目，其实是他精心选择的结果，这些场景同时为他，也为洛丽塔带来独特的美国经验。

《洛丽塔》提供了一个例证，表明上路旅行展示美国现实，即以一种扭曲和非正常的方式实现美国梦想。《拉斯维加斯的恐惧与憎恨》有着类似的诉求，该小说中，两位主人公杜克（Raoul Duke）和贡佐（Dr. Gonzo）租了一辆车，从洛杉矶开到拉斯维加斯。一路上，以及抵达目的地后，他们吸食各种毒品，恣意滥用手中的自由。

作品刚开始，杜克和贡佐捎带上一位搭便车者去拉斯维加斯。杜克告诉后者，"我想让你知道，我们是去拉斯维加斯，寻找美国梦"，"因此我们才租了这辆车，这是唯一的办法"（Thompson，1989：6）。美国梦与上路旅行之间仿佛存在着内在的关联。然而，实际情况却远非如此简单，杜克和贡佐并不是去拉斯维加斯寻找美国梦；他们很清楚美国梦只是一种观念的意义，他们赴拉斯维加斯，是由于人人皆对美国梦趋之若鹜，这给了他们巨大的空间以几乎各种方式滥用现存的制度。

当杜克描述去拉斯维加斯的想法如何产生时，他声称去那里是为了报道故事："可是这故事是什么？没谁关心。我们只能瞎编。任人尝试的冒险计划。美国梦。赫拉修·阿吉尔在拉斯维加斯发疯一样地吸毒。现在就来吧：贡佐的新闻报道。"（12）杜克明白，这故事纯粹是无中生有。这里提到阿吉尔并非偶然，事实上，汤普森频繁地称引阿吉尔，或者正如该引文所显示的那样，通过对变形了的美国梦的引用（"赫拉修·阿吉尔在拉斯维加斯发疯一样地吸毒"），他十分明了旅行与美国梦之间的关系。然而，汤普森和小说的主人公不一定相信该说法，因此并不会真正寻求在拉斯维加斯实现美国梦。

《拉斯维加斯的恐惧与憎恨》之所以有趣，部分原因在于其内在的矛盾：两个犯了数宗毒品罪的男人宣称，他们在通往拉斯维加斯的短暂时间里寻求美国梦。有时，这一宣称看上去是那么真诚。抵达拉斯维加斯之前，杜克说："我们的旅程不同。对于民族个性中正确、真实和体面的东西，它是经典的确认。它向这个国家里生活的美妙可能性致敬——针对那些真正有毅力的人。我们有的是这个。"（18）话语中既不乏讥讽，又包含愤世嫉俗的成分，同时也不失真诚，因为杜克的确相信美国这个国度里"生活的美妙可能性"。然而，他们的旅行不是旨在确认"民族个性中正确、真实和体面的东西"；它反而表明，蜂拥至拉斯维加斯寻求美国梦的人是在浪费时间，他们在可悲地东施效颦。除了上述矛盾之外，杜克还明确指出，美国真正的错乱与扭曲不是那些吸毒的投机者，而是像尼克松这样摧毁美国梦的人。

《拉斯维加斯的恐惧与憎恨》呈现了关于美国梦的一系列想法的精妙描写，以及实现美国梦的可能，或者该可能的缺失，与此同时，它也包含着对美国理想某种程度的拯救。小说中，道路旅行始终是实现自由不容置疑的方式。当杜克试图在内华达逃避惩罚时，他想的是去加利福尼亚，因为他相信一旦抵达加利福尼亚便意味着自由：

> 耶稣你这卑躬屈膝的神！这个洞里有神父吗？我想忏悔！我是他妈的罪人！腐败，短寿，淫荡，多数派，少数派，不管你怎么叫，上帝 [……]我有罪。
>
> 不过帮我这最后一个忙：大锤落下之前，再给我过得飞快的五个小时；让我摆脱这该死的汽车，摆脱这可怕的沙漠。
>
> 这不算过分的要求，上帝，因为最终难以置信的是，我是无辜的。我不过是把你的胡说八道当了真 [……] 你明白我怎么上当的吗？我作为基督徒的最初的本能让我成了罪犯。

（86–87）

颇具讽刺意味的是，杜克告诉上帝，他沦为罪犯是上帝的错，因为成为基督徒颠倒了他的正义与罪恶观念。杜克的这段谈话无疑可以引发不少有趣的讨论，我们在此关心的是，杜克认识到，他获救的希望在加利福尼亚。因为他犯罪的发生地在内华达，而在加利福尼亚任何人都"只是怪物王国中的另一个怪物而已"（83）。杜克知道到达加州便意味着他恢复了自由身。他需要时间，在内华达的法律生效之前返回加州。于是乎，旅行不知不觉间充当了从犯罪、陷身监牢到无辜和自由的奇妙转换。

《拉斯维加斯的恐惧与憎恨》中，汤普森也实现了对美国梦观念的救赎，尽管这个美国梦和我们期待的不是一回事。小说临近结束，当杜克准备离开拉斯维加斯时，他向一个名叫布鲁斯的人谈起美国梦：

他好像很吃惊。"你发现了美国梦？"他说，"在这座镇上？"

我点点头。"我们坐着的，正是那根关键的神经，"我说。"你还记得经理跟我们讲的这个地方所有者的事？他小时候怎么总想着逃跑，加入马戏团？"

布鲁斯又要了两支啤酒。他环视赌场一周，耸耸肩，"是呀，我明白你的意思，"他说。"这混蛋现在有自己的马戏团，还偷偷地超范围经营"。他点点头。"你的话有道理，他是个榜样。"

"当然，"我说。"纯粹就是赫拉修·阿吉尔，整个都是，一直到他的态度"。

（191）

年少时渴望拥有一个马戏团，长大后夙愿得偿，这本身并不是美国梦的颠覆，这段对美国梦实现的描写事实上救赎了美国梦的观念。然而，两位谈话者所提到的马戏团其实是许多美国人丢掉他们心中的美国梦，甚至丢掉性命的地方。在此，美国现实与美国梦构成了鲜明的反差，其潜台词是：一些人实现了美国梦，（因为）另一些人失败了。没有失败，便不会有成功的故事。否则，没有人会努力追求美国梦的实现——所有人皆可自动实现心中的梦想。上述引文的这层含义并没有改变美国梦自身，但它改变了读者对美国梦的认识。该引文显示，不存在理想化的美国梦，我们所能做的就是尽力靠近美国梦，而在追寻美国梦的过程中我们可能伤及他人。如果该论证成立，则《拉斯维加斯的恐惧与憎恨》中的杜克和贡佐的旅行便是干净和正当的，因为他们理解美国梦的真正含义，以及美国梦实现过程中的"副产品"。这可能改变读者对美国梦的感受和理解，但美国梦依然如故。的确，杜克与贡佐操控梦想的方式和大众的观念大相径庭，因此这部小说提供的是对美国梦的颠覆，两位主人公发现的是颠覆版的美国梦，即美国现实。

《洛丽塔》和《拉斯维加斯的恐惧与憎恨》一起注解了旅行的另一面，正像有学者所指，旅行不总是"掌控，霸权，获取，渗透，污染，掠夺，以及向心力，事实上，它也可以是脆弱，削减，断裂，迷失，以及离心力。旅行以关键的和显明的方式摧毁稳定"。而后一种形态也许就是旅行的根源，尽管它看上去不是那么吸引人（Gray，2005）。再如，《旅行的问题》（*Questions of Travel: Postmodern Discourses of Displacement*）把旅行置于现代和后现代的宏阔视阈中加以审视，作者以现当代批评理论的尖锐和审慎，拷问往昔对旅行过于简单化甚至浪漫化的理解，让我们洞悉旅行被遮蔽的一面，即：旅行不单表现万众憧憬的美国梦想，它也折射出光鲜表象背后吸毒犯罪等丑恶的社会现实，而旅行往往成为这一切的见证甚至参与者。在追寻和实现美国梦的过程中，美国梦却可能遭受扭曲和摧毁，转而成为美国现实，这种颇具讽刺意味的后果当然是人们始料未及的。一个同样始料未及的后果是，美国人的生活态度和价值观念因此得以改变，人们变得物质化，依赖科技理性，生活中的浪漫和理想化的成分逐渐淡远，而实用、实际和平板化的气息却日益弥漫开来。旅行对美国人生活态度和价值观念的这种危害，早有人敲响了警钟：20 世纪 30 年代初期的畅销小说《勇敢的新世界》中提到，美国人未来对亨利·福特的崇拜将无以复加，他们会改变所有的"十"字符号，转以"T"型取而代之。[①] 这种对当今时代中技术拜物教的形象批评，今天更应该引起我们的警醒和反思。

---

① "T"为福特车的一款车型。

第十三章

赛义德"理论的旅行"及其成因

——兼析赛义德作为文化流亡者的心路历程

第一节　关于流动的思考

在发表于 2001 年的《民族记忆与文学史》一文中，斯蒂芬·格林布拉特（Stephen Greenblatt）写道："一个至关重要的全球性文化话语古已有之；只是在 19 世纪和 20 世纪初期，由于学术机构日益叠床架屋、业已安排停当，加上民族优越感、种族主义和民族主义令人生厌地得到强化，便产生了不迁徙的本土的文学文化朝边缘作零星、不情愿冒险的暂时幻想。对过去的大多数时候和当下而言，现实多是关于流浪者而非本地人。"（Greenblatt，2001：59）格林布拉特思考的是身份和语言的当前话语与旅行、边界和旅行规划等的关系，并呼吁建立他眼中所见呼之欲出的"运动研究"（Mobility Studies）。我们暂且不论他要建立什么"研究"、什么"学"，他的想法听来似乎有几分新鲜，然而我们在詹姆逊、赛义德克利福特（James Clifford）、安德森（Benedict Anderson）等人那里已经有所见识。且看上文是如何结束的："我们需要把殖民化、流亡、移民、流浪，连同它们所带来的负面影响，以及由此引起的始料未及的后果，与贪婪、渴求和不安分的凶猛的强制性放到一起来理解，因为主要是这些分裂性的力量、而不是文化合法性的根深蒂固的感觉，塑造了历史，导致了语言的传播。语言乃人类创造物中最不可靠者，它不尊重边界，而且，和想象一样，它不能最终被预测或控制。"（ibid.：59）格氏的理论诉求显而易见，他是要把殖民化、流亡等人类文化和文明现象，置于"分裂性的力量"中进行考察，借以探究历史与语言传播的真相。

格林布拉特关于"全球性文化话语古已有之"的论断无疑十分准确，

因为它是全球性迁徙状态的真实写照。所谓"迁徙""流亡"乃至人类的运动状态，需要在两种层面上加以理解：因为政治等因素而导致的自愿或被迫的流动，即在地理位置上远离原生活之地；另一层面，并非事实上的流动，而主要是在知识和话语体系、思维方式等方面与主流相背离，即虽然身体上仍居于原位，却呈现出与所在社会的某种断裂。后一种是想象的、隐喻意义上的"流亡"，它实际上是与主流体系的疏离，二者藕断丝连，若即若离。当海德格尔宣称"无家可归将成为世界的目的地"（Heidegger，1977：219）时，他的言说分明是建立在后一层意义之上。和海德格尔对人"在路上"状态的哲学思考一样，人对其终极归宿虽不懈追索却注定无所归依，这是人类的大悲之所在，对此的追问是无数哲人永恒的使命。作为当代最杰出的文化流亡者，赛义德从家国命运和自己的文化使命出发，对这一命题作了许多发人深省的思考。在著名的《流亡之反思》中，他认为流亡是一个断裂的状态，它将是最终的缺失，却轻而易举地成为"现代文化的一种潜在的，甚至丰富性的主题"（Said，1990：357）。

人类的流动本是常态，这一态势在 20 世纪随着战争、宗教迫害和自然灾害等的频繁出现，而日益成为引人关注的现象。20 世纪自然科学和社会科学的发展，也使概念的流动成为常态：相对论、粒子学说、测不准理论、混沌学等的出现，促使非理性哲学理念逐渐占了上风；同时，二元分立的西方传统哲学观念遇到了前所未有的挑战，整体论取代了自柏拉图以来便统辖西方概念秩序的"精神—物质"二元论。自 20 世纪末以来，全球化之势锐不可当，全球范围的政治、经济、文化一体化从一种趋势和潜在的可能已经发展成为现实的存在。所有这一切不但凸显了理论传播的必要性，而且使之成为可能。霍米·巴巴论及比较文学时曾说，构成当前世界文学疆域的主体者，不再是民族传统，而是被殖民者、移民、难民——变化中的世界体系的人类产品（Bhabha，1994）。此说的重要意义在于，它完全解构了传统的国别文学概念，使以往将画地为牢、以国界划分的国别文学拼接起来而成的世界文学成了有机的统一体，成了真正意义上的、实质性的整体文学。这一论断完全适用于文学理论。作为一种文化产品和文化现象的文学理论具有广泛的流动性，其适应能力和解释力只有在流动性中才能得到有效的检验。赛义德的"理论的旅行"学说对理论的流动性进行了独到的考察，本章旨在追溯此说的踪迹，并探究其形成的心理依据。

第二节　理论之流变：以卢卡契、福柯为例

赛义德出版于 1983 年的《世界、文本，与批评家》中包括一篇后来非常著名的文章，即《旅行的理论》。该文主要讨论了匈牙利马克思主义文论家卢卡契（Georg Lukacs）的学说在其法国弟子戈德曼（Lucien Goldmann）和英国弟子威廉斯（Raymond Williams）那里的旅行情形，并对当代法国理论家福柯理论的旅行作了简要描述。

赛义德着重介绍了卢卡契的《历史与阶级意识》一书。卢卡契认为，资本主义经济制度中的物质崇拜导致人的高度物化，现代智性（即他所谓的"主体"）愈来愈远离工业生活，现代资本主义于是便陷入了困境。科学仅成了事实的集结，智性之理解与非理性的物质世界背道而驰，因此造成了人的主体与物质客体之间的分离。在卢卡契看来，主客关系的调和是可能利用整体性这一利器来实现的，尽管这只可能发生在遥远的将来，且须把被动的、思辨的意识转化为主动的、批判的意识。此时的意识超越物体，而进入了潜能即理论上的可能的领域，它可以把物体分门别类，根据需要作整体性的调配。"阶级意识于是一开始便成了批评意识。"（Said，1983：232–233）此处的阶级并非真有其物，而是归因于意识，它们是反叛的产物；意识拒绝局限于资本主义制度下它们只能归属的物体的世界。戈德曼出版于 1955 年的《隐藏的上帝》被认为是把卢卡契的理论运用于批评实践的最早和最出色的尝试之一。在戈德曼那里，卢卡契的"阶级意识"成了"世界景象"（vision du monde），他以此审视帕斯卡和拉辛等作品中所体现的集体意识。戈德曼认为，在这些作家那里，第一，"个体文本被视为对世界景象的表达；第二，世界景象构成了该团体 [……] 的整个知识和社会生活；第三，该团体的思想和情感是其经济和社会生活的写照。"（ibid.：235）也就是说，这些作家将文本视为对现实世界直接和忠实的反映。卢卡契关注的是自我与他者之间的分离以及如何调和，而戈德曼感兴趣的则是个体与整体间的一致性关系，以及精神与物质之间如何反映的问题。

卢卡契的理论通过在剑桥讲学的戈德曼对威廉斯产生了影响，而后者则敏锐地注意到了卢卡契理论的局限：物化的意识和整体性主张在文学分析领域仿佛成了万能的良药，如此，卢卡契革命性的理论本来是其方法论的突破，但若不加分析地，重复性和无限制地使用，便可能成为自己的陷阱。威廉斯质疑卢卡契所谓整体性的有效性，因为我们都深陷其中，难以客观地、创造性地加以理解和利用；任何社会体系或知识系统都有其局

限性，都不是包治百病的良药，因此他有意识地把从卢卡契和戈德曼处得到的东西加以提炼，而不是不加分辨地照搬照抄。赛义德指出，卢卡契的理论到了威廉斯之手发生了显著的变化："一旦一种观念因为效果显著、令人信服而获得流通，它便很可能在旅行中被简化、条文化和体制化。卢卡契对物化现象异常深入的剖析确实变成了一种简单的反映理论。"（Said，1983：239）赛义德认为，卢卡契激进的、精辟的阐述经过威廉斯的过滤，退化为一种温和的观照事物的反映理论，失去了锐利的批判锋芒。

在《旅行的理论》中，赛义德还把福柯视为理论在传播途中屡遭贬损的受害者。他认为，作为对反历史、反社会的形式主义不屑一顾的理论家，福柯的理论远离书斋，进入权力与体制的世界，进入多数形式主义者所忘却的对理论的抵制。福柯的早期著作中很少提及"权力"一词，在《性史》中才宣称"权力无所不在"，但正如赛义德所指，批评家们认为福柯的"权力"无所不能，所到之处畅通无阻，消弭一切变化。事实上，除了"权力"，还有意图、抵抗、冲突等都在不同程度地发挥着重要作用。如此，福柯以"知识和权力"为风向标的理论，其方法论突破转而成了理论的陷阱。赛义德还对福柯和乔姆斯基（Noam Chomsky）的观点作了简要对比，指出二者都反对压制，区别是：乔姆斯基认为，要分析社会政治斗争，必须既考虑未来社会须符合对人类本性的分析，又要考虑现存社会中权力和压制的本性。而福柯只分析现存社会权力和压制的本性，认为未来社会"只是我们文明的发明，以及我们阶级体系的结果"（ibid.：243-246）。乔姆斯基按照赛义德权力学说的逻辑提出社会政治斗争法则，赛义德却不愿合作，这实质上是他不与自己的原则合作。赛义德在此提出了理论的旅行中一个引人注目的现象，即理论常常是不可逆的，理论绕了一大圈再回到其初始者手里，往往改换了模样，甚至面目全非，这大概是初创者难以预料的。

《旅行的理论再审视》（Travelling Theory Reconsidered）发表于1994年。在该文中，赛义德修正了《旅行的理论》中的基本立场。他认为自己在《旅行的理论》中过于强调了卢卡契所谓的主客观的融合，仿佛主客分离总是可以弥合的。赛义德提出一种理论旅行的新情形：如果我们不遵从主客融合之说，而是有意识地系统且不妥协地对此加以反对，则一种理论在其旅行途中不是被驯服、被禁锢起来，而是脱离原来的理论轨迹，另开战场经营自己的主张（Said，1994）。其实，在《理论的旅行》中，赛义德也曾讨论过理论的"不顺从""不合作"，而囿于当时的立场，他对此一掠而过，只以"创造性误读"加以解释。

和《理论的旅行》考察卢卡契的理论旅行至戈德曼和威廉斯处的情形一样,《旅行的理论再审视》追溯了阿尔多诺(Theodor Adorno)和法农(Frantz Fanon)对卢卡契理论的改造,以此展开对旅行的理论的再审视。赛义德认为阿尔多诺从卢卡契处受益良多,但同时又批判地吸收,对一些具体观点加以抵制。卢卡契检视古典哲学史,以表明异化之渗透如何深入;而阿尔多诺走得更远,他从现代音乐之边缘性和特异性中看出现代社会是如何遭到排斥的。在他看来,现代音乐抛弃了卢卡契视若法宝的"融合的幻想",其和谐乃是"不谐和的集合"。卢卡契所谓的主客之协调类似一种居中的综合,而阿尔多诺推崇的现代音乐则走相反的路子:异化;他认为音乐"通过与社会对抗而来的孤立来保留社会真实"(Said,1994:255-257)。我们可以看出,阿尔多诺对卢卡契的吸收主要是方法论上的,而卢卡契的一些具体观点常常成了他解构的对象,就连后者标志性的理论主张——以艺术、哲学和马克思主义整体性拯救资本主义社会中人的异化,从而拯救资本主义制度本身,也被阿尔多诺无情地拒斥,代之以音乐的不和谐所透露出的杂乱与绝望。

法农理论展开的背景多是法属非洲殖民地,其中又以阿尔及利亚为主。因此,他把卢卡契的主客体关系具体化为殖民者和被殖民者之间的关系。法农彰显殖民者和被殖民者的差异,使谬误与荒蛮愈加清晰,揭示出殖民主义最终覆灭的不可避免性。同时,他敏锐地意识到卢卡契的主客交融理论在此并不适用,因为殖民者和被殖民者——卢卡契意义上的殖民地主客体对立方不可能实现真正的融合。另外,法农强调卢卡契未曾注意到的民族性因素。卢卡契把主客分离看作欧洲内部事宜,而法农则把非洲的殖民者看作来自欧洲的入侵者,它无视殖民地本土的存在,因此势必导致民族主义的兴起。法农认为,走出殖民主义的有效方法是以暴易暴,这实际上是从二元对立逻辑而来的:被排除于体系之外的被殖民者只能以暴力手段为自己争得应有的权利。值得注意的是,法农称他对殖民地对立双方的思考同样适用于殖民地独立之后,称殖民者与被殖民者之间的紧张与冲突将在后殖民时期的不同阶级中得到体现。据此,法农郑重指出,在独立后的殖民地,民族意识若为民族资产阶级精英所把持,则昔日殖民统治有重新上演的危险;唯有政府还权于民,弱化统治,而不是自我膨胀,才有望实现真正的民主。法农由此告诫后殖民国家放弃殖民主义辩证法思想,不要以从欧洲宗主国那里得到的主权的摹本而自欺欺人(ibid.:259-264)。卢卡契来源于并意在指导革命实践的理论在戈德曼和威廉斯手中成了象牙塔里的游戏；而对于法农，卢卡契的理论被用于对殖民地革命实践的审视，而且它也的确对后殖民时期的世界政治格局起到了积极作用。

在《理论的旅行》中，赛义德提出所谓理论旅行的四个阶段：理论的起源；理论传播的距离；理论被接受或抵制的一系列条件；理论于新情境的本土化。这实际上概括了理论旅行的物质特性，如实践与空间，以及旅行途中无可回避的策略，包括顺应与抵制，他性与本土化，等等。我们认为，所谓理论的旅行，便是考察作为一种独特文化现象的理论于其运动过程中的一系列景观；理论家们通过理论这面镜子，透视理论在不同地理和时间方位上的变化，思考全球化时代时空被压缩、文化快速融合的大趋势下，知识分子对自己置身于其中的民族文化以及自己的文化身份前所未有的紧迫感，其结果便是本土化策略的凸显。赛义德对理论和批评意识的区分显得尤为重要：他认为理论永远不会完结，这要归结于批评意识，后者乃"一种空间感，一种定位理论的测定能力，这意味着对理论的把握，背景必然是理论产生于其中、在其中且为之而运作、并对其做出回应的地点与时间；随后，作为结果，第一个地点应可以和理论的应用所出现的后来的地点相比照"。批评意识须明了不同场景的区别，尤其要察觉对理论的抵制，赛义德甚至认为"批评家的工作便是提供对理论的抵制，使理论面向历史现实、面向社会、面向人的需要与兴趣开放"（Said，1983：241–242）。赛义德强调理论的旅行所必须经历的时间和空间感，以此使原本空洞而抽象的理论形态物质化、具象化，并据此观照理论所遭遇的抵制、变形、让步、本土化等一系列应对策略和实际的技术运作。

在《理论的旅行》和《理论的旅行再审视》中，赛义德充分顾及了理论旅行的历史背景和有关理论家的不同秉性，这些构成了理论变迁的物质和精神背景，即主客观原因。卢卡契作为一名理论家和活跃的革命者，其理论建构的背景是：苏维埃革命成功之后，在苏联逐渐加强对包括匈牙利在内的一些东欧国家的渗透之下，匈牙利革命者对此展开了如火如荼、不屈不挠的斗争。卢卡契虽然通过对古典哲学史的梳理来建构自己的理论，出于对现实的隐喻，他注重的是由自我言说的美学体系向权利和体制世界的转变。对此，他的来自异国他乡的后来者弟子未必有切肤的体认。戈德曼熟练而有效地运用了导师的方法论，但失去了后者理论中的反叛性，因为"二战"后的巴黎没有当年布达佩斯革命现实的需要。至于威廉斯，在经由戈德曼1970年在剑桥的两次讲座对卢卡契理论发生兴趣之前，他是位浸于剑桥传统的英语研究学者。于是，尚武好战的卢卡契的革命理论，在长于思辨的传统剑桥学者威廉斯那里，全然失去了战斗性，而成为纯粹书斋中的理论主张。阿尔多诺对资本主义制度的诊断是以学界对资本主义制度的全面而深入的反思为背景的。他和卢卡契一样深谙欧洲文化和黑格尔传统，只是两人对资本主义制度弊端的诊断上路径相异：卢卡契从古典哲学中寻找病原，而他是从现代音乐中寻求病根。至于法农，他的理论出现于 20 世纪中叶原欧洲殖民地纷纷独立之时。此时的阿尔及利亚和 1919 年的匈牙利何其相像！法农运用卢卡契的辩证法原理，建构自己的殖民主义辩证法思想。而且，法农完全抛弃了卢卡契理论的遮遮掩掩，大大强化了其革命性和煽动性。正如卢卡契当初对自己的理论所期待的那样，法农的理论事实上激励了无数志士，在非洲独立运动中扮演了重要角色。从这个意义上来说，称法农的理论为赤裸裸的、地道的政治和社会理论，也许并不为过。

赛义德所考察的卢卡契理论沿途的旅行情况，在他自己身上也在所难免地发生着。例如，他在《旅行的理论》中称，人们很可能按照流行的误读将从卢卡契到戈德曼的理论变迁说成是一种理论的误读。赛义德对所谓的误读一说显然不屑一顾，无论是对戈德曼从尼采等发展而来的语言本性说，还是布鲁姆发展自弗洛伊德心理学原理的心理机制解释；他认为视阅读为误读乃一种不负责任的行为，他对误读的判断是观念和理论从一种情景向另一种情境的历史性转移（Said，1983：236）。这是误读的理论旅行到他这里发生的一种变异，是他基于自己的"理论的旅行"学说而对众说纷纭的误读观作出的自己的理解。对"历史性"情景的强调，便是强调理论旅行的真实的时空背景。在对布鲁姆的看法上，赛义德对布鲁姆精心勾勒的心理机制丝毫不感兴趣，他不同意布鲁姆的精英文学观，并称并非所有的大作家或强力作家都是叛逆者，但他同意布鲁姆关于文学传统即权力关系于文学史中的体现的观点（Viswanathan，2001）。赛义德的这一姿态，是同他对文学一贯的政治解说一脉相承的，是《东方主义》和《文化与帝国主义》等著作中大力宣扬的文学话语乃政治权利的反应和延伸的又一体现。甚至《简·爱》这种公认的远离政治之作，在赛义德眼中也充满了浓重的政治关怀。赛义德曾说，写作《东方主义》时常想到威廉斯，尤其是后者的《乡村与城市》（Brennan，2000）。我们对此不会感到吃惊，而读到《东方主义》和《文化与帝国主义》这些后殖民研究作品时，我们强烈感受到《知识考古学》和《性史》中那福柯式的对知识所采取的档案式的谱系学梳理，和对体制而不只是对文本本身的，或者说透过文本所反映出的对体制的高度兴趣。按照赛义德的说法，东方主义兼有学术研究学科、思维方式和权利话语方式三方面的含义，而他在《东方主义》一书中主要把它用作西方操控、重构和君临东方的一种话语方式，他声称这是在沿用福柯《知识考古学》和《规约和惩罚》中的用法。赛义德在创建自己的理论体系时，在方法论上得自福柯的真传是显而易见的，虽然他对福柯的许多理论观点并不认同。

第三节　赛义德的多元身份与文化选择

赛义德或许是当今最著名、也是最有争议、受误解最多的知识分子。例如，《东方主义》在西方知识界的有些人眼中是反西方的，被民族主义者视为对伊斯兰教和阿拉伯人的系统的防卫，而东方主义者又视他为叛徒。事实上，赛义德一直反对民族主义，称这可能是沙文主义的前导，同时又小心翼翼地不与美国主流观点过于冲突。他的盛名，连同误解与争议一起，都源于他独特多元的文化身份，即他是具有阿拉伯背景的美国知识精英。在多次访谈中，赛义德坦承其批评方法与流亡经历不可分离，"如果你是流亡者——我感到自己在许多方面便是流亡者——你总是带着一种你丢在身后、又能记起的回忆，你把它和当前的经历相互比照"（Viswanathan，2001：99）。一个人的所作所为皆是其独特身份的自然体现，毕竟任何人都不能拔起头发让自己脱离地面。有鉴于此，赛义德在《流亡之反思》中对流亡者给予很高评价便不难理解："现代西方文化典律大部分是流放者、移民和难民的作品。美国的学术、知识和美学思想能有今天，是因为从法西斯主义、共产主义和其他压迫和驱逐异见人士的政权制度逃出来的流亡者的存在。"（Said，1990：357）同样，英国文学也因为有了乔伊斯和康拉德这样天才作家的加入而迸发出异样的光彩。

自始至终，赛义德都拥有复杂的多面性。他生于巴勒斯坦，由于父亲在开罗是位成功的商人，赛义德青少年时代多生活于开罗。父亲青年时代曾加入美国军队征战欧洲，于是赛义德生来便具有巴勒斯坦和美国公民身份。他虽身处埃及，却是那里的外来户，从家庭渊源和文化传承上看，他与英国更加贴近。他一度进入号称"中东的伊顿公学"的贵族学校，花在英国历史上的时间远超过阿拉伯历史；他因看不惯英国教师的傲慢跋扈而屡屡和他们发生冲突，后因不守纪律被开除。之后他赴美读寄宿学校，虽学业优异，却因莫须有的所谓道德问题未能入选优秀毕业生。宗教方面，他的父母皆为英国国教徒，是基督徒中的少数派，这在信奉伊斯兰教的阿拉伯人占压倒性多数的巴勒斯坦属于少数中的少数。赛义德对自己所属的特殊人群有过深刻的思考。在《流亡之反思》一文中，他对"流亡者""难民""自我放逐者"和"移民"作了细致的区分，对流亡者给予高度的同情和认同。他认为，流亡者多生活孤独，但有精神追求；他们生活舛错，却拒绝归属于某一身份，具有坚定的不妥协性。这固然与其超人的骨气有关，但另一方面，封闭和放逐久而久之又会使之产生一种自恋式的自虐情结，拒绝对现状进行任何改进。我们认为，对上述四者进行区分是十分必要的，因为一般而言，"自我放逐者"和"移民"是主动选择移居他乡，其举动主要是为着物质生活等实际考虑，他们希望积极融入新的社群和国家。反之，出走异域对"流亡者"和"难民"来说乃无奈之举，其中隐含了更多的精神、政治和美学的追求，他们对于新的生活圈子的感情是复杂的：奢望被接受而不得，于是索性放任自我，标榜独立特性之个性，疏离大众，隐忍超拔。

赛义德一直在美国名校求学和任教，他开始不希望卷入政治中去，只想做好学问。他自称1977年当选为巴勒斯坦国民大会的独立会员仅具有象征意义，因为他很少赴会，也不愿参与他们的活动。但巴以之间的连年战争逐渐将他拖了进去，他被视为巴勒斯坦非正式的发言人。对此，他公开称非己所愿，但他是公认的政治活跃分子，究其原因，我们认为，一方面是情势使然，另一方面就是他身体里流淌着的巴勒斯坦人的血液使他难以从事真正中立和远离政治的学术研究。赛义德数量众多的作品，且不说《巴勒斯坦问题》《剥夺的政治：巴勒斯坦争取自治的斗争，1969—1994》《和平及其不足：论中东和平进程中的巴勒斯坦》《报道伊斯兰：媒体与专家如何决定我们观看世界其他地方的方式》和《和平进程的完结：奥斯陆及其后》这样仅从标题一看便知明显具有政治诉求之作，即使是《东方主义》《文化与帝国主义》和《知识分子之表现》这样"文学"或"文化"类著作，也致力于透过文学文本的美学表象表现悠远的政治意蕴。[1] 赛义德的作品

---

[1] 作品分别为：*The Question of Palestine*, New York: Vintage Books, 1979. *The Politics of Dispossession: The Struggle for Palestinian Self-determination, 1969–1994*, New York: Vintage Books, 1994. *Peace and Its Discontents: Essays on Palestine in the Middle East Peace Process*, New York: Vintage Books, 1996. *Covering Islam: How the Media and the Experts Determine How We See the Rest of the World*, New York: Pantheon Books, 1981; Vintage Books, 1997. *The End of Peace Process: Oslo and After*, New York: Pantheon Books, 2000; Vintage Books, 2001. *Orientalism*, New York: Vintage Books, 1994. *Culture and Imperialism*, New York: Vintage Books, 1993. *Representations of the Intellectual*, New York: Vintage Books, 1996.

反映了使他左右为难的二元身份，以及由此而来的文化选择。身为文化精英的一员，与生俱来的"他者"身份依然使他处在被排斥的尴尬处境："我们可以从其他民族的模式里读出自己来，但既然不是我们自己的，[……]我们是作为其效果、勘误表和反叙述而出现。每当我们试图表述自己，我们便成为话语中的断层。"（Said，1986：140）作为被曾为流放者的以色列人流放的巴勒斯坦人，在流放者手中体现被连根拔起的感觉，该是何等的痛楚和羞辱！我们虽然不可能体会赛义德对此的体验，但我们可以去想象。

处于边缘的他者之所以受到抵制，是因为边缘与主流从来不是铁板一块，而是潜在地相互流动，今天的边缘也许就是明天的主流。一个具有强大生命力和包容性的文化应具有宽阔的弹性结构和强大的吸纳能力来吸引、消化随时进入的新兴元素，以不断地强化自己的适应能力。事实上，文化的惰性和保守性使之对外来元素时刻保持着高度的警惕，对已进入"中心"的"边缘"依然采取抵制和排斥的姿态。赛义德便是一个鲜活的例子。赛义德之成功在于他道破了皇帝的新衣的奥秘，将东方主义这一历史悠久，东方主义者早已习而不察且坦然处之的意识形态和话语方式大白于天下，让"中心"与"主流"大不自在。于是，即便以他显赫的地位也难免时常受制，这方面的例子众多，《巴勒斯坦问题》的出版过程大受周折便是其中之一。

虽然并非出于所愿，赛义德独特的身份客观上给了他某些便利，其中最重要的无疑是二元身份下的二元心态，即流亡者从独特的视角，体会别人无缘体验之处。这或许便是许多流亡者不愿与某一阵营或组织结盟的原因之一。然而，这样做的惨重代价便是被主流和正统敬而远之。他们的这种心态，未始不是欲挤进主流而不得，于是阿Q式地自我安慰。赛义德对此有着清醒的认识，他否认流亡是一种特权，而是视之为区别于操控现代生活的社群机构的另一选择，因为常常由于家庭背景等原因，流亡毕竟不是一个人甘愿作出的选择（Said，1990）。

第四节　赛义德作为文化流亡者的心路历程

定居与流亡是一对辩证的概念。定居是一种稳定而持久的状态，让人有归属感和归宿感，是人们所渴望的一种常态。与此相对，流亡则是一种不持续的断裂状态，让人感到无所归属、不知所终。就心理学的角度而言，正如人们渴望稳定一样，流动同样是很多人的心结，故有"流浪之冲动"

或"流浪癖"（wanderlust）之说。更何况"流水不腐，户枢不蠹"，流动是许多人保持鲜活的生命力和旺盛的创造力的一种有效手段。不无讽刺意味的是，居无定所这一"他山之石"有时会不由分说地质疑定居者习以为常的心理优势，冲击着后者长期形成的位置定势以及由此衍生的思维定式，使之对定居所怀有的优越感不再坦然接受。当然，作为一种生活状态的流亡非常人所向往，但对于别无选择、流亡于其为常态的人，流亡便是他们的家，是他们的生活方式和心态路程。他们寓于流亡、安于流亡，久而久之便渐渐地适应并习惯，甚至喜欢上了流亡，仿佛瘾君子嗜痂成癖，自我麻醉。他们别无选择地离家流浪，打破了家的樊篱，有了更多的选择和全新的体验。流亡进入了他们的生活和生命形态，成了他们的所思所想。在流亡者心目中，家甚至成了偶在的、世俗的、稍纵即逝的，唯有漂泊不定、浪迹天涯，才是不变的、永恒的归宿。这种异样的感受未始不是一种深刻的理解。

需要指出的是，尽管全球化之浪潮汹涌澎湃，但需要时常流动，且能够自如流动者毕竟属于少数，多数人一生仍禁锢在一个很小的生活圈子里，鲜能体验到异国他乡的精彩世界。而由于信息技术的飞速发展，互联网使人们于方寸之间便可感受到大千世界的纷纭变化。全球化的这种无所不在的巨大渗透性并不会直接导致流亡者的增加，但无疑会使人们产生新的体验和新的意识，继而产生新的批评主体。如同海德格尔对"在路上"的形而上的拷问一样，阿尔多诺也质疑栖居（dwelling）于当今时代的可能性，声称如今只有写作是可能的。阿尔多诺的姿态，同样是对栖居和居所的本体思考，而他之所以认可写作，多半是由于言语游移不定的本质，使得表达成了一种象征、一种努力过程和人们可寄望的一种依托。诚如赛义德所指，流亡者多属文化人士，他们在语言中寻找到了精神寄托，或者说，他们因为失去了居住的家园，于是便下意识中把随同语言的旅行作为对家园的不懈追索，尽管这种家园是流动的、跨越时空的、非物质的、象征性的。其实准确地说，这一过程并非旅行，因为大凡旅行，便要有明确的出发点和目的地，有旅行线路和预期目标。旅行中的一切都是可以预知的，旅行者大可因为胸有成竹而心安理得，不会有丝毫的不安和忧虑。旅行者旨在观赏风光增长见识，他们多抱有猎奇心理，居高临下地、批判地看待多少带有蛮荒色彩的异域风情。历史上，旅行早期的面目是地理探险和赤裸裸的资源掠夺，而到后来才是"文明"的商务开发，而旅行休闲则是物质财富丰赡后的精神层面的产物了。流亡者则是被迫远离家园，走向遥远的未知，他们失去的不仅是家园，而且更重要的是附着于家园之上的身份认同。流亡者的心态更像是语言的行程，是历险和流亡，归期不定，前途不明，路漫漫不知所终，让人惶惶然不可终日。

按照赛义德的说法，因为/幸亏流亡者除了思想外几乎一贫如洗，他们便多从事思想文化活动，为人类贡献自己的智能成果。他们或许从自己的身上看到了文化的迁徙，并对之给予高度的关注。他们认识到，"如果我们以旅行的观念再审视文化以及作为其科学的人类学，那么，文化一词的有机的、自然性的倾向——被视为具有根基、可以成长、拥有生命并死亡的生命体——便遭到质疑。构建的和有争议的史实性，迁移、干涉和互动的场所会更多地进入视野。"（Clifford，1992：101）在全球化消解了整体性而使流动性成为文化的压倒性特色的今天，理论的始源、发展、成熟和消亡往往发生在不同的时间与空间，"在路上"成了当今文化的一大趋势。理论在旅行过程中，为了争取在新的"据点"立足，会经历抵抗与排斥、折衷与融合等一系列微妙而复杂的过程，在不可避免的颠簸劳顿、委曲求全之后，原始面貌会有所变化甚至减损，但这是理论生态的常态，正如任何事物都必然会经历发展和变化一样。

《世俗的批评》一文中，赛义德论述奥尔巴赫时引用了后者曾经引用过的法国作家维克多·雨果的话："谁若发觉自己的家园温馨可爱，此君尚是稚嫩的初始者；谁如觉得每处土地都仿佛本土，他已然强大了；但只有视整个世界为异域者，才是完美无缺的。"（Said，1983：7）对二人胸怀世界的博大气度，赛义德显然高度认同。他认为奥尔巴赫的批评实践表明了移居异域不但不会阻碍理论家的批评活动，有时反而会产生正面的助益。例如，"二战"时的德国犹太知识分子奥尔巴赫蜗居伊斯坦布尔，远离欧洲学界和研究资源，却不经意间完成了文化语境疏离状态下的文化建构。而且，由于远离学术中心，反倒使其批评实践具有特别的价值和意义。透过赛义德对奥尔巴赫的高调评价，可以隐约传达出赛义德对自己的文化身份和批评实践的态度。他从有意识地回避政治关怀，专注于美学的领域，到对政治和社会给予同情的关切，并进而成为积极甚至激进的文化及政治批评家，其写作愈来愈强烈地反映出其文化断裂感，形成自传与批评行为的深刻交融，这一过程忠实地折射出赛义德心路历程的发展轨迹。

作为杰出的文化流亡者，赛义德通过对理论的旅行的论述深刻阐明了理论作为一种文化产品和文化现象的过程性。他对"理论的旅行"的持续关注，其实是把理论的旅行这种现象作为一种文化寓言或隐喻，曲折地反映出自己一生的漂泊不定和对此深刻的理论思考。导致流亡者四海为家的最大原因无外乎政治和意识形态的横行无碍，因此赛义德对理论的旅行中的这些因素给予特别的关注：他考察卢卡契的革命理论如何在其法、英、德国弟子中变形，由于时代背景和理论家的个人秉性的作用，这些理论有时转化为温和的学术观点，有时又成为激励革命斗争的锐利武器；他沉迷于康拉德、奥尔巴赫、纳巴科夫等流亡作家；他深谙福柯的权利与话语学说，对布鲁姆追溯诗歌中的权利话语甚以为是；他对葛兰西、乔姆斯基、法农等意识形态色彩强烈的理论家有着似乎先天的认同感……赛义德偏爱流亡文化人，是因为在他们身上看到了通过游弋滑动的语言对未知本体的执着追寻，在这一过程中，作为客体的语言逐渐消失，语言成为通行无碍的主体。这其实也是理论的旅行的轨迹，因为任何理论的建构首先都是语言的建构，理论的旅行即语言的旅行，或者，按以上论证，理论的流亡即语言的流亡。赛义德于此敏锐地看出流亡者与语言之间深刻的一致性，即游移不定与深刻的揭示性的悖论式的高度统一。我们认为，赛义德所有的文化活动，包括对"旅行的理论"的提出及对其"纠偏"式的完善，归根结底是寻求其作为文化流亡者的心路历程。此外，我们也注意到，理论的旅行整合理论之发生和衍变的全过程，这种对动态之过程性的高扬和对静态之终局性的抑制，吻合了后现代主义哲学观对现代主义之"高级"观念的瓦解。从这一理论上说，赛义德之关注理论于旅行途中的变迁，实在是寄予了自身的价值取向和意识形态关怀：途中加入的弱小声音可能相当程度上影响，有时甚至会左右该理论的整体面貌。赛义德从批评理论主流之外，坚韧地突破重重阻隔，由边缘之弱小者而渐成中心之莘莘大者，这是理论的旅行的放大版和理论的旅行之隐喻于现实中的兑现。

爱默生.1993.爱默生集——论文与讲演录.吉欧·波尔泰编.赵一凡等译.北京：生活·读书·新知三联书店.

贝蒂娜·克纳帕.1996.艾米莉·狄金森传.李恒春译.广州：花城出版社.

陈鼓应.1984.老子注释及评介.北京：中华书局.

狄金森.1984.狄金森诗选,江枫译.长沙：湖南人民出版社.

丁宏为.2001.海边的阅读——关于浪漫主义文学的一种构思,外国文学评论,（1）：9.

丁宏为.2003.模糊的境界——关于浪漫文思中的自然与心灵图谱.国外文学,（3）：19–24.

飞白.1989.世界名诗鉴赏辞典.桂林：漓江出版社.

飞白.1994.世界诗库.广州：花城出版社.

歌德.1985.歌德谈话录.朱光潜译.北京：人民文学出版社.

格奥尔格·G.伊格尔斯.2003.学术与诗歌之间的历史编撰：对海登·怀特历史编撰方法的反思.陈恒译.陈启能,倪为国主编.书写历史（第一辑）.上海：上海三联书店.

葛桂录.2000.华兹华斯在20世纪中国的接受史.淮阴师范学院学报（哲学社会科学版），（2）：48–52.

海登·怀特.2003a.后现代历史叙事学.陈永国等译.北京：中国社会科学出版社.

海登·怀特.2003b.旧事重提：历史编撰是艺术还是科学？.陈恒译.陈启能,倪为国主编.书写历史（第一辑）.上海：上海三联书店.

江枫.1991.雪莱诗选.长沙：湖南文艺出版社.

江枫.1992.狄金森抒情诗选.长沙：湖南文艺出版社.

江枫.2012.外国经典诗歌珍藏丛书·狄金森诗选（珍藏版）.长春：时代文艺出版社.

杰夫·特威切尔－沃斯.1998."灵魂的美妙夜晚来自帐篷中,泰山下"——

《比萨诗章》导读．伊兹拉·庞德著．黄运特译．庞德诗选·比萨诗章．桂林：漓江出版社．

康燕彬．2015．狄金森对佛教的吸收．外国文学评论，（2）：176-193．

林以亮．1989．美国诗选．北京：生活·读书·新知三联书店．

陆谷孙．1994．英汉大词典（缩印本）．上海：上海译文出版社．

罗选民，杨小滨．1998．超越批评的批评（下）——杰弗里·哈特曼教授访谈录．中国比较文学，（1）：105-117．

蒲龄恩，沈洁．2008．论翻译"艰难的"诗歌的艰难——中国石家庄"第一届全国英语诗歌研讨会"大会主题发言．星星月刊，（7）：100-108．

钱满素．1996．爱默生与中国：对个人主义的反思．北京：生活·读书·新知三联书店．

钱钟书．1996．林纾的翻译．钱钟书著．七缀集．上海：上海古籍出版社．

苏文菁．1999．重读经典：本世纪60—90年代英美华兹华斯研究．外国文学研究，（2）：109-114．

王柏华等．2017．栖居于可能性：艾米莉·狄金森诗歌读本．成都：四川文艺出版社．

王佐良．1991．英国浪漫主义诗歌史．北京：人民文学出版社．

王佐良等．1993．英国文学名篇选注．北京：商务印书馆．

维柯．1989．新科学（上）．朱光潜译．北京：商务印书馆．

沃特·惠特曼．1994．惠特曼诗歌精选．李视岐译．太原：北岳文艺出版社．

沃特·惠特曼，艾米莉·狄金森．1986．美国现代诗钞．江枫译．西宁：青海人民出版社．

伍蠡甫等．1995．西方文艺理论名著选编（中卷）．北京：北京大学出版社．

休·肯纳．1998．比萨诗章论述（选译）．伊兹拉·庞德著．黄运特译．庞德诗选·比萨诗章．桂林：漓江出版社，257-261．

杨柳桥．2007．庄子译注．上海：上海古籍出版社．

叶维廉．2002．道家美学与西方文化．北京：北京大学出版社．

伊兹拉·庞德．1998．庞德诗选·比萨诗章．黄运特译，桂林：漓江出版社．

詹姆士·罗伯逊．1992．美国神话美国现实．贾秀东等译．北京：中国社会科学出版社．

张隆溪.1998.道与逻各斯.成都：四川人民出版社.

张旭春.2003.没有丁登寺的丁登寺——英国浪漫主义研究中的新历史主义范式.国外文学，（2）：5.

张跃军.2001.异国情调与本土意识形态——威廉·卡洛斯·威廉斯与中国的对话.外国文学评论，（4）：32–39.

张跃军.2006.美国性情：威廉·卡洛斯·威廉斯的实用主义诗学.合肥：安徽文艺出版社.

张芸.狄金森诗钞.1986.成都：四川文艺出版社.

张智义.2005.保罗·德·曼的华兹华斯诗学研究.南京师范大学文学院学报，（1）：96–102.

赵毅衡.1998.儒者庞德——后期《诗章》中的中国.伊兹拉·庞德著.黄运特译.庞德诗选·比萨诗章.桂林：漓江出版社.

Abrams, M. H., et al.（Eds.）1986. *The Norton Anthology of English Literature* （Vol. 2）. New York & London: Norton.

Allen, D. M. & Tallman, W.（Eds.）1973. *The Poetics of the New American Poetry*. New York: Grove.

Armand, B. L. 1987. *Emily Dickinson and Her Culture: The Soul's Society*. Cambridge: Cambridge University Press.

Bate, W. 1978. *John Keats*. Cambridge: Harvard University Press.

Beja, M.（Ed.）1970. *Virginia Woolf: To the Lighthouse, A Casebook*. London: Macmillan.

Bhabha, H. 1994. *The Location of Culture*. London & New York: Routledge.

Bloom, H., et al.（Eds.）1999. *Deconstruction and Criticism*. New York: Continuum.

Brennan, T. 2000. The Illusion of a Future: Orientalism as Traveling Theory. *Critical Inquiry*, 26（3）: 558–590.

Brunner, E. J. 1991. *Poetry as Labor and Privilege*. Urbana & Chicago: University of Illinois Press.

Casillo, R. 1988. *The Genealogy of Demons*. Evanston: Northwestern University Press.

Clifford, J. 1992. Traveling Cultures. In L. Grossberg, et al. (Eds.) *Cultural Studies.* New York & London: Routledge.

Collins, W. 1999. *Webster's Dictionary of the English Language Unabridged Encyclopedic Edition.* New York: Publishers International Press.

Conrad, B. 1990. *Refiguring America: A Study of William Carlos Williams' in the American Grain.* Urbana & Chicago: University of Illinois Press.

Conrad, P. 1987. *The Everyman History of English Literature.* London: J. M. Dent & Sons.

Corpora, J. 1990. The New Totemism. *The Midwest Quaterly*, 32: 98–111.

Coupe, L. 2000. *The Green Studies Reader: From Romanticism to Ecocriticism.* New York: Routledge.

Davis, C. 1981. *W. S. Merwin.* Boston: Twayne.

Dewey, J. 1958. *Art as Experience.* New York: Capricorn.

Doyle, C. (Ed.) 1980. *William Carlos Williams: The Critical Heritage.* London: Routledge & Kegan Paul.

Doyle, C. (Ed.) 1982. *William Carlos Williams and the American Poem.* London: Macmillan.

Faas, E. 1979. *Towards a New American Poetics: Essays and Interviews.* Santa Babara: Black Sparrow Press.

Feinstein, E. 2001. *Ted Hughes: The Life of a Poet.* London: Weidenfield & Nicolson.

Fenollosa, E. 1968. *The Chinese Written Character As a Medium for Poetry.* San Francisco: City Lights Books.

Freind, B. 2000. Why Do You Want to Put Your Ideas in Order?: Rethinking the Politics of Ezra Pound. *Journal of Modern Literature*, 23 (3–4): 545–563.

Gable, E. & Handler, R. 2005. Horatio Alger and the Tourist's Quest for Authenticity, or, Optimism, Pessimism, and Middle-class American Personhood. *Anthropology and Humanism*, 30 (2): 124–132.

Game, J. 2008. Energize!—The K—Function, Or an Anti-freezing Speed. From Jacket2 website.

Ginter, A. 2002. Cultural Issues in Translation. *Studies About Languages*, 3: 27–31.

Goldmann, L. 2013. *The Hidden God: A Study of Tragic Vision in the "Pensees" of Pascal and the Tragedies of Racine.* (P. Thody, Trans.). London: Routledge & Kegan Paul.

Greenblatt, S. 2001. Racial Memory and Literary History. *PMLA*, 116 (1): 48–63.

Gray, J. 2005. *Mastery's End: Travel and Postwar American Poetry.* Georgia: University of Georgia Press.

Hartman, G. 1966. *The Unmediated Vision: An Interpretation of Wordsworth, Hopkins, Rilke, and Valery.* New York: Harcourt, Brace & World.

Hartman, G. 1971. *Wordsworth's Poetry: 1787—1814.* New Haven & London: Yale University Press.

Hartman, G. 1980. *Criticism in the Wilderness: The Study of Literature Today.* New Haven & London: Yale University Press.

Hartman, G. 1985. *Easy Pieces.* New York: Columbia University Press.

Heidegger, M. 1977. *Basic Writings.* New York: Harper & Row.

Hix, H. L. 1997. *Understanding W. S. Merwin.* Columbia: University of South Carolina Press.

Horton, R. W. & Herbert W. E. 1974. *Backgrounds of American Literary Thought.* Englewood Cliffs: Prentice-Hall.

Huang, G. 1997. *Whitmanism, Imagism, and Modernism in China and America.* Selinsgrove: Susquehanna University Press; London: Associated University Press.

Hughes, T. 1969. *Poetry in the Making.* London: Faber & Faber.

Jameson, F. 1979. Maxicism and Historicism. *New Literary History*, 11 (1): 41–73.

Johnson, T. H. 1955. *Emily Dickinson: An Interpretive Biography.* Boston: Harvard University Press.

Johnson, T. H. (Ed.) 1960. *The Complete Poems of Emily Dickinson.* Boston & Toronto: Little, Brown & Company.

Jung, C. G. 1960. *The Structure and Dynamics of the Psyche.* (R. F. C. Hull, Trans.). London & New York: Routledge & Kegan Paul.

Jung, C. G. 1999. *The Archetypes and the Collective Unconsciousness.* (R. F. C. Hull, Trans.). Beijing: China Social Sciences Publishing House.

Kaplan, C. 1996. *Questions of Travel: Postmodern Discourses of Displacement.* Durham & London: Duke University Press.

Keegan, P. (Ed.) 2003. *Ted Hughes: Collected Poems.* London: Faber & Faber.

Kenner, H. 1971. *The Pound Era.* Berkeley: University of California Press.

Kerouac, J. 1991. *On the Road.* New York: Penguin.

Merwin, W. S. 1967. *The Moving Target.* London: Rupert Hart-Davis.

Merwin, W. S. 1987. *Regions of Memory: Uncollected Prose 1949-1982.* Urbana & Chicago: University of Illinois Press.

Merwin, W. S. 2005a. *Migration: New & Selected Poems.* Port Townsend: Copper Canyon.

Merwin, W. S. 2005b. *The Ends of the Earth: Essays.* California: Shoemaker & Hoard.

Nabokov, V. 2000. *Lolita.* Beijing: Foreign Language Teaching and Research Press.

Nelson, C. 1987. The Resources of Failure: W. S. Merwin's Deconstructive Career. In C. Nelson & E. Folsom (Eds.), *W. S. Merwin: Essays on the Poetry.* Urbana & Chicago: University of Illinois Press.

Onions, C. T., Friedrichsen, G. W. S. & Burchfield, R. W. (Eds.) 1982. *The Oxford Dictionary of English Etymology.* Oxford: Oxford University Press.

Parini, J. 1993. *The Columbia History of American Poetry.* New York: Columbia University Press.

Perelman, B. 1994. *The Trouble with Genius: Reading Pound, Joyce, Stein, and Zukofsky.* Berkeley: University of California Press.

Perloff, M. 1987. Apocalypse Then: Merwin and the Sorrows of Literary History. In C. Nelson & E. Folsom (Eds.), *W. S. Merwin: Essays on the Poetry* (pp. 9–30). Urbana & Chicago: University of Illinois Press.

Pound, E. 1934. *ABC of Reading*. New York: New Directions Publishing.

Pound, E. 1973. *Selected Prose 1909—1965*. New York: New Directions Publishing.

Pound, E. 1993. *The Cantos of Ezra Pound*. New York: New Directions Publishing.

Rabaté, J.-M. 1986. *Language, Sexuality and Ideology in Ezra Pound's Cantos*. Albany: State University of New York Press.

Rabaté, J.-M. 2007. *1913: The Cradle of Modernism*. Malden: Blackwell.

Rees, R. A. & Earl, N. H.（Eds.）1971. *Fifteen American Authors Before 1900*. Madison: University of Wisconsin Press.

Richards, E.（Ed.）2013. *Emily Dickinson in Context*. Cambridge: Cambridge University Press.

Rubinstein, A. T. 1988. *American Literature Root and Flower*. Beijing: Foreign Language Teaching and Research Press.

Sagar, K. 2000. *The Laughter of Foxes: A Study of Ted Hughes*. Liverpool: Liverpool University Press.

Said, E. W. 1983. *The World, the Text and the Critic*. Cambridge: Harvard University Press.

Said, E. W. 1986. *After the Last Sky: Palestinian Lives*. New York: Pantheon.

Said, E. W. 1990. Reflections on Exile. In R. Ferguson, et al.（Eds.）, *Out There: Marginalization and Contemporary Cultures*（pp.357–366）. New York: The New Museum of Contemporary Art; Cambridge & London: The MIT Press.

Said, E. W. 1994. Travelling Theory Reconsidered. *Critical Reconstructions: The Relationship of Fiction and Life*（pp.251–265）. Stanford: Stanford University Press.

Said, E. W. 1999. *Out of Place: A Memoir*. New York: Vintage.

Scigaj, L. M. 1986. *The Poetry of Ted Hughes: Form and Imagination*. Iowa: University of Iowa Press.

Scigaj, L. M. 1991. *Ted Hughes*. Boston: Twayne.

Simpson, D. 2005. Romanticism, Criticism and Theory. In S. Curran（Ed.）,

The Cambridge Companion to British Romanticism（pp. 1–24）. Shanghai: Shanghai Foreign Education Press.

Skea, A. 1994. *Ted Hughes: The Poetic Quest*. New England: University of New England.

Stephanson, A. 1995. *Manifest Destiny: American Expansion and the Empire of Right*. New York: Gill & Wang.

Stevenson, A. 1985. *Bitter Fame: A Life of Sylvia Plath*. Boston: Houghton Mifflin.

Sutherland, K. 2000. The Trade in Bathos. From the Jacket website.

Sutherland, K. 2003. A Short Critique of Pacifism. From Circulars website.

Sutherland, K. 2005. Torture Lite. In O. Hong（Ed.）, *River Pearls*（pp.101–103）. Guangzhou: EPSI & Barque.

The English Association. *The Year's Work in English Studies*. Volume 80（2001）—Volume 88（2009）.

Thirlwall, J. C.（Ed.）1984. *Selected Letters of William Carlos Williams*. New York: New Directions.

Thompson, H. S. 1989. *Fear and Loathing in Las Vegas: A Savage Journey to the Heart of the American Dream*. New York: Vintage & Random House.

Viswanathan, G.（Ed.）2001. *Power, Politics, and Culture: Interviews with Edward W. Said*. New York: Vintage.

Whitman, W. 1990. *Leaves of Grass*. New York: Oxford University Press.

Williams, W. C. 1933. *In the American Grain*. New York: New Directions.

Willliams, W. C. 1969. *Selected Essays of William Carlos Williams*. New York: New Directions.

Yunker, S. K. 2003. *MAXnotes Literature Guides: Brave New World*. Washington, D. C.: Research & Education Association.

"Enlarge the Temple": An Interview with Charles Altieri

Abstract: Charles Altieri is at present Professor of English and Rachel Stageberg Anderson Chair at University of California, Berkeley, member of American Academy of Arts and Sciences. He is on the Editorial Board of *MLQ* and *Contemporary Literature,* and the Advisory Board of *Epoche* and *Comparative Literature Studies.* His articles could be found in various journals and collections. Among his books are *Enlarging the Temple: New Directions in American Poetry of the 1960's, Act and Quality: A Theory of Literary Meaning, Self and Sensibility in Contemporary American Poetry, Painterly Abstraction in Modernist American Poetry: The Contemporaneity of Modernism, Canons and Consequences, Subjective Agency: A Theory of First-Person Expressivity and Its Social Implications, Postmodernism Now: Essays on Contemporaneity in the Arts, The Particulars of Rapture: An Aesthetics of the Affects* and *The Art of Modern American Poetry.* This interview covers a wide range of topics concerning modern Anglo-American poetry, as well as literary and critical theories. Different issues in American poetry are discussed, such as the so-called "exile modernism" and "patriot modernism," its determinacy and indeterminacy mode, etc. A variety of topics including deconstruction, phenomenology, cultural studies and postmodernism are involved in the talk which also touches on the style of Prof. Altieri as an influential scholar and critic.

Key Words: modern poetry   theory   modernism   deconstruction

内容提要：阿尔提艾瑞为加州大学伯克利分校英文系教授，是现代诗歌和文学理论领域的著名学者。他著述甚丰，并长期担任一些重要学术杂志的编委和顾问。该访谈涉及现代英美诗歌以及文学理论与批评方面的诸多议题，如所谓"流亡的"和"爱国的"美国现代主义，美国诗歌的确定性和不确定性模式，以及解构主义、现象学、文学研究、后现代主义等广泛的话题。

关键词：现代诗歌   理论   现代主义   解构主义

Zhang Yuejun (hereinafter referred to as Z) : Let's start from a key figure in the development of modern poetry—T. S. Eliot. Eliot is known for his insisting on integrating the functions of tradition with individual talents. He turns to Europe like many American writers, since America is a country short of history and tradition and is therefore hardly an ideal place for the ambitious authors like Eliot. To the Modernists, however, this might not be necessarily a bad thing—America means the future. If the past fails to provide sufficient spiritual nutrition for the writers, they've got to look forward to the future. Many American authors going to Europe as expatriates there brought an important dimension of diversity which is actually one essential ingredient of modernism. On the other hand, there were still some writers striving and flourishing in America. I'm considering the native elements in modern American literature. I'd like to know your opinion about the American version of modernism concerning the local elements of things.

Charles Altieri (hereinafter referred to as A) : I guess the question comes partially from your work on Williams. But really on those matters there are two quite different modernisms. One is founded by exiles like Eliot and Pound, and for them America is the land of the future, a barbarian future, precisely because it did not have any traditions and because locality did not have to deal with universality. But on the other hand Gertrude Stein is the most extreme version of stressing how America simply is the future precisely because it is not burdened with the past of Europe and Asia. Williams has significant parallels with Stein, though he was less interested in a future without tradition than the local and its very different traditions from European high culture. Oddly Eliot later in his career also had a strong sense of the local; he considered the soil as the only place where the trees can grow. That's late Eliot, a religious Eliot. So I guess my answer will be there is more than one modernism in this regard, exile modernism and I don't know how to call the other one, patriot modernism or domestic modernism.

Z: It seems that at the beginning of the 20th century exile modernism prevails. Later on, the native version of modernism like Williams' became more and more popular; while Pound and Eliot declined Williams went up. Williams is generally considered as a loyal inheritor of the tradition initiated by Emerson and Whitman that would grow to be the 20th century American modernism.

A: You are probably right. But I am suspicious of going back to Emerson and Whitman because that erases some of the radical anti-humanism in many of the moderns, certainly including Williams.

Z: Some critics see American poetry as developing along two lines. You yourself maintained in the early years there are two modes of American poetry: immanentist and symbolic, which could be traced back to the English romantics and represented by Wordsworth and Coleridge respectively. They both underscore the subjective/objective dichotomy, while Wordsworth puts more stresses on attaining objective meaning and value, based on his understanding of the world as meaningful and well-ordered. Coleridge, on the other hand, stresses man's subjective activities to control the chaotic outside world. Majorie Perloff proposes another distinction, i.e., the symbolic and anti-symbolic or indeterminacy mode. In her understanding, poets of the symbolic mode try to transcend the varied phenomena to reach an abstract, comprehensive level; poets of the anti-symbolic or indeterminacy mode work to maintain openness and fragmentation of the text. In both cases, Eliot and Stevens are considered as belonging to the symbolic mode, while Pound and Williams to the anti-symbolic, internal or indeterminacy mode. I would like to know if you still hold the same opinion?

A: I still believe my argument and think it preferable to Perloff's because her argument depends on notions of indeterminacy that I do not think motivated major modernists. Anti-symbolists like Pound and Williams and Moore (and Stevens in some regards) still want readers to understand what they are building by juxtapositions and shifts in attention.

Z: Language also plays an active role in both the internal and external mode.

A: I think so. There is a sense in Stevens that "sounds" themselves take on meaning, but his poetry relies most for its power on syntax. Pound and Williams seem more interested in the work of the poet as a kind of physical labor, as in Williams' "Fine Work with Pitch and Copper."

Z: Could you please give a brief talk of the argument on the so-called Pound

/Stevens era initiated I suppose by Perloff? So far as I know, many scholars are involved in the argument, which is highly important because that actually constitutes two lines of the development of modernist poetry.

A: Perloff's argument as I remember is that Pound cultivates making it new so he refuses symbols and rhetoric in favor of seeking expressive force through actual relations established by the writing. Stevens is seen as bound to versions of symbolism and romanticism where signs stand for ideas and where lyricism depends on a kind of argument. I published somewhere an argument with this view, in an essay arguing with Douglas Mao.

Z: Another case concerning the poetic tradition: can I see Wordsworth's definition of poetry as "the overflow of powerful feelings recollected in tranquility" suggesting a compromise of romanticism and classicism? The "overflow of powerful feelings" is surely indication of romanticism while "recollected in tranquility" seems to indicate traces of classicism.

A: I think Wordsworth is only indirectly classical. He is aware that he is talking of art emotions, rather than life emotions, and the recollection I think is in fact just about art rather than life. Those two phrases are in different universes, but the universes are about life and art rather than romantic and classical. Since he had classical education, your reading is probably right.

Z: Now let's turn to theories and start with deconstruction which is nowadays quite out of fashion. In China it might be less so since in one sense the Chinese scholars are lagging behind what is going on.

A: Well, anywhere you study in a country which is not your own you're sort of behind. French scholars in America are sort of behind French studies in France.

Z: In their critical careers, the Yale "Gang of Four" seems to move from the process of romanticism to phenomenological criticism and then deconstruction that prepared the way for cultural studies. Do you think this order presents any coherence, I mean is there any historical or cultural necessity?

A: That is a very good question. There are different necessities. I want to distinguish between internal and external necessities: internal necessities because of properties of the ideas, and external ones since they involve responses to cultural pressures. Romanticism talks about the idealized relation of mind and nature, while phenomenology talks about how you can actually talk concretely about the various ways the mind is in nature. But phenomenology then creates two problems, one might say. While deconstruction addresses one, cultural studies address the other. Phenomenology has a notion that self-consciousness is the means by which one registers or discloses the world. But it can't avoid the possibility that what discloses the world also mediates and modifies it so that our fictions always get in the way of the world as it is. Phenomenology acknowledges mediation but does not honor sufficiently the recalcitrance of such mediations. There are two basic modes of that recalcitrance, I think. One is the ways in which presence and absence are sort of interwoven so that presence is always emerging against the background of absence. Then presence is haunted by what is not there, what cannot be there and what is desired to be there. These are aspects of presence that cultural studies argues are not sufficiently handled by phenomenological thinking.

Language also has many properties that resist the transparency of the present. Language selects from the present and it embodies sets of concerns that are not necessarily there in the present. That is why deconstruction argues that by stressing the internal properties of language it can resist any kind of present tense. Derrida has a very famous essay called "*Differance*" where the word "differance" can be spelled with either "a" or "e."

Z: That's a key word coined by Derrida and it plays a decisive role in deconstruction.

A: Yes. You can't hear the difference, but you can perceive the difference. There is something structural about this linguistic simplicity not available to phenomenological perception but only available to the study of the nature of the language. Language works but not in the way available to phenomenology's concern with how things appear rather than how they are structured.

Cultural studies comes from the fact that all of these philosophical positions act in a kind of historical vacuum and to many people that seems inadequate. They think you need to know what interests the various philosophers are serving, and you need to know what patterns of life shape their thinking, especially their understanding of the opposition creating their positions in the first place.

And insofar, as cultural studies has a philosophy, it begins from the theoretical examination of the lack of kind of historical awareness in the other models. There are other reasons for cultural studies as well but this is the philosophical one.

Z: I see that you are mainly developing your argument from necessity of the logical. Just now you mentioned language which is certainly a critical issue of modernism. Critics are intensely concerned with the way language functions in literature, since after the linguistic turn language itself instead of the text composed of language becomes the kernel of discussion.

A: Well, there is a book by Richard Rorty called *The Linguistic Turn* which talks about how various philosophers turn to language in the 20th century.

Z: Some Chinese scholars say we had modern views on language long time ago. There are two Chinese expressions on this point, one of which has it that the word cannot fully display the meaning and the other says the words fails to express itself. This seems to be fairly supportive to Derrida, for instance. However, it is considered highly ironical that one has to express oneself with words despite the inability of the words to express anything.

A: No, it is not that words fail to express anything. The claim is that words fail to express the specific intentions behind them.

Z: You mean ...

A: I mean in general if I want to say something, my words can obviously have other meanings for other people. Derrida says that is not just an accident but it is the nature of language itself.

Zhang: I see. I think on that point Derrida sees eye to eye with the Yale "Gang of Four", in the latter's argument of misreading and allegory of meanings, etc.

A: Yeah, absolutely.

Z: The figurative quality of language makes an imposing burden for the reader, in the sense that the reader has to cooperate with the writer in the generation of meanings.

A: Well, reader response is really not about the nature of language in relation to multiple meanings. Reader response is a particular way of claiming that meaning is primarily in individual response—which I think is dead wrong. It discounts any sense that pursuing an authorial intention is a way to break from the fixities of self and to see new possibilities for interpreting experience.

Z: Thanks for the clarification. Please allow me to go back to deconstruction. Some people tend to think that deconstruction does nothing but to deconstruct and to destroy.

A: Well, that's an issue inside the destruction itself. Derrida later in his life realized that unless you have something else to replace that which is destroyed then deconstruction cannot live very long as a model. There cannot be deconstructive assertions that something in the world is to be valued, but there are possible experiences of value by virtue of deconstruction. And the main one is if you can deconstruct the ego, the other becomes in some sense more available and your responsiveness of the other will be more fluent and open. So I think actually deconstruction turns to deconstructing ego and it then can claim ethical value and not just destructive values.

Z: Oh, it's not actually destructive but they're building things.

A: Well, you can build things by deconstructing some elements in them. But it makes sense if you can undo your confidence in your ego for various reasons—just recognize how much otherness is involved in your life—then you can actually respond to that instead of protecting against what threatens the ego. The ego fights all the others in order to keep identity.

Z: Cultural studies seem to be a mosaic or a melting pot, a combination of the past studies focusing on gender, ethical, political and ethical orientations. Do you have the same feeling?

A: I think mosaic is a better term than "melting pot." Melting pot is probably accurate, but people don't experience it that way. I mean they experience it as a set of choices that are possible for doing critical work. So individual people don't feel in a melting pot, they feel they select something from the pot.

Z: What's your prediction of the development of literary theories?

A: That's a good question. Well, you know, I think phenomenology is going to come back, more strongly. I think pragmatics is going to matter. There is going to be more serious studies using analytical philosophy, not literary "theory." But

I may be wrong about that, probably wrong, but I'd like to see that happen.

Z: I see your concerns. What's your understanding of cultural identity? In the increasing trend of globalization, features of some particular groups are dissolved when they try to merge into the mainstream by escaping from the marginal status.

A: There is a sense of loss, but I think some version of this merging is what most people want. We enjoy in the day working in the metropolis economy and at night feeling ourselves merging with a local sense of identity, but being cool enough to have various other kinds of friends. But then we have to admit that we can't go completely home again even though you sort of partially want to. So globalization is more powerful than people think it is.

Z: Yeah, but people may feel differently about issues like this. This is an issue intellectuals in the third world like from China are very much concerned with. They are quite worried about the possibility of losing their voices. I guess this is happening in America as well: people like Said, Baba and Spivak come from other backgrounds and they strive to merge into the mainstream.

A: They were never really in the third world and they've done powerful defenses of their differences from the mainstream. You know Said's father was a diplomat or something. He later in his life realized he could speak for the Palestinians as a political group, but couldn't really be their substantial speaker because he never had that kind of life. He wouldn't want to. America doesn't have those substantial traditional values the way China does, but they have traditional political values and people do worry a great deal about being faithful to those. If you've been formed in traditional values you probably will not lose them entirely if you enter into the global world? But it's true that if you are a child and have not learned at all, more often you'll passively accept things but we're talking about intellectuals who are mature in choosing their positions.

Z: You mean one doesn't have to worry so much.

A: I think that is right. There are a lot of ugly things about the contemporary world, but that ugliness is connected with much that is desirable and beneficial. Yet I do recognize how many young people in China seem to grow insensitive in their pursuit of material goods.

Z: Actually they're echoing or they're just imaging living in American way. People say that globalization or westernization is merely Americanization and America is behaving like the world cop.

A: Oh, I think it's true. America is not a sensitive country aware of what is going on in and to other cultures. And it is painful to me how many people are learning to like to play American.

Z: They say one way but act the other.

A: For example?

Z: For example, some people study in America and say they don't like it but they're actually enjoying and benefiting from it.

A: Oh, I see. That makes perfect sense.

Z: Globalization seems to be a partner of postmodernism. In an article "What Is Living and What Is Dead in American Postmodernism: Establishing the Contemporaneity of Some American Poetry", you said "postmodernism is now dead as a theoretical concept and, more important, as a way of developing cultural frameworks influencing how we shape theoretical concepts." Why do you think so? It seems that the postmodernism as you understand at least in this article is particular in its meanings, can you briefly explain it?

A: I hope I explained it in the article. Postmodernism for the most part wanted to combine a cultural constructivism where nothing was real in itself with a model of cultural critique that I think depends on addressing something like a shared reality. One needs more subtle ways of connecting what minds can do with social needs.

Z: Your writings exhibit coherent interests over modern and contemporary poetry. What are your consistent concerns in your study over the so many years?

A: My constant concerns have been (1) how poetry might engage philosophical concerns while working out means of addressing those issues that have a different kind of authority and demonstrability; and (2) with questions of how formal experiment provides a different kind of content but nonetheless a significance that cannot be exhausted by formal analysis.

Z: Harold Bloom maintains that his theory of "anxiety of influence" not only works on the writers but also on the critics, since he like many others sees criticism as a sort of creative writing. In the Bloomian sense, you must have felt the "anxiety of influence" from your precursor critics. What tradition(s) have you been fostering yourself in?

A: I don't feel anxiety of influence but hunger for influences I can respect. My work derives from new criticism with a twist given initially by phenomenological criticism. But I think my work is also shaped simply by trying to figure out why specific imaginative activities matter, and my influences there are mostly writers.

Z: Your works reflect particular attentions to the abstract qualities of poetry. What do you mean by "abstract qualities"? Do they go against the realistic or pragmatist ones?

A: Abstract qualities are those aspects of particulars that involve the form of their appearance and their ability to provide concreteness without submitting to empirical conditions of reference. A color is abstract in Mondrian because it does not refer to color in the world but serves as a building block establishing forces in relation within the painting that provide a real experience but as construction not as description.

Z: Maybe the abstract qualities, if there are in your writings, come partly from your intense engagement in philosophy. It is said that the affiliation of philosophy and literature in America is actually being resisted by scholars in philosophy, though welcome by those in literature, and is therefore still proposed rather than existing in reality. Hartman in *Deconstruction and Criticism* argues that since the German romantics and Coleridge, there has been a split of philosophy and literature. Do you agree?

A: It all depends on how you define philosophy. If philosophy involves proof or demonstration or the analysis of the applicability of concepts, literature and philosophy are quite separate. And this is how most American philosophers think. If philosophy's primary task is to affect how we live our lives by demonstrating the appeal of possible values and modes of thinking, then the two disciplines can be closely related. One might say that literature is the bypassing of argument to go straight to how the values of certain modes of action can be modeled and sometimes judged in practical terms.

Z: Do you argue for or against the view that theories and criticism are imaginative as traditional genres of literature (e.g., poetry, novel) and should enjoy the same status? One question about your writing: I find your words fairly vague and translucent, which are highly baffling and intriguing. I think you must have got a lot of complaints. What are your comments on that?

A: I think that theory has a place in the literary canon, as poetics perhaps, but it is still secondary to the works that it has to take as its objects.

And yes I do get a lot of complaints about my writing but I am doing the best I can. And if one is patient one can usually figure out what I am trying to say and how I am trying to support what I say. I regret asking readers for this patience but I have to accept my limitations.

Z: To me, theories are like anything organic and undergo evolutions. Some theories are perennial because of their vitality and validity in criticism, for instance, in the interpretation of literature. Though some theories once have their day but they fail to function the same way as they will inevitably fall behind the new critical modes.

A: You are quite right. Theories now in fashion will very likely encounter the same fate of being jilted. So one has to be aware of the logic of how theories develop.

Q: What values or functions could criticism have for the poets? I ask this question because some writers simply resist any influence from the critics.

A: This is a very good question. Minimally critics can make poets aware of the traditions that partially shape how they see the world. In the same vein, critics can help writers see with whom they are in competition and so can indicate what they might have to do to make a real difference within the literary climate. But most of all I like to make poets feel that they have an audience who is fully appreciative of their particular moves and their general ways of working out values for and in what they are doing.

Z: One more question. Nowadays in China because of the increasing trend of market orientation, university students are losing interests in the humanities and they are unlikely to attend relevant courses. What is the situation like in the

U.S.? Are the literary canons still cores of university curricula?

A: For the most part in the US literary canons are not the cores of university criteria. There is just a market place for competing values. And the tide may be turning in the U.S.. For twenty years at least the humanities have suffered but some students at least seem to be realizing that making money does not produce happiness or a mind that can satisfy itself with its own capacities for engaging different aspects of the world.

Z: The American poet Merwin writes in "Scale" the dictum "If you find you no longer believe/enlarge the temple." You entitled an early book "Enlarging the Temple" which is a study of the American Poetry of the 1960's. I'd like to name our conversation with the title, hoping to "enlarge the temple" of modern poetry as well as theory and criticism.

"拓展庙宇"：查尔斯·阿尔提艾瑞教授访谈

张跃军（以下简称"张"）：我们从现代诗歌史上的关键人物 T. S. 艾略特开始吧。艾略特融合传统与个人才能的文学主张在文学界颇具影响。美国历史不长、传统缺失，对于像艾略特一样雄心勃勃的美国作家而言，留在本国发展不够理想，于是他们选择移居欧洲。不过，在现代派作家看来，此举未必是坏事，因为美国意味着未来；作家如果无法从历史汲取精神滋养，只好展望未来。众多美国作家移民欧洲，使欧洲文学变得异彩纷呈，而这一点恰是现代主义的题中应有之义。与此同时，仍有一批美国作家坚守本土，推动美国本土文学走向繁荣。我考虑的是现代美国文学中的本土要素。关于地方因素和美国现代主义的关系，请不吝赐教。

阿尔提艾瑞（以下简称"阿"）：我想这个问题来自你对威廉·卡洛斯·威廉斯的研究吧。确有两种现代主义。其一是艾略特、庞德等"流亡"作家创立的，在他们眼里，美国没有传统，美国的本土性当中不含普遍性，因此美国属于"未来"之地，未开化的未来之地。与此同时，格特鲁德·斯泰因极端地强调美国意味着未来，因为它没有欧亚国家的文化负累。威廉斯的想法同斯泰因如出一辙，然而，其志趣并不在所谓没有传统的"未来"，而在于迥异于欧洲高雅文化的美国本土。奇怪的是，艾略特在后期也有强烈的本土意识，他认为土壤是树木生长的唯一依靠。这是晚期的艾略特，非常强调宗教等的作用。所以，我的回答是，现代主义不止一种，一种是"流亡的"现代主义，另一种不知该如何称呼，权且称之为"爱国的"或"本土的"现代主义。

张：20 世纪初，"流亡的"现代主义似乎占了上风。随后，以威廉斯为代表的美国本土现代主义日渐兴盛；庞德和艾略特渐渐失宠后，威廉斯声名鹊起。威廉斯通常被认为是爱默生和惠特曼式的诗学传统的忠实继承者，该传统将演变成 20 世纪的美国现代主义。

阿：你或许是对的。不过，回到爱默生和惠特曼式的传统值得怀疑，因为这样会抹杀包括威廉斯在内许多现代作家的激进的反人文主义立场。

张：一些批评人士认为，美国诗沿着两条路线发展。您早年也认为，美国诗有内倾型和象征型两种模式，分别可追溯至英国浪漫主义诗人华兹华斯和科勒律治。两人都强调主客二元对立，不过，华兹华斯认为世界具有意义和秩序，因此强调获取作品的客观意义与价值，科勒律治则强调人类掌控混乱外部世界的主观性。帕洛夫（Majorie Perloff）提出另一种区分法，她将美国诗歌的创作模式分为象征型和反象征型（或曰不确定型）。按照她的理解，象征型模式的诗人试图超越变化多端的表象，直抵抽象与综合的层面；反象征型或不确定型模式的诗人则力图维护文本的开放性与碎片化。遵循上述两种分类法，艾略特和斯蒂文斯都属于象征型模式，而庞德、威廉斯属于反象征型、内倾型或不确定型。您如今还这么看吗？

阿：我仍坚持我的看法，并且认为比帕洛夫的要好些，因为她的分类基于"不确定性"观念，而我并不认为主要的现代派作家受到了不确定性的启发。像庞德、威廉斯、摩尔（一定意义上还包括斯蒂文斯）这些反象征主义的诗人，依然希望读者理解他们通过并置法和视点转移法想达到什么目的。

张：不论是内隐型还是外显型创作模式，语言也总起到积极的作用。

阿：确实如此。读斯蒂文斯的诗，其声音仿佛自带意义，然而他的诗主要是靠句法产生力量。庞德和威廉斯似乎更关心将写诗当成一种体力劳动，如威廉斯的作品《沥青色与紫铜色渲染下的艺术品》（Fine Work with Pitch and Copper）所显示的。

张：能否请您简单谈谈对所谓"庞德－斯蒂文斯"时代之说的看法（这种说法我想是帕洛夫首先提出的）？据我了解，众多学者卷入了这场论争；其重要性不言而喻，它实际上探讨了现代主义诗歌的两种创作路径。

阿：我记得帕洛夫的观点是这样的：庞德提倡创作"日日新"，他拒绝使用象征和修辞，而是通过创作建立种种关系，以此增强作品的表现力；斯蒂文斯深受象征派和浪漫派的影响，主张以符号表示思想，用观点表达情思。我曾就此发表过一篇文章，同道格拉斯·毛（Douglas Mao）论辩。

张：再来聊一下诗学传统：华兹华斯关于诗歌的著名定义，"诗是强烈情感的自然流露。它起源于在平静中回忆起来的情感"（伍蠡甫等，1995：54）。我能否将此理解为浪漫主义对古典主义的某种妥协？"强烈情感的自然流露"无疑是浪漫主义的，但"平静中回忆起来的情感"似乎蕴含了古典主义色彩。

阿：我觉得华氏只是委婉地表达了古典主义理念。他明白他是在谈论艺术情感，而非生活情感；他所谓的"回味"实际上是指艺术回味而非生活回忆。艺术情感和生活情感属于不同的领域，是关于生活和艺术，而不是关于浪漫主义和古典主义。不过既然华氏接受过古典教育，你的理解也许没错。

张：接下来我们来谈一谈理论。先说解构，尽管它已不再时髦。在中国谈论解构，也许不算太过时，因为从某种意义上讲，中国学者的关注是滞后的。

阿：是这样，在任何国家研究其他国家的理论，都难免滞后。在美的法国学者一定意义上也滞后于法国研究。

张：纵观耶鲁"四人帮"的批评历程，他们好像是从浪漫主义转到了现象学，而后是解构主义，后者为文化研究铺平了道路。在您看来，这一批评轨迹有连贯性吗？我是指，这种转变是否有历史或文化的必然性？

阿：好问题！的确存在不同类型的必然性。我想区分的是内在必然性和外在必然性，前者基于思想特征，后者基于对文化压力的回应。浪漫主义讨论的是心灵和自然之间理想化的关系，而现象学则讨论心灵究竟以何方式存在于自然之中。现象学由此生发出的两个问题，解构主义和文化研究分别给予了回答。现象学有个基本理念，即人的自我意识是阐释或揭示这个世界的手段。不可否认，人在揭示世界的同时，也可能协调和改造世界，于是，虚构便应运而生。现象学承认协调世界的必要，但对于那些桀骜不驯的协调行为却持保留态度。这种桀骜不驯的协调有两种基本模式——"在场"（presence）和"不在场"（absence），它们一定程度上相互交织，"在场"的显现以"不在场"为背景；同时，"在场"受到不在场之物、应在场之物和希望在场之物的侵扰。文化研究以为，现象学批评未充分观照"在场"的这些方面。

语言自身的属性使人无法通透地把握当下。语言的选择源于当下，而语言却象征了未必存在于当下的关切，因而解构主义认为，通过强调语言的内在属性，可以抵御各种各样的"现在时"。德里达有篇文章非常著名，标题为 Differance（《延异》），其中的 e 也可作 a。

张：这是德里达创造的一个关键词，对于解构主义至关重要。

阿：是的，differance 和 difference 的差异听不出来，却可以感知。语言的朴素中有种结构性的东西，是现象学的感知无法窥测的，而通过考察语言本质，却可一目了然。现象学关切的是事物如何构建，而不是如何显现，这就是语言的运作方式。

文化研究产生于这一事实：现有的哲学立场好像是在历史真空中"施为"（act）；在很多人看来，这并不合适，他们认为需要了解哲学家服务于何种利益，生活方式如何影响其思维方式，尤其要首先了解对立的观点如何使哲学家建立其立场。时至今日，文化研究已经拥有自身的哲学，它开始从理论层面检视其他研究范式中历史意识的缺失。当然，文化研究的兴起还有其他原因，这个是哲学方面的原因。

张：我注意到，您的立论主要基于逻辑必然性。您刚才提到语言问题，它对于现代主义的确至关重要。批评家非常关心文学作品中语言如何发挥作用，因为自文学研究的"语言学转向"以来，语言本身（而非由语言建构的文本）成为文学批评的核心。

阿：不错，理查德·罗蒂（Richard Rorty）有本书叫《语言学转向》（*The Linguistic Turn*），谈到 20 世纪的哲学家如何将视线转向语言领域。

张：有中国学者指出，中国很久以前就有了现代语言观。这种语言观有两种表述：其一为"言不尽意"；其二为"词不达意"。这很好地佐证了德里达等人的观点。然而，讽刺的是，尽管词不达意，我们还要用语言表达思想情感。

阿：不是词不达意，而是说语言无法表达其背后隐藏的具体意图。

张：您的意思是……

阿：我是指，笼统说来，假如我有话要说，我的话对别人显然可能有其他的意思。德里达说，这不是意外，而是语言的本质属性。

张：明白。在这点上，德里达和耶鲁"四人帮"可谓英雄所见略同，后者认为语言存在着误读，具有寓意。

阿：是的，非常正确。

张：语言的修辞属性对读者造成很大的负担；读者在意义的产生过程中不得不配合作者。

阿：读者反应理论谈论语言的多义性，实际上不涉及语言的本质。读者反应理论以独特的方式声明，意义存在于读者的个体反应，我觉得这一点大错特错。它实际上否定任何类似的观点：认为追寻作者意图是挣脱自我僵化、获取新的阅读体验的一种途径。

张：多谢澄清。请允许我回到解构主义的话题：一些人认为，解构只是一味地拆解和破坏。

阿：哦，这是拆解自身的问题。德里达晚年意识到，除非有别的什么取代被摧毁的东西，解构无法作为一种模式长久存在。解构主义不会声称在这世上要珍视何物，但解构思维却可能让我们体验其价值。我们要珍视的一点是：如能解构自我，从某种意义上说，更能得到他者，对他者的回应也将更加自如和坦率。因此，我认为，解构主义转向了自我解构，因而具有伦理价值，而不是仅具有破坏性。

张：不错，解构事实上不是破坏，而是在建构。

阿：是的，你可以通过解构事物的某些要素来实现对它们的建构。可是，只有当你因种种原因对自己不再有信心（只需想一想，生命中有太多的身外之物），你才会对外界有所回应，而不再一门心思地保护自我免受威胁。自我抵制"他者"，是为了维系"自我"的身份。

张：文化研究就像一块马赛克或一个大熔炉，它汇集了过去关注性别、伦理、政治和族裔等的研究。您是否也有同感？

阿：我想马赛克这个词比熔炉要好。熔炉或许是准确的，不过人们的感觉不是这样。我是说，人们觉得熔炉意味着一系列选项，有了这些选项，批评工作方能进行下去。因此，人们并不觉得身处熔炉之中，倒是觉得自己是在"炉中取物"。

张：您对文学理论的发展有何预期？

阿：好问题！我想现象学会回归文学研究，并且以更猛烈的方式。此外，语用学也将发挥作用。会有人用分析哲学而非文学"理论"开展更为严肃的研究。我的预测也可能不对，不过我期待如此。

张：明白您的意思。您如何理解文化身份？随着全球化不断加剧，某些群体为了摆脱边缘状态而设法融入主流文化，结果丧失了自身特色。

阿：失落感会有的，不过，以某种方式融入主流文化却是大部分人的期盼。白天，我们在大都会的经济中享受工作乐趣，晚上回家后，转换成地方身份，可以结识各式各样的朋友，感觉挺酷的。但是，不得不承认，尽管心向往之，我们再也无法全身心"回家"了。所以说，全球化的力量超出了人们的想象。

张：是的，但人们对类似的话题感受不同。第三世界（例如中国）的知识分子对文化身份特别关注，他们担心失去自己的声音。我想，在美国情况也一样：赛义德、霍米·巴巴、斯皮瓦克都来自非美国的文化背景，他们努力融入美国的主流文化。

阿：他们从来不是真正来自第三世界，关于与美国主流文化的区别，他们作了有力辩护。赛义德的父亲做过外交家一类的职业。赛义德晚年意识到，虽说可以为巴勒斯坦政治群体进言，但无法成为他们真正的代言人，因为他从未有过相关生活体验，所以他并不愿意为他们代言。美国不像中国那样有真正的传统价值观念，但美国有传统政治价值理念，他们对此忠贞不渝同时也深感忧虑。如果你在某种传统价值观的熏陶下长大，即便走向了世界，你也不大可能完全失去原有的价值观。当然，一无所获的孩子将被动地接受一切。我们讨论的是思想成熟、知道该如何选择立场的知识分子。

张：您的意思是，不必过于担忧吧。

阿：我想是的。当今世界存在很多的丑陋现象，这关乎人的欲望和利益。但是我发现，如今，中国的一些年轻人只是关心对于物质财富的追求。

张：事实上，他们在模仿或只是想象美国的生活方式。人们常说，全球化或"西化"相当于美国化，美国简直成了"世界警察"。

阿：是，我想没错。美国对于其他文化现状及其变化不够敏感。很多人热衷学着仿效美国做派，我很痛心。

张：他们心口不一。

阿：比如说？

张：比如说，一些人在美国求学，口头上说不喜欢美国，实际上挺享受，并且从中获益。

阿：哦，我明白了。这个很能说明问题。

张：全球化似乎和后现代主义相伴相随。您在《美国后现代主义的存亡：建构美国诗歌的当下性》（What Is Living and What Is Dead in American Postmodernism: Establishing the Contemporaneity of Some American Poetry）一文中指出，"作为一种理论概念，更重要的是，作为一种促成其他概念生成的文化模式，后现代主义已经寿终正寝。"您为何有此番感慨？至少从此文来看，您对后现代主义有着独到的理解，能否请您简要解释一下"后现代主义"？

阿：我应该在文章中解释过了。后现代主义的使命主要在于将"务虚"的文化建构主义和关注大众现实的文化批判模式进行整合。我们需要更微妙的方式使思想与社会需求发生关联。

张：您在现当代诗歌研究领域成果丰赡，哪些方面是您一贯关注的？

阿：我一直以来的关切是：其一，诗歌如何介入哲学命题，同时探索出一些表现方式，以呈现这些具有别样权威与表现力的话题；其二，形式实验如何赋予诗歌不同的内涵，而其意义又不会因形式分析而耗尽。

张：哈罗德·布鲁姆以为，他的"影响的焦虑"理论不仅适用于作家，也适用于批评家。和很多批评家一样，布鲁姆将批评视为一种创造性写作。面对诸多前辈批评家，您是否感觉到布鲁姆式的"影响的焦虑"？您受何传统的影响？

阿：我没感受到影响的焦虑，倒是期盼受到所尊崇的前辈批评家的影响。我的研究以新批评为起点，随后在现象学批评影响下有过转向。我试图探究具体的想象活动如何发挥作用，这也影响了我的研究；我主要是受作家的影响。

张：您曾经论述过关于诗的抽象品质。何为"抽象品质"？是和"现实品质"或"实用品质"相对而言吗？

阿：抽象品质，指细节的某些特征，包括其外在形式，以及不诉诸经验主义的指涉而提供事物具体性的能力。荷兰画家蒙德里安（Piet Mondrian, 1871—1944）作品中的某种颜色是抽象的，因其不指向现实世界中的色彩，而是充当一种基础成分，在画中依照相互关系建立起内在力量，带给观赏者一种建构（而非描述）的真实体验。

张：您在著作中谈及的诗的"抽象品质"或许部分源自您对哲学的密切关注。据说，哲学和文学的联姻在美国仅仅是一种设想，而非事实；因其虽然受到文学学者欢迎，却遭到了哲学学者的抵制。在《解构与批评》一书中，哈特曼（Geoffrey Hartman）指出，自德国浪漫派、英国的科勒律治以来，哲学和文学开始出现分野，您认同吗？

阿：这要看如何定义哲学了。如果说哲学包含概念适用性的证明、示意或分析，那么文学和哲学的区别挺大，这也是大部分美国哲学家的观点。如果说哲学的首要任务是通过展示可能的价值观与思维方式的魅力来影响生活，两个学科便是密切相关的了。有人或许认为，文学是越过论证，直接得出结论：某些行为模式的价值可以效仿，有时还能以实用的标准加以判断。

张：有人认为，文学理论与批评和传统文学体裁（如诗歌、小说）一样具有想象性，应享有和后者同等的地位。对此，您是赞成还是反对？有个问题牵涉到您的著述：我发现您的行文晦涩艰深，玄之又玄，让人非常困惑。您应该听到不少抱怨吧。对此，您有何看法？

阿：我认为，理论在文学经典中有一席之地，或许以诗学的方式存在；但是，和其所讨论的对象相比，理论只能位居其次了。

我的确听到过一些关于我的作品的抱怨，我已尽力而为。如果读者耐心些，通常能明白我的观点，以及我的论证方式。很抱歉我要请读者多些耐心，但我也得接受自己的不足。

张：在我看来，理论是有机的，经历着不断的进化。一些理论流传恒久，因其在文学批评和文本阐释中显示了足够的活力和适用性。有些理论一度兴旺，但如果逊色于新的批评模式，就将风光不再。

阿：说得很好。目前流行的理论很可能面临被淘汰的结局。因此，必须明了理论自身的发展逻辑。

张：对诗人来说，理论有什么价值或功能呢？我提这个问题，是因为有些作家执意抗拒来自批评家的影响。

阿：好问题。至少，批评家能让诗人意识到自己观察世界的方式部分源自传统的影响。同样，批评家帮助作家了解竞争对手，懂得在特定文学环境下如何写作才能与众不同。我最希望的是，让诗人感受到读者高度欣赏他们的一举一动，以及他们为自己的事业赋予价值的方式。

张：最后一个问题。今日中国，随着市场化潮流的兴起，大学生逐渐丧失了对人文学科的兴趣，也不愿选修相关课程。美国情况如何？文学经典还是大纲中的核心课程吗？

阿：在美国大部分高校里，文学经典并非核心课程。课程价值的高低，由市场（竞争）说了算。现在，潮流可能变了，至少这二十年间，人文学科苦不堪言。不过，至少有些学生意识到，赚钱无法带给他们幸福感，或者说，无法满足他们那颗能够接纳大千世界的心。

张：美国诗人默温（W. S. Mervin）的《等级》（Scale）一诗中有句名言："若你发现自己不再信任／就扩展庙宇。"您早年有本研究 60 年代美国诗歌的书，取名为"拓展庙宇"。今天对您的访谈，我也名之为"拓展庙宇"，希望它有助于拓展现代诗歌和文学批评的"庙宇"。

（唐毅翻译，张跃军审校）

Modernism, Literature and Theory:
An Interview with Jean-Michel Rabaté

Abstract: Jean-Michel Rabaté, Professor of English and Comparative Literature and the Vartan Gregorian Professor in the Humanities at the University of Pennsylvania, Fellow of the American Academy of Arts and Sciences; one of the founders and curators of Slought Foundation in Philadelphia(slouhgt.org); president of the American Samuel Beckett Studies association. He has authored or edited numerous books on modernism, psychoanalysis, contemporary art, philosophy, and writers like Beckett, Pound and Joyce. In the spring semester of 2012, Dr. Zhang Yuejun, as Fulbright Research Scholar in the University of Pennsylvania, conducted interviews with Prof. Rabaté which cover a variety of fields, addressing issues such as nationalism in modernism, Chinese literary modernism and its relationship with its western counterpart, modernism's division of subjectivity and Cultural Studies of literature, as well as theories of the New Criticism, psychoanalysis and feminism, etc.

Key Words: Jean-Michel Rabaté *1913: The Cradle of Modernism* modernism literature theory

内容摘要：让－米歇尔·拉巴特为宾夕法尼亚大学英语与比较文学教授，美国艺术与科学研究院院士，美国贝克特研究会会长。他著述甚丰，涉及现代主义、心理分析、当代艺术、哲学，以及贝克特、庞德及乔伊斯等作家研究。2012 年春季学期，应《外国文学研究》编辑部之邀，以富布赖特研究学者身份在宾夕法尼亚大学访学的张跃军教授以面谈和电子邮件的形式对拉巴特教授进行了多次访谈。访谈前半部分以拉巴特教授即将以中译本面世的《1913 年：现代主义的摇篮》一书为基础，后半部分涉及多方面议题；访谈内容广泛，包括现代主义中的民族主义、中国文学现代主义及其与西方文学现代主义的关系、现代主义的主体分裂、文学的文化研究，以及新批评、心理分析和女性主义等多方面话题。

关键词：让－米歇尔·拉巴特 《1913 年：现代主义的摇篮》 现代主义 文学 理论

Zhang: Your book *1913: The Cradle of Modernism* will have a Chinese version late this year, as part of a project to introduce members of the American Academy of Arts and Sciences to the Chinese academia, sponsored by China's national publication fund. I'd like to start my questions with this book. I am (as I guess readers are generally) firstly interested and curious in the year 1913 and its relation with modernism: Why 1913 as "inception of our modern period of globalization" (1)? Certainly 1910s are important dates of modernism (I'm thinking of the publication of *Poetry* as initiation of modern poetry), while on the other hand modernism has often been traced back to much earlier; for example, it is sometimes associated with British industrialization, and *Norton Anthology of Modern Poetry* begins with Whitman and Dickinson. In the book you also mention that modernist globalization is not so much a product of late capitalism but as a development of European and American imperialisms in the end of the nineteenth century. (14) Does this mean we have different modernisms, despite modernism being Janus-faced and connecting tradition and modernity?

Rabaté: We do have different modernisms, the only pattern that is universal is modernity, by which I mean capitalistic and technological development of a globalized world open to all as a market of goods and ideas. There is a different modernism for the Spanish speaking world for instance, and there is a different modernism for China.

Zhang: Yes, I agree with you in that modernisms vary with locations. Probably relevant to this, more than once in the book you discuss the role of nationalism in modernism; e.g. you quote Morton Fullerton by saying that the re-awakening of nationalism is to deal with the leveling tendencies of global capitalism. (13) To me this seems to echo concerns of postcolonialism, such as globalization's destructive effect on traditional culture. However, the other side of the coin is the risk of far-fetching of nationalism and populism. Is a balance possible between the two and how to achieve it?

Rabaté: Anglo-saxon modernism has chosen the path of internationalism, and first saw nationalism as a hindrance. Look at the differences between Pound and Yeats on that topic, for instance. Yeats was a nationalist as well as a modernist, which sets important limits to his self-modernization, whereas

Pound wanted a continuum in which China (Confucius) and Homer or Sapho would be taken as equal points of reference.

Zhang: I'm about to enter into Pound. As shown in Chapter 5, Pound as "impresario of the avant-garde" (62) borrowed nutrition from various sources: Japanese and Chinese, Indian, as well as African cultural traditions. The Chinese writer Lu Xun has a famous saying which goes that "The more the nation, the more the world," addressing relation between the regional and the worldly. The book *1913*, in my understanding, reflects the influence of the Annales School. Do you think there is something national in the study of literature?

Rabaté: Lu Xun was right, and this is what Joyce repeated about Dublin: if you show the heart of a city, you will show all cities to the whole world... There is a good and a bad nationalism, in other words: good nationalism tends toward universalism, and this is what I see in many Chinese authors.

Zhang: It is certainly true. Whereas my concern here is how modernist Chinese writers were influenced by the western modernism(s): e.g. how Guo Moruo and Ai Qing were influenced by the American authors like Whitman and Pound, and how Dai Wangshu, Bian Zhilin and Xu Zhimo were inspired by the French symbolists. I notice a study by a Chinese American scholar Guiyou Huang, who in *Whitmanism, Imagism, and Modernism in China and America* traces the trajectories. He maintains that Whitmanism pushed Chinese literature toward the vernacular, while nutrition of Chinese classical poetry helped Pound to form imagism which in a way initiated modern American poetry (17–20).

Talking about literary modernism, Pound is an inevitable figure. Your monograph published in 1986, *Language, Sexuality and Ideology in Ezra Pound's Cantos*, particularly interests me in its discussion of Pound and China (see Chapter 2, "Ideogram and Ideology," 76–105). Chinese elements now seem more commonplace in America. I don't know if you have ever kept an eye on the ethnic writings in America today, besides the French literature?

Rabaté: I have partly due to my friendship with Steve Yao, but can't say that I am competent there.

Zhang: Steve has made strong arguments about Pound's influences from and on China. I met him recently at a conference in the Kelly Writers House in Penn and we had pleasant talks. His *Foreign Accents* is an excellent book on Chinese American verse and was lately awarded a national prize. Let's still keep on Pound, but go a little different direction: you mention that Pound was impatient with Tagore and thought the latter's winning the Nobel Prize of Literature was the result of Swedish academy's balancing between European writers. Because of his belief in Hinduism Tagore could not become a modernist; he criticized Eliot and Pound. Meanwhile the modernist masters like Yeats, Pound and Eliot were generally negative in their attitudes towards Tagore (126). Does this show that Tagore's oriental culture is after all heterogeneous to modernism which is basically western and has little connection with the east?

Rabaté: This is a complex debate, and I am not sure that I have summarized it well. The issue of Tagore's faith is delicate, he was not exactly a Hinduist. He was a Brahmoist first and then invented a syncretic religion of humanity; he was as opposed to Hindu nationalism as to Bengali nationalism (even though he provided both national anthems). A *JML* article by a former student of mine, Poulomi Saha, shows that Tagore can be thought of as a modernist in the Indian context. Indeed, Tagore criticized certain aspects of international modernism, but was seen in India as having had a modernizing influence. He was no doubt shocked by Pound's verbal experimentation, but one can add that there was more to modernism than linguistic experimentalism.

Zhang: Thanks for clarification. The next question is still about modernism: you display (52–53) the conflict of two modernisms in France, represented by Romains and Apollinaire respectively: the former "was geared toward a common humanity", while the latter involved symbolism and mediums of art. I see this as a reflection of the conflicting forces not only in modernism. Van Wyck Brooks' *America's Coming of Age*, for instance, points out the two forces that parallel but never cross, the high and the brow, which work together to form the American spirit. As if concerned with this, starting from "double consciousness," Du Bois' famous concept of a divided self, Chapter 6 sets out its discussion of the split qualities of modernism, and maintains that "the modern spirit appears as vivisective" (141). It seems to me that the "twoness" or division of subjectivity is rather general, in modernist as well as postmodernist subjectivities. I am reminded, I hope this is relevant, of the "divided self" in some postmodern theorists: Said, Bhabha and Spivak, for example, enjoy the privilege of the mainstream while taking advantage of their marginalities given by their personal identities in the first place. There is anxiety over a possible conspiracy between them and the mainstream academia. I'd like to have your input on this.

Rabaté: Since I am close to Lacan, I do believe that all subjectivities are divided—we are never exactly who we think we are... but certain situations of oppression (as say the plight of the Blacks in the US at the turn of the century) force this unpalatable truth with more urgency. As to the way some scholars may play on their marginal status while being fully funded by institutions, this is a constitutive problem that would include many "radical" artists who want to criticize the systems that feed them (and some say that have enchained them). My simple answer is that there is no position of radical Otherness any longer: one is condemned to compromises.

Zhang: This is inspiring. But please allow me to turn to another topic. As "an epic overview of early modernism" (Lawrence Rainey's words, on end cover), 1913 surveys a variety of fields, such as music, painting, architecture, technology, science, philosophy, mathematics, sexuality, and literature of course. Their interactions were increasingly tense around 1913. The imagist poetry shows heavy "painterly abstractions," to quote Charles Altieri. You notice that Duchamp was at that time already anti-esthetic, as with his urinal artwork (42). Was this anti-esthetic feature also in literature then, and how popular was it? Is language's self-reference an anti-esthetic feature?

Rabaté: Duchamp was clearly in advance of his times, and his radical questioning of the divide between art and non-art had few equivalents in 1913. Dadaism followed this trend in 1917 only, while the war was going on. How could he be so critical facing traditional art, which included painting, music and literature? Simply because he saw quite early that a plane propeller was as "beautiful" as a marble bust of a nude woman... Hence a woman walking down stairs in the nude could be rendered as a series of rods, pistons and machinic assemblages. A similar revolution was taking place in music, but predicated on different questions—the issue was the link between musical theory and practice and, on the one hand, archaic forms of popular music (hence the famously "barbaric" rhythms of Stravinsky's Rite of Spring) and, on the other hand, a questioning of the accepted evidence that harmony was all we knew. Once harmony was perceived as culture-bound, it stood in the way of the freedom of artists to invent their own rules, and Schoenberg began rejecting harmony in the 1910s. It is true that literature was lagging behind—with one exception: Gertrude Stein, who was able to synthesize pictorial values in her cubistic "portraits" and the new musical freedom in the long rhapsodies of *The Making of Americans*.

Zhang: Stein is no doubt a central figure in literary modernism, yet it's a pity that we cannot talk more on her now. Chapter 3 begins with the opening of Robert Musil's novel *The Man Without Qualities*, the second section of the chapter firstly offers a discussion of the change of dress appearing in the *Times*; they both lead to a discussion of the changes in society. Can I see this as examples of material production of literature, or cultural studies of literature?

Rabaté: I agree with you. Since I teach in the U.S., I am aware that historical knowledge is one main element that is lacking in the education of brilliant undergraduates. I am not a historian either, neither am I a "new historicist," yet I find that I spend a lot of my time explaining a period's realia, that is detailed pictures of historical contexts and backgrounds. I have taught a whole class on fashion, and have decided that fashion is the easiest example of cultural artifact to convince students of their own historicity, as well as of the historicity of culture. It is important to know what the maximum speed of a car was in 1913, or to know that taking an elevator in New York was a much more risky business then than today (there were many accidents with these new machines.)

Zhang: Interesting! I guess only in this way can we expect to obtain a sympathetic understanding (I cannot say correct understanding, in the Bloomian sense) in reading literature. Now I want to turn to one of your favorite fields—psychoanalysis. It is crowned as the greatest discovery of the twentieth century and also detested as the greatest scandal of the same time. In *1913* you mention Husserl's dislike of psychology, by claiming phenomenology instead of psychology as basis of sciences (93), and his student Heidegger trying to prove its irrelevance of logic with psychology, while Mach the scientist and philosopher claimed psychology to be part of phenomenology. As an influential scholar in psychoanalysis studies, what are your opinions?

Rabaté: Psychoanalysis is controversial in the U.S. for two reasons: It insists on sexuality as key to any understanding of subjectivity, and it is deeply anti-religious. These two factors have always antagonized audiences in the U.S. On the other hand, many disciples of Freud, Lacan or Jung have tried to reestablish their own sect, mostly because they saw this as a ploy to reach a larger success. As for Heidegger, he had great respect for psychoanalysis, as one sees in the Zollikon seminars.

Zhang: This helps a lot! Let's go to something comparative, again. In the section "New Foundations in Philosophy and Esthetics", you talk about George Santayana's leaving the U.S. for good to write in Europe, as he felt bad in Harvard owing to his mixture of "sensualism, skepticism, and crypto-Catholicism" (90). In the first half of the last century, American authors such as Eliot, Pound, Stein and William James left their motherland to write in Europe, while Auden went the other way round and began his American period. How can we understand this seemingly contradictory literary phenomenon?

Rabaté: I would have left America myself if I had lived there in 1920! Not only because of the beginning of prohibition, but also because its culture was still amazingly provincial. The draw of Berlin, Paris or London was irresistible. The situation was different for Auden in the late thirties: unable to believe in the mixture of Marx and Freud that he had elaborated earlier, skeptical facing the values of the Left after the Spanish civil war, he chose the U.S. because he saw that this move as his only hope of attainting the status of a "minor Goethe". And he had a good impact on the U.S., as many poets (one thinks of Adrienne Rich) have testified. But at the same time, a poet I admire a lot, and whose reputation should be higher, Louis MacNeice, decided to return to England. And Eliot remained in England despite the Blitz...

Zhang: I have to admit that MacNiece is not a familiar name to me. Talking about Eliot, I'd like to discuss him in another context. Eliot declined to be associated with the New Criticism. Otherwise, his reiteration of history in literary studies would deny the common misunderstanding that the New Criticism is ahistorical and aphilosophical. But why was Eliot impatient with the New Criticism? And how would you account for its disappearance?

Rabaté: The New Criticism took a long time to die, and some of its offshoots turned into diluted versions of deconstruction. The mistake of the New Criticism was to divorce the practice of literary analysis from the usual conversations about love, values, politics, war, ideology, personality, obscenity, humor, popular culture, in brief from everything that makes life interesting. They wanted to play it safe in a cleansed environment in which the study of a poem would be as "scientifically objective" as the study of a cancerous cell. It was because Eliot had become a religious thinker that he rejected this professionalization of literature.

Zhang: Yes, the New Criticism appeared in various ways in later approaches to literature. Chapter 4 of *1913* ends with a brief summary on some canonical authors: Stein's fusion of pragmatism and cubism, Williams combines Romanticism with quasi-painterly experiments of imagism, Cather universalized provincialism with mythological elements; etc. Their "modern" endeavors show modernism's diversity in a number of ways. So in what way are their modernism(s) particular?

Rabaté: In so far as they are American writers, they have something in common: they work with specific American sites and make use of older conceptual tools to which they add their "inventions," each in a different manner, each with the aim of "making it new." Their diversity should not blind us to a common strategy. As Baudelaire said, the "modern" always entails one half that is traditional, and the other half that comes from the extreme novelty of the present looking to the future. Thus Stein, Williams and Cather deploy an American modernist program that could be described more fully, of course, by taking into account their uneven developmental logic (Stein was more "advanced" than Williams in 1913, but he quickly caught up.)

Zhang: This also helps to explain the diversity of modernism, I guess. Having talked so much on *1913*, we need to move elsewhere. In *The Future of Theory*, you remark that Theory constantly risks being a little hysterical, what is meant by that? By capitalization "Theory" means "high theory" as in "high modernism," or "meta-theory" as in "metaphysical," as if it is "higher" than practical criticism and textual reading. I agree with Geoffrey Hartman that criticism is also creative writing. There seems to be a tendency as if practical criticism is "lower" than theory staff. Could you please introduce the situation in the U.S. and in France?

Rabaté: In fact, I want theory to be hysterical. It should behave like Charcot's "beautiful hysterics" and display not only impatience, petulance, and all the theatrical antics we associate with this picture, but also be animated by a desire to know more, to think better and faster. In my view, this should suffice to make it less "high"…This would be true in France as well as in the U.S. (see the recent success of "French theory" brought back to France by critics like Cusset who had analyzed its trajectory in the U.S.)

Zhang: The French influence seems to prevail in its influence on the American scholarly work, but why is this?

Rabaté: Not any longer, unhappily—or happily! I tried to explain this in *The Future of Theory*.

Zhang: Since Hélène Cixous supervised your dissertation writing, your interest in feminism is a must. About feminism, what do you think account for the differences in the French and American feminisms?

Rabaté: Hélène Cixous is a very different feminist, with no connection to a biological or essentialist underpinnings. She can say that Genet and Joyce are the best exponents of "feminine writing…" Historical feminism has passed out, partly by being successful (more or less, with inequalities still, but we have equal right of vote, salaries at more or less the same level for men and women, even shared domestic tasks, etc.). What I like in Cixous is that she remains half-way between Derrida and Lacan, which to me is the best position to occupy.

Zhang: I can see in your writings the influences of Derrida and Lacan. In China, the theories are imported and studied in one single direction mainly. Meanwhile there are some comparative endeavors, scant though. For example, the New Criticism versus the "close reading" mainly in the Ming and Qing dynasties of China (noted for detailed annotation and comment), hermeneutical sources in Chinese religions as compared to the European hermeneutics, Derrida and the Chinese Taoist thoughts, etc. As a French scholar working in the U.S., what do you think of the comparative method?

Rabaté: It is certainly very necessary. It is always in my work.

Zhang: In China, there used to be a hot debate over modernism and postmodernism, like ten years ago. It is more complex, as the Chinese society at present is said by some to be three-fold: it has features of being Enlightenmental, modern and postmodern, and simultaneously! The reason is that China has been undergoing in the past four decades the evolution of the west in over one century; China's huge geographical scale is another contributing factor, so the different social stages pile together, as if to make a shortcut in the social development. I'm curious if this can be explained in a theoretical way.

Rabaté: I guess it can be, but you would have to explain it to me.

Zhang: I hope I could do it, but that will be another big talk. For this issue I think Jameson is fairly inspiring. Yet this is controversial. Anyhow, let's try to close our talk with Theory. Does Theory have a future? Books like *The End of Theory* seem to offer a negative reply, though it might be ironical.

Rabaté: Sorry, I didn't write that book... On the contrary, in *The Future of Theory*, I argue that it has a future.

Zhang: I see that in your critical career you've engaged intensely in reading authors like Pound, Joyce and Beckett, and you are currently the president of the American Samuel Beckett Studies Association. Meanwhile you work closely on theories such as modernism, psychoanalysis, philosophy and contemporary art, and are one of the founders and curators of Slought Foundation in Philadelphia. Would you please brief your critical interests along with the trends of literary and theoretical studies? I ask this question because as a French scholar working in a key U.S. university, your case is fairly typical and representative.

Rabaté: Thanks for assuming that being a French professor of English in the U.S. is typical and representative. I wonder whether my colleagues would agree... I believe that it was thanks to the opportunities offered by the U.S. that I was able to do all that and more, that is things I could never have accomplished in France.

现代主义·文学·理论：让－米歇尔·拉巴特教授访谈

张：您的著作《1913 年：现代主义的摇篮》① 今年晚些时候会出中文版，作为中国国家出版基金资助的"美国艺术与科学院院士文学理论与批评经典"学术翻译丛书之一。我想从该书开始提问。我首先对 1913 年及其与现代主义的关系感兴趣（估计一般读者也是如此）：为何以 1913 年作为"现代全球化的开端"（1）？20 世纪最初十年当然是现代主义的重要时期（例如，《诗刊》的出版时间 1913 年作为现代英美诗歌的起源）；同时，现代主义常被追溯至更早，有时常和英国工业化相联系，而《诺顿现代诗歌选集》是以惠特曼和狄金森开始的。在《1913 年》中，您提及，现代的全球化与其说是晚期资本主义的产物，不如说是 19 世纪末欧美资本主义发展的结果（14）。这是否说明有不同的现代主义，诚然现代主义是双面的，联结了传统与现代性？

拉巴特：存在着不同的现代主义，而唯有现代性是共通的，我是指资本和技术高度发展的全球化世界作为商品和思想的市场向所有人开放。例如，西班牙语系国家有其现代主义，而中国有另外一个现代主义。

张：我认同您的观点，即现代主义随着地理位置而有所变化。或许与此相关，您在书中不止一次讨论现代主义中民族主义的角色问题。您引用了富勒顿② 的观点，声称民族主义的重新觉醒是为了应对全球资本主义抹平一切的趋势（13）。在我看来，这似乎呼应了后殖民主义的关切，如全球化对传统文化的毁灭性的影响。然而，问题的另一面是民族主义与民粹主义的深远影响。两者之间能否平衡，又如何取得这种平衡呢？

拉巴特：盎格鲁－撒克逊现代主义选择了国际主义的路径，首先把民族主义视为一种阻碍。以庞德和叶芝在此问题上的分歧为例，叶芝是现代主义者，同时也是民族主义者，这为其自我现代化设置了重要的局限；而庞

---

① 以下简称为《1913 年》。——译注。原文发表时无注解，所有注解皆为翻译时的添加。另外，文中括号内的数字，如无特别说明，皆为来自该著的引文出处。

② William Morton Fullerton（1865—1952），美国记者、作家，《泰晤士报》驻外记者。

德想要的是一个连续体，中国（孔子）和荷马或萨福成为其中平等的参照点。

张：我正要谈到庞德。书的第五章显示，庞德作为"先锋派的导演"（62），从不同渠道吸收营养，如日本、中国、印度，以及非洲文化传统。中国作家鲁迅有个著名的论断："越是民族的，就越是世界的。"在我看来，《1913 年》反映了年鉴学派的影响。您如何看待文学研究中的民族性？

拉巴特：鲁迅是对的，而乔伊斯也如此反复地论及都柏林：若展示一座城市的中心，便是向全世界展示所有的城市……换言之，有好的和坏的民族主义：好的民族主义走向普遍主义，这是我在很多中国作家身上所看到的。

张：当然。我关心的是，中国现代主义作家如何受到西方现代主义的影响：例如，郭沫若和艾青从美国诗人惠特曼和庞德等人那里，戴望舒、卞之琳和徐志摩从法国象征主义者那里获得影响。我注意到一位华裔美国学者黄桂友，在《中国与美国的惠特曼主义、意象主义和现代主义》中追寻了这些轨迹。他认为，惠特曼主义使中国文学立足本土，而中国古典诗歌的养分帮助庞德构建意象主义，后者有助于现代美国诗歌的发生（17–20）。

说到文学的现代主义，庞德是绕不过去的。您 1986 年出版的专著《埃兹拉·庞德〈诗章〉中的语言、性与意识形态》，尤其是其中对于庞德和中国关系的讨论（见第二章 76–105），很吸引我。中国元素目前似乎在美国很常见。除了法国文学，不知您对目前美国其他族裔的文学是否有所关注？

拉巴特：因为斯蒂夫·姚 ① 的原因，我对此有所注意，但无甚研究。

张：对于庞德从中国接受的影响，以及其对于中国的影响，斯蒂夫有令人信服的论证。我最近在宾大的凯利作家屋见过他，和他聊得很愉快。他的《外国口音》是一部出色的研究华裔美国诗歌的著作，刚得了一个全国性奖项。我们继续谈庞德吧，不过稍微转一下话题：您指出，庞德对泰戈尔颇不耐烦，他认为后者赢得诺贝尔文学奖是瑞典文学院在欧洲作家之间平衡的结果。由于信奉印度教，泰戈尔成为不了现代主义者；他对庞德和艾略特持批判态度。而叶芝、庞德和艾略特这样的现代主义者对泰戈尔

---

① Steven Yao，美籍华裔学者，现任职于汉密尔顿学院（Hamilton College），其著作包括 *Translation and the Languages of Modernism*（Palgrave / St. Martins, 2002）和 *Foreign Accents: Chinese American Verse from Exclusion to Postethnicity*（Oxford, 2010）等。笔者在该访谈前不久，曾在宾大的凯利作家屋（Kelly Writers' House）举办的一次学术会议上与之交流。

总体上也是否定的（126）。这是否表明，泰戈尔的东方文化背景不见容于现代主义，而后者根本上是西方的产物，与东方无甚瓜葛？

拉巴特：这是桩复杂的论争，不知我的概括是否准确。泰戈尔的信仰问题是很微妙的，准确说来他并不是印度教徒。他起初是新印度教徒，后来创建了一个建立在人性基础之上的合一的宗教；他反对印度民族主义和孟加拉民族主义（尽管他为两国都写了国歌）。我先前的弟子萨哈（Poulomi Saha）在《现代文学杂志》（JML）发了篇文章，称泰戈尔可以视为印度的现代主义者。的确，泰戈尔批判了国际民族主义的某些方面，但他被认为对印度的现代化产生了影响。毫无疑问，他被庞德的创作实验震撼了，不过，主要是由于庞德的现代主义思想而不是其语言实验。

张：多谢对此的澄清。下面一个问题依然是关于现代主义的：您呈现了法国两种现代主义的冲突，分别以罗曼和阿波利奈尔①为代表。前者"面向普遍人性"，而后者则涉及象征主义和艺术方法（52-53）。以我的理解，这不仅适应于现代主义。布鲁克斯的《美国的成年》②指出两种平行但永不交叉的线索，即阳春白雪与下里巴人，合力构建了美国精神。似乎与此相关，本书的第六章从美国黑人作家和社会活动家杜波依斯的说法"双重意识"，即其著名的"分裂的自我"的概念开始，进入对现代主义分裂的品质的讨论，声称"现代精神仿佛成了活体解剖"（141）。依我之见，二元性或主体性的分离是很普遍的，现代主义和后现代主义的主体性都不例外。我联想到了（希望这是相关的）一些后现代主义理论家的"分离的自我"：例如，赛义德、巴巴和斯皮瓦克，一边享受主流的好处，一边占着边缘的便宜，而这种边缘首先是其身份所提供的。他们和主流学界之间存在着对某种可能的共谋的焦虑。我希望听到您对此的看法。

拉巴特：由于我和拉康走得较近，我的确相信所有的主体性都是分离的——我们从来都不是我们自我认定的那样……然而一些压迫的状况（比如，世纪之交美国黑人的困境）急切地呈现出令人难以接受的真相。至于为何某些受到机构充分资助的学者的边缘性若即若离，这是一个建构性的问题，涉及的人士中包括许多企图批判供养（有的会说是限制）他们的体

---

① 罗曼（Jules Romains, 1885—1972），法国诗人和作家，一体主义（Unanimism）文学运动的创立者和代表人物，曾 16 次获得诺贝尔文学奖的提名。阿波利奈尔（Guillaume Apollinaire, 1880—1918），法国诗人。

② Van Wyck Brooks（1886—1963），美国文学评论家、历史学家，著述颇丰。《美国的成年》（America's Coming of Age）出版于 1915 年。

制的"激进"艺术家。我的简单答复是，激进的他者的立场不存在了：曾经的激进分子受到谴责，并作出让步。

张：您的解答很有启发意义。请允许我转向另一个话题。作为"早期现代主义的史诗式的概览"（Lawrence Rainey 语，见于封面），《1913 年》涉猎广泛，如音乐、绘画、建筑、技术、科学、哲学、数学、性学，当然还有文学。这些学科之间的相互关联在 1913 年前后日益紧密。用加州大学伯克利分校阿尔提艾瑞的话来说，意象主义诗歌显示了浓重的"绘画品质"。从其尿罐艺术品（42），您注意到杜尚那时已经走向反美学。这种反美学特质也存在于当时的文学中吗？是否普遍？语言的自我指涉是一种反美学特质吗？

拉巴特：杜尚显然领先于他的时代，在 1913 年很少有人像他那样激进地质疑艺术与非艺术的分野。只有达达派 1917 年这样做了，当时战争正在进行。他们何以如此批判包括绘画、音乐和文学在内的传统艺术？仅仅是由于他们很早便看到了飞机螺旋桨像大理石裸女的胸部一样美丽……因此走下楼梯的裸女可以被做成一系列的杆子、活塞，以及机械装配件。类似的革命也发生于音乐中，不过是对不同问题的预测——音乐理论与实践一方面继承了流行音乐的古典形式（于是有了斯特拉温斯基《春之祭》著名的"野蛮"节奏）；另一方面又质疑我们只懂和声这一公认的证据。一旦和声被认为和文化捆绑在一起，便阻碍了艺术家们发明规则的自由，勋伯格 20 世纪前十年就开始排斥和声。确实，文学落在了后面，只有一个例外：格特鲁·斯泰因，她能够整合立体"画像"的图画价值和《美国人的形成》中长段狂想曲的新型音乐自由。

张：第三章开始谈的是罗伯特·穆齐尔①的长篇小说《无品之人》的开篇，而该章的第二部分先是提供了《泰晤士报》对于服装变化的讨论：这些都关乎社会变迁。我能否把这些看成是探讨文学的物质生产、或文学的文化研究的例证？

拉巴特：我同意你的看法。我在美国教书，很清楚历史知识是那些优秀的本科生所受教育中主要的缺失。我不是历史学家，也不是"新历史学家"，但我发现我花了大量时间解释时代的实物教具，即历史语境和背景的详细的图片。我有一门课是关于时尚的，我觉得要向学生说明他们自身

---

① 罗伯特·穆齐尔（Roben Musil, 1880—1942），20 世纪上半叶奥地利著名作家。《无品之人》原文为 *The Man Without Qualities*。

的历史性以及文化的历史性，时尚是最有效的文化艺术品。了解 1913 年时汽车的最高速度，或者是那时在纽约乘电梯要比今天危险得多（当时，使用新机械设备出现了许多事故），这些都很重要。

张：这些很有趣！我想只有这样才能在文学阅读中获得同情的理解（我不能称之为误读，我是指布鲁姆意义上的）。我们来谈论您的一个擅长的领域：心理分析。心理分析被誉为 20 世纪最伟大的发现之一，但也被称为同时期最大的丑闻。《1913 年》中，您提及胡塞尔不喜心理学，他称现象学而非心理学是科学的基础（93），其弟子海德格尔试图证明现象学与心理学无关，而作为科学家和哲学家的马赫① 则声称心理学是现象学的一部分。身为心理学研究领域的知名学者，您的意见如何？

拉巴特：心理分析在美国颇受争议，原因有二：它坚持性是理解主体性的关键，以及其骨子里对于宗教的反对。这两个原因总是把美国读者推向对立面。与此同时，弗洛伊德、拉康或荣格的很多弟子一直努力再度建立属于自己的派别，因为他们看到这是获取更大成功的一种策略。至于海德格尔，他对于心理学怀有很大的尊重，这一点在泽利康（Zollikon）讲座中可以看得出来。

张：您的解释很有帮助！我们再来谈些相对的观点。在题为"哲学与美学的新基础"的部分，您提到桑塔亚那由于"感觉论，怀疑论和隐秘天主教"（90）的联合作用，在哈佛感觉不好，于是永久离开美国，赴欧洲从事创作。20 世纪上半叶，美国作家如庞德、艾略特、斯泰因和威廉·詹姆斯离开母国，远赴欧洲写作，奥登却反其道而行，开启了美国时代。我们如何理解这种看似矛盾的文学现象？

拉巴特：如果我 1920 年生活在美国，我也会离开的！不仅因为禁酒令，也因为美国文化当时还土得让人吃惊。柏林、巴黎和伦敦的吸引力是不可抗拒的。20 世纪 30 年代后期，奥登的情况则有所不同：他先前曾详细阐述马克思和弗洛伊德，此时却不再相信二者之混合；他在西班牙内战后怀疑"左派"的价值，所以选择赴美，他把这次异动看作争取"小歌德"地位的唯一机会。他在美国产生了积极影响，不少诗人（如阿德里亚娜·里奇）都可以证明。与此同时，我非常敬仰的一位诗人，其声誉应该比实际更高，路易斯·麦克尼斯（Louis MacNeice），决定返回英国。虽然空袭不断，

---

① 恩斯特·马赫（Ernst Mach, 1838—1916），奥地利 – 捷克物理学家和哲学家，马赫数和马赫带效应因其得名。马赫造就了在 19—20 世纪颇有影响力的科学哲学。

艾略特选择待在英国……

张：我得说麦克尼斯对我来讲比较陌生。说到艾略特，我想换个语境来讨论。艾略特不希望和新批评发生关联。否则，他对历史在文学研究中作用的强调，可能会影响新批评的反历史和反哲学的倾向。但为何他对新批评不耐烦？您如何评价新批评后来的没落？

拉巴特：新批评很久之后才沉寂，而其衍生物则演变为稀释版的解构主义。新批评的问题是让文学批评实践不再谈论爱情、价值、政治、战争、意识形态、个性、淫邪、幽默、大众文化，总之，不再谈论一切使生活变得有趣的东西。他们希望在一个净化了的环境中安全地进行文学批评，在这一环境中，诗歌解读如同癌细胞的研究"科学研究般地客观化"。这都是因为艾略特是个宗教思想家，他拒绝文学的专业化。

张：的确，新批评以不同形式出现于后来的文学研究方法中。《1913 年》第四章结尾是对于一些经典作家的小结：斯泰因综合了实用主义和立体主义，威廉斯把浪漫主义和意象主义的准绘画实验结合起来，凯瑟用神话元素把地方特色普遍化，等等。他们的"现代"努力一定形式上显示了现代主义的多元性。他们的现代主义有何独特性呢？

拉巴特：只要是美国作家，他们就有共同点：他们立足美国，使用旧的概念工具，只是添加了自己的"发明"；每个人的方式不同，但目的在于"日新"①。他们的多样性不应遮蔽我们的理解，使我们轻信只有一种通用的策略。波德莱尔说过，"现代"需要一半源自传统，另一半则来自眺望未来的非常新奇的当下。因此，斯泰因、威廉斯和凯瑟运用了一种美国现代主义的模式，为了充分理解该模式，需要考虑他们不均衡的发展逻辑（斯泰因 1913 年时比威廉斯更"先进"，但后者很快赶了上来）。

张：我想这有助于理解现代主义的多元性。我们围绕《1913 年》谈了这么多，得改变话题了。在《理论的未来》(*The Future of Theory*) 中，您称理论时刻冒着有歇斯底里的风险，该怎么理解？"理论"的英文单词的首字母大写，代表着"高等现代主义"中的"高等理论"；或者是"形而上理论"（或称"元理论"），如在"形而上学"中：似乎要比批评实践和文本阅读高深或高级。我同意杰弗里·哈特曼的看法，即文学批评也是创造性的写作。好像有种倾向，认为批评实践要比做理论"低下"。您能否

---

① 原文 making it new 源于《大学》中的"苟日新，日日新，又日新"。

介绍一下美国和法国的情形?

拉巴特:事实上,我希望理论歇斯底里。应该像夏科①的"漂亮的歇斯底里"那样,不仅展示出不耐烦、暴躁以及所有与此关联的戏剧性的古怪动作,而且被欲望驱使着去了解更多,思考地更好、更快。在我看来,这会让理论少点"高等"……在法国和在美国都是这样。请注意"法国理论"近来在法国的成功,南特大学的弗朗索瓦·古赛(François Cusset)等批评家曾分析过这些理论在美国的旅行轨迹,现在又让它们重返故国。

张:法国影响似乎在美国学术著作中占了上风,原因何在?

拉巴特:不再是这样了,不幸——或幸运地是! 我在《理论的未来》中试图解释了这一点。

张:由于埃莱娜·西苏指导了您的博士学位论文的写作,您对女性主义的兴趣便是很自然的了。关于女性主义,您如何看其在法国和美国的区别?

拉巴特:埃莱娜·西苏是很不一样的女性主义者,她不考虑生物的或本质主义的因素。她会说热内特和乔伊斯是"女性主义写作"最好的阐述者。历史的女性主义已成过眼云烟,其部分地是成功的(或多或少,还存在不均衡,但我们有了平等的投票权,女性和男性的薪水大致相同,甚至家务也是男女分摊的,等等)。我喜欢西苏的一点是,她的立场处于德里达和拉康之间,这对我来说是最佳立场。

张:您的文字中可以看出德里达和拉康的影响。在中国,理论是舶来品,被单向地研究。同时也有些相对的努力,尽管不多。例如,新批评与中国明清的"细读",中国宗教话语(如禅宗话语)阐释与西方阐释学,德里达和道家思想,等等。作为任教于美国高校的法国学者,您是如何看待的?

拉巴特:比较的方法当然非常必要,它总是出现在我的作品中。

张:在中国,多年以前有过关于现代主义和后现代主义的热烈论争。情况很复杂,因为据说中国社会同时跨越了三个阶段,启蒙、现代和后现代的特征并行不悖! 原因是中国在过去四十年走过了西方一个多世纪的历程;加之中国幅员辽阔,所以不同的社会发展阶段便叠加在一起,似乎是

---

① 夏科,Jean-Martin Charcot(1825—1893),法国神经学家,现代神经病学的奠基人,被称为神经病学之父。为了从他所关注的角度研究歇斯底里,他学习了催眠术,并很快成为这门新兴"科学"的大师。

要走捷径。我很好奇，这在理论上能否得以解释。

拉巴特：我想是可以的，但你得解释给我才行。

张：我希望我可以解释，不过这是另一个大的话题了。对于这一点，我觉得詹明信的观点颇具启发性。当然，对此是有不同看法的。我们尽快结束关于理论的对话吧。理论有未来吗？如《理论的终结》一类的书似乎提供了否定的答案，尽管可能意在讽喻。

拉巴特：抱歉，我可没写那本书……相反，我在《理论的未来》中声称理论是有未来的。

张：我注意到，您密切关注庞德、乔伊斯和贝克特等作家，并且是时任美国萨缪尔·贝克特研究会会长。与此同时，您深入研究现代主义、心理分析、哲学和当代艺术等领域，还是费城 Slought 基金会的创始人和负责人之一。您能否概述一下，伴随着文学与理论研究的发展趋势，您的批评兴趣经历了怎样的历程？我问这个问题，是因为作为在美国名校工作的法国学者，您的个案一定意义上是典型和有代表性的。

拉巴特：谢谢您认为在美的法国英语教授是典型和具有代表性的。我怀疑我的同事是否同意这一点……我相信，得感谢美国提供的机会，我才能做到这一切以及更多，如果在法国这些是我不可能完成的。

（张跃军翻译）

后　记

　　自 1991 年成为一名高校教师以来，英美文学便成为我孜孜矻矻、上下求索的思考对象。一定意义上说，眼前的这部书稿记录了我整整三十年来从事英美文学与文学理论教学与研究的工作历程与心路历程，折射出我多年以来的困惑与迷茫、思考与收获。

　　顾名思义，"西方文论视野中的英美文学经典"兼顾英美文学与批评理论两个方面，这构成了我多年来教学和科研工作的主体。兴盛于 20 世纪上半叶的"新批评"和形式主义的文学批评模式早已式微，而知人论世的社会历史文化批评，似乎也失去了"原本如此"的先验特权，沦为明日黄花。理论转向以来方兴未艾、你方唱罢我登场的各色理论，仿佛成了诠释文学作品的必然选择，以至于研究生学位论文开题或答辩中，如果没有贯通的理论，可能存在通不过的风险。人人皆称理论先行不足取，但"存在即合理"，作为长期教授英美文学与文学理论课程的教师，我认为对理论既不能盲从，更不能无视；理论是解读文本的利器，理论的加入有利于在形式分析之外，多维度、多层次地审视文本的丰富蕴涵。在感受论、经验论作为不言自明的文学研究方法的漫长岁月之后，各领风骚若干年、几乎无死角覆盖的缤纷理论提质升级，以更宽阔的视野、更深刻的洞见，让感受和经验与时俱进，进入新的境界。打个不恰当的比喻，感受论和经验论如同中医，能依赖行之有效的经验解决问题，但受限于直感，难以理性诠释，进入不了现代科学的体系；而理论化的解读则避免了这种尴尬，在现代科学的体系化模式下畅行无碍，成为学者所遵从的通行模式。文学理论或源于元理论，无不基于大量的文本阅读实践，归纳整理出适用于文本阅读与批评的理论，并再次经过文本的验证；有了理论的武装，学者们八仙过海各显神通，充分挖掘文本的潜力，把原本遮蔽的文字"机密"、作家心迹一一去蔽、解密。文本与理论构成了一枚钱币的两面，它们良性互动，相互成全：理论性阅读挖掘作品隐而不彰的内涵，凸显其丰富性与独特性；文本则为理论引导下的阅读提供"实验"的温床，并验证理论的普适力与解释力。

传统的文学阅读强调积淀和学养，中西皆然。中国文人要熟读《诗经》以降的各种文学经典，看似不重理论，实际上对理论的借重是深入骨髓的；理论则以圣贤书的名义，悄然进入文人的阅读书单。中国传统的文史哲一体化的阅读实践，其实就是理论先行、理论并行，理论内在于阅读行为本身；文史哲不分家、相互打通的中国学术传统、理论已然内化于其中，不计形式和学派，构成了文学阅读的"阐释的循环"。当然，今天名为文史哲的人文学科，在早期中国学术史中是不存在的，而以经史子集取而代之，后者不成其为学科，因为学科概念的出现是很多年以后的事了。孔孟老庄等先贤的思想覆盖了哲学、历史、文学、语言学、心理学等诸多当今学科，正如西哲苏格拉底、柏拉图、亚里士多德等人的作品，也难以用时下的学科来归类。在恩格斯看来是需要巨人且产生了巨人的"文艺复兴"时代，莎士比亚、达·芬奇等的成就，也非今日的学科所能涵盖的。这些巨人的思想和著述视野广博，跨越、超越今日的学科分类；另外，学科是现代概念，学科建制是现代实践的产物，以当下的学科藩篱去规范这些先哲和贤者，只会不伦不类，且不符合逻辑。

另外，如今风头无两的理论，原本是作为学术研究的底色和应有之义，是文本—理论有机体的一部分，不能从文本中剥离开来；不像今日这样机械地分离文本与理论，从而使理论借机喧宾夺主，登堂入室。理论作为学科建制，是理论转向以来的事，是20世纪上半叶的后期才渐成气候的。况且，理论是个笼统的概念，还可细分。例如，元理论（meta-theory）即理论的理论，玩的是自说自话、自我指涉的游戏，如同国际时装展上引导时装潮流的那些前卫作品，让人眼花缭乱，普通人未必能穿得出去，却令人向往，引入思考；与之相对，元理论催生的实用理论，宜于从事实用批评（practical criticism），奉行实用主义"有用即真理"（该哲学金句曾被广泛误读！）的信条，注重实际效用，立足于指导文学作品的赏析。就文学作品而言，似乎不同的文类各有与之契合的阅读理论：为理论博出一方天地、大出风头的"新批评"，因为《理解诗歌》的洛阳纸贵而占领大学讲堂，并进而在学术批评领域站稳脚跟；作者受到鼓舞，顺势连续推出《理解小说》和《理解戏剧》，前者的市场反应尚好，后者则仿佛是强弩之末，风光不再了。审美疲劳或许是原因之一，真正的原因在于，任何理论都不是放之四海而皆准的真理。因此，从事文学批评，宜准确把握作品特征，并选择适合的理论来"解剖麻雀"。这种说法显得机械和冷冰冰，文学批评实际上是灵动的和温暖的，而所谓的理论性阅读，其要诀是著盐于水，使理论的僵硬和呆滞化于无形；读者感受到的，是鲜活的文字表现和深刻的主题刻画，作品贵在具有质感，且洋溢着人文关怀，否则，了无生机的分析便如华兹华斯所言，剖析无异于谋杀（murder to dissect）。

应该说，这种对于理论的理解是"正常"的和"常规"的，外国文学研究领域的多数学者自觉地秉承这种理念。本人亦如此，坚持研读理论，侵淫于其中并深受裨益，并在日常教学与研究工作中，自觉不自觉地、习惯成自然地进行理论化的考察。在指导研究生的业务学习时，一方面加强他们对英美文学经典作品的美感和文学性的认知，一方面培养他们的理论思维能力；并不奢求他们对理论有多么深刻的把握，但至少要系统性地了解批评理论，熟悉其中一种或数种，并能够用于作品阅读。这一过程是重要的学术训练，是研究生专业素质培养的必要环节。

拙著涉及理论繁多，不一而足，这里不再列举。"理论"（theories）或"批评理论"（critical theories）不唯文学理论，也包括文化理论，故"文论"可视为"文学与文化理论"（literary and cultural theories）。本书的主体部分正是该模式的产物，即试图以理论的视角观照文学作品，同时力图避免隔靴搔痒和自说自话式的"两张皮"现象，而是尽力使理论与作品水乳交融，合二为一。事实上，理论与批评（theory and criticism）早已一体化，难分彼此。除了利用理论进行"实用批评"或"实际批评"之外，我们还尝试针对理论的探讨，无论是对于赛义德"理论的旅行"及其成因的分析，还是作为附录的对两位美国当代知名学者的访谈，皆是这方面的尝试。此外，作为一名外语学者，即使不是从事翻译研究的专业人士，日常工作也不可能绕过翻译。翻译行为源远流长，形式多样，成果丰硕，而作为一门学科的翻译学，却十分年轻，纵使它后来居上、"弯道超车"，以实用主义的拿来主义姿态，借鉴兄弟学科的理论资源为其所用，因而在短期内建立了结构繁复、众声喧哗的理论体系，并产生了诸多引人关注的翻译理论，对翻译理论建设与翻译实践均具有十分积极和重要的影响。我对于翻译研究是相对超然的，不纠缠主义，因此无论是1998年发表的《艾米莉·狄金森在中国的译介》，还是2018年发表的《诗歌翻译新模式——读〈栖居于可能性：艾米莉·狄金森诗歌读本〉》，均是关注翻译行为自身。我们以为，文学作品的赏析，首先是透过构成其存在的文字，体察文字的表述方式，通过文字的"体温"和姿态，探究其独特的存在。而翻译大概是体察文字之美的最为直接和有效的形式。无论是当代英国诗人萨瑟兰的诗歌《虐待疗法》，还是两篇英文访谈，抑或是书中不时出现的作为讨论对象的文本，我多是自己动手翻译，并视之为业务工作的分内之事。这绝非不认同既有译文，而是涉及翻译观、译文风格是否契合等问题。除非是遇到坊间公认的译本，考虑到读者对于译文的熟悉程度，为了降低其阅读难度，增加舒适度，我们也会加以引用。读者诸君想必已明察，拙著以英美诗歌研究为主，兼及其他。这说明本人学术视野有待拓展，不过以些微的自知之明，我认为能把英美诗歌弄明白点，已大不易！就英美诗歌而言，本书又以现代诗歌为主，并旁及当代诗歌。究其原因，窃以为当代作品距离太近，审视的距离不足（无关乎所谓"距离产生美"），当下风头甚劲的作家也许很快便湮没无闻；而早期作品则因其距离过于遥远而难以把握，至少对于未经专门学术训练的人来说，古英语便是一道难以逾越的障碍。至于文类，诗歌之外还有小说和散文（文学理论属于散文的范畴），其共同特征则是经典性。经典的英文单词 classical 兼具"古典"之义，暗含时间的因素，说明经典作品需要经受时间的淘洗和众多评论家的臧否，依然可以存留下来。本著探讨的作家作品均系当之无愧的经典，无论是华兹华斯、迪金森，还是庞德、威廉斯、默温、休斯；作为本书论及的唯一当代作家和学者萨瑟兰，他的地位尚需时间的考验，但我认为他应该可以存活下来；涉及的理论家也均有经典性即典律的品性。对经典作家作品的分析，有利于强化其经典性，同时由于该经典性，可以有力地验证适用理论的力量和普适性。关于中国的话题不仅出现于三篇文章的标题中，更是本书的一个无时不在的知识背景和参照对象。随着年龄渐增，我发现自己对与中国文化传统有所关联的话题有着特别的情感，究其原因，一是文化身份所在的传统使然，再就是可能归结于约二十年前的某次谈话。当时，一位学界朋友自英回国探亲，他和我分享了在英期间确定博士论文选题的经历。他首先选定驾轻就熟的解构主义文论方面的题目，一切准备停当，即将开题时，却纠结起来；反复权衡之后还是决定遵从初心，于是，他选择调动诸多中西理论，研究一个很小众的中国宗教，他觉得这是可以让自己身心系之、安身立命的课题。虽然诚如钱钟书先生所云，"东海西海，心理攸同；南学北学，道术未裂"，但我们每人皆先验地拥有属于自己的文化身份，这是决定你的思想行为、价值取向的紧箍咒，无论你何时何地作何选择，都难以逃脱其无远弗届的操控。

　　裘小龙先生在"序一"中引用艾略特《传统与个人才能》中的著名观点，把拙著置于英美文学传统之中：虽然收录于此的文字跨越二十余年，其关切不外乎英美文学与文化的传统。任何一个学者都有自己的学术兴趣，区别在于视野的宽狭，在我则是围绕英美现代诗歌，文类上兼及小说和文论，时间上兼顾当代和早期。重点探讨的英美浪漫主义诗歌和现代主义诗歌，它们犹如颗颗珍珠，串起了英美现当代诗歌的发展史，透过对所选诗人的考察，或可一斑窥豹，对现当代英美诗歌产生进一步的认识。裘老师谬赞本书收录的文章"像是一本英语诗歌史的不同篇章"，拙著倒是希望达到如此效果：以相对松散的结构，以代表性经典诗人为个案，勾勒出一幅现当代英美诗歌的图景。关于理论，笔者不专务理论，本书除了《赛义德"理论的旅行"及其成因》，并无专门的理论文章，但我理解理论的极端重要性，我对理论的关注主要体现在对于文学文本的解读。对两位著名学者的访谈，涉及理论的篇幅颇多，当时设计问题时的一个考虑是鉴于理论热的现状，这些话题更容易引起广泛关注，这一点在文章发表后得到了证实。此外，访谈中的问题，除了回应国内学界的关切，也体现了我本人一直以来的研究兴趣；如此一来，访谈便与前面的作家作品研究形成了某种呼应，构成了同样话题的不同角度的言说。收入该著的文章，最早发表于 1995 年，最迟在 2019 年，前后相隔二十四年。虽相去遥远，话题却相对集中，如浪漫主义诗歌、狄金森、默温等，至于我用力最勤的两位美国现代诗人威廉斯和毕晓普，则因系两个国家社科基金项目的选题，已经和将要以专书的形式出版，故并未特别收录于此；只选取了一篇对威廉斯散文集《美国性情》的解读，作为考察文学与历史之跨学科融合，以及思考元历史的一个切入点。

收录于此的文章，皆曾刊发于学术期刊，既有《外国文学研究》《当代外国文学》《中国翻译》《外语教学》《英美文学研究论丛》《四川外语学院学报》《外语与翻译》等外语类学刊，也有《学术论坛》《江西社会科学》《湖南广播电视大学学报》之类的综合性刊物，也有《中国英汉语比较研究会第七次全国学术研讨会论文集》这样全国一级学会的会议论文集，甚至还有我国台湾地区的刊物《世界文学》，可谓百花齐放，仿佛一个众声喧哗的话语场，各种调门形成一种和谐优美的复调。衷心感谢相关学术刊物在我的学术成长中提供的大力支持，学术研究大不易，有了刊物的认可和支持，学者才能迎难而上，拥抱初心，否则很难有坚持的勇气。在收入本书时，除了个别文字上的舛误与疏漏，未做大的调整。书中的个别章节是与我指导的博士生邹雯虹、硕士生李艳以及廖永清合作完成；对拉巴特教授的访谈，由唐毅博士翻译成中文。在此，对于他们的付出深表感谢。

该著收集了我多年来在学术之路上跋涉的足迹，也见证了我从长沙到厦门，再到南宁的所思所想。其间，曾在中山大学攻读博士学位，并两度受国家留学基金委的派遣，分赴加州大学伯克利分校和宾夕法尼亚大学（以富布莱特研究学者的身份）访学。一路走来，得到众多师友的提携和关怀。区鉷教授作为我的博士生导师，多年来一直关注我的发展，支持我的工作；他博雅睿智、宽厚通达的儒者风范，是我永远的榜样。我在美访学时的合作导师，美国科学与艺术学院院士 Charles Altieri 和 Charles Bernstein 教授，风格迥异，相同的是对学术的孜孜以求和深刻洞察。另一位美国科学与艺术学院院士、文学批评家 Michael Rabaté 教授，对我影响也颇深，本书收录了我对 Rabaté 教授的一篇访谈。罗选民教授作为我早在长沙铁道学院时期的同事和领导，这么多年一直关心爱护着我；他不懈的探索精神和敏锐的前瞻意识，总是让人钦佩。我在长沙铁道学院和中南大学时期的同事何云波、孟泽、钟友循、李兰生、吴玲英等，主要研究英语语言文学和比较文学与世界文学两个相邻学科，大家一起给研究生开课、开题和答辩，一起开讲座，讨论学术话题，和他们切磋琢磨是很愉快的经历！英美文学领域的前辈和同仁聂珍钊、赵一凡、陆建德、蒋洪新、朱刚、董洪川、杨金才、查明建、张龙海、罗良功、罗益民、胡强等对我本人和我所在的学科平台一直支持有加，我心存感激！在同学们爱称的"区门"，与李增、黎志敏、李成坚、胡安江、张广奎等同门的交往，总是愉快而令人难忘。加盟广西民大以来，张旭、覃修桂、黄天源、杨令飞、李学宁、刘雪芹等教授的关心和帮助，让我迅速熟悉了新环境，重拾以学科建设和科研为工作重心的熟悉模式。张旭教授作为我早在铁院时期的朋友，近三十年来我们惺惺相惜，并肩战斗，一起经历顺境或逆境，这份兄弟情谊非常难得。作为一名高校教师，我热爱自己的工作，喜爱和珍惜与研究生弟子的学术交流，并从中体会到了教学相长的快乐和成就感。

感谢裘小龙和程朝翔两位先生慨然应允作序！虽久闻其名，但我与两位先生的交集并不密切。裘小龙先生的艾略特和英美意象派诗歌翻译，我在读研时就曾拜读过；多年来，不时通过各种渠道读到他的文字和关于他的故事，但总是缘悭一面，这大概与他长期在美工作与生活有关吧。直到裘老师前两年到广西大学讲学，我和他首次谋面，立刻便感受到了他的热情，以及作为一位英美文学研究学者、翻译家和作家，其深厚的中西文化修养和睿智见解。这两年我请裘老师讲学，与他在一些学术活动场合相见，拜读他丰富的创作与研究成果。程朝翔先生作为资深学者，曾担任北京大学外国语学院院长多年，其在学术界的繁忙与活跃是可以想见的，而我生性"怕官"，不喜凑热闹，所以尽管多次和他在学术会议上碰面，却很少交流。即使是 2007 年年底在北大举办的中国外国文学学会英语文学研究分会的成立大会上，与会代表有限（印象中只邀请了当时英语语言文学博士点单位英美文学方向的负责人），我们的交流也不多。我来到广西民族大学之后，两次邀请他出席广西外国文学研究会和广西翻译协会的年会，并做大会报告，程老师都爽快地答应了。程老师为人谦和，让人如沐春风。有感于两位老师的平易近人和乐于提携后学的宽广胸怀，我请他们为拙稿赐序。他们克服日程紧张、工作繁重的困难，拨冗通读拙稿，给予热情的鼓励。

感谢清华大学出版社外语分社社长郝建华女士的热情相助，感谢本书的责编，她以极大的耐心和优异的专业能力，为本书增色不少。感谢我的太太和女儿，她们以朴素的爱温暖着我，这是我在学术之路艰难跋涉、不断前行的不竭动力。

该著系广西民族大学科研基金资助项目"中外文学与文化的多维观照"（编号：2018SKQD13）成果，特此说明。

张跃军
于相思湖畔